〖中华诗词存稿·名家专辑〗

中华诗词学会 编

李文朝诗词诗论选

诗词作品卷

李文朝 著

图书在版编目（CIP）数据

李文朝诗词诗论选 / 李文朝著 . -- 北京 : 中国书籍出版社 , 2019.12

（中华诗词存稿）

ISBN 978-7-5068-7741-1

Ⅰ . ①李… Ⅱ . ①李… Ⅲ . ①诗词－作品集－中国－当代②诗歌评论－中国－当代－文集 Ⅳ . ① I227 ② I207.2-53

中国版本图书馆 CIP 数据核字 (2019) 第 291589 号

李文朝诗词诗论选

李文朝 著

责任编辑　毕磊
责任印制　孙马飞　马　芝
封面设计　采薇阁
出版发行　中国书籍出版社
地　　址　北京市丰台区三路居路 97 号（邮编：100073）
电　　话　（010）52257143（总编室）（010）52257140（发行部）
电子邮箱　eo@chinabp.com.cn
经　　销　全国新华书店
印　　刷　北京虎彩文化传播有限公司
开　　本　710 毫米 ×1000 毫米 1/16
字　　数　861 千字
印　　张　65
版　　次　2020 年 6 月第 1 版　2020 年 6 月第 1 次印刷
书　　号　ISBN 978-7-5068-7741-1
定　　价　698.00 元（全 2 册）

《中华诗词存稿》
编委会名单

作者简介

李文朝，山东梁山县人。汉族，1948 年出生，1968 年参政，后携笔从戎。中国人民解放军原电视宣传中心主任，少将军衔，高级记者，兼职专业技术三级，新闻传播学硕士研究生导师，享受国务院政府特殊津贴。曾任济南军区政治部宣传部副部长、济南陆军学院政治部主任、解放军电视宣传中心政治委员。现为中国作家协会诗歌委员会副主任。中华诗词学会第三、四届常务副会长（法定代表人），中华诗词研究院顾问，中华诗词杂志社原社长，中华诗词学会网原总编辑，中国电视艺术家协会会员，中国书法艺术家协会常务理事，中华诗书画委员会常务副主任，解放军红叶诗社顾问。著有《花果与根须》、《古枝新蕾》、《戎雅春秋》、《新闻行知录》、《李文朝将军诗词选集》、《古韵新风——李文朝作品集》等 10 余部，300 余万字。诗词作品及手稿著作被中国国家图书馆、中国现代文学馆和中国人民革命军事博物馆收藏。为第四、五、六届华夏诗词奖评委会副主任，曾多次担任全国性诗词大赛和诗书画大赛评委会主任、执行主任或副主任。

作者简介

总　序

我们这个诗歌大国有一个很好的传统，历来注重“采诗”、搜集整理诗歌材料。作为唯一的全国性诗词组织的中华诗词学会，自1987年5月成立以来，就十分重视这项工作。学会每年的学术研讨会和历届“华夏诗词奖”，都出版论文集和获奖作品集。纪念学会成立二十年、三十年时，还专门编辑出版了《大事记》《论文选集》《诗词选集》。《中华诗词》创刊以来，每年都制作年度合订本。2007年5月，在北京天识东方文化艺术传播有限公司的资助下，以近代以来诗词创作、诗词理论、诗词运动重要文献汇编，当代名家个人作品专集等为主要内容，出版了《中华诗词文库》。经过十来年的编辑整理，已经出了近百卷。这些诗集、文集的出版，记录了近百年来尤其是改革开放四十多年来，中华诗词从起步、复苏走向复兴的砥砺前行的历程，为近、当代诗歌史的撰写准备了丰富的资料。

党的十八大以来，中华民族优秀传统文化重新受到应有的重视。习近平总书记《念奴娇·追思焦裕禄》词和《军民情》七律的相继发表，引领中华大地诗潮滚滚而来。《中共中央关于繁荣发展社会主义文艺的意见》和中办、国办《关于实施中华优秀传统文化传承发展工程的意见》，都明确提出“加强对中华诗词、音乐舞蹈、书法绘画、曲艺杂技和历史文化纪录片、动画片、出版物等的扶持。”国家教育部组织制定由中华诗词学会起草的新中国语言体系中的新韵书《中华通韵》已经通过国家语言文字工作委员会语言文字规范标准审定委员会审定，即将颁布全国试行。这些都使我们真切地感受到，中华诗词的春天真的到来了。诗人们乘着骀荡春风，正以高昂的激情，书写着中华民族伟大复兴的新时代、新史诗，国家富强、民族振兴、人民幸福的中国梦；正以与人民同呼吸、共命运的诗人之心，对人民的欢乐、人民的忧患、人民的情怀给以诗意的表达；正以“美”或“刺”的诗人之笔，对市场经济大潮中人民对幸福生活的期待，对美好未来的希望，对假丑恶的深恶痛绝，或给以方向，或给以赞美，或给以鞭挞。正如习近平总书记所指出的：“好的文艺作品就应该像蓝天上的阳光、春季里的清风一样，能够启迪思想、温润心灵、陶冶人生，能够扫除颓废萎靡之风。”

当前，传统诗词创作者和诗词爱好者队伍发展迅速，已超过三百万。每天创作的诗词作品超过唐诗、宋词、元曲的总和。诗词评论研究队伍也成长很快，诗词评论、诗词学、诗词创作理论研究成果丰硕。如何从浩如烟海的诗词作品中“淘”出优秀作品，并使之存下来、传下去，如何使诗词研究理论成果“面世”并发挥应有的指导作用，确实是摆在我们面前的无可回避的一个重要课题。中华诗词学会是一个没有国家编制，没有国家拨款的社会团体，事业的运转主要靠社会赞助和会员费支撑。俊识（北京）文化传媒有限公司总经理吕梁松、北京采薇阁总经理王强，两位一直是对中华传统文化情有独钟的热心人，慷慨解囊，愿意同中华诗词学会一起，搜集整理编辑推出《中华诗词存稿》这套书，共同为中华诗词文化的继承和发展，做成这件十分有意义的事情。

《中华诗词存稿》主要搜集整理出版三部分内容的资料：一是当代诗词名家的个人作品集；二是当代诗词评论家、诗词学者的学术著作集；三是当代诗词作品、诗词理论学术成果阶段性、专题性、地域性的集成类作品集。诗词作品强调精品意识，沙里淘金，把“有筋骨、有道德、有温度”的优秀诗词作品搜集起来。诗词评论、研究类资料强调理论性和创新性，应具有鲜明的个性特点，具有创建性的见解。集成类的资料应有一定的史料保存价值。总之，做成一套具有当代价值和历史意义的好书。在此，我们编委会人员，向提供资料、筛选编辑、版面设计、校对勘误，包括所有为这套资料付出辛勤劳动的同志们，表示真诚的谢意！

郑欣淼

二〇一九年七月于北京

雄健高朗　时代元音

——《李文朝诗词诗论选》序

在当代军旅诗人中，李文朝将军无疑是一位佼佼者。他的作品雄健高朗，气象万千，催人奋进。他的论文高屋建瓴，切中肯綮，引领着潮流的发展。金炳华说他的诗词直面伟大时代，反映火热生活，诗风豪迈，诗意明快。田永清赞赏他以天地为纸张，以心灵为巨笔，饱蘸浓情，把中华大地写得生机盎然。文朝是我的忘年畏友。我与文朝相识于 2005 年马鞍山第一届中国诗歌节上。他的飒爽英姿与风发的议论，令我眼睛为之一亮。我在《减字木兰花·首届诗歌节》中写道：

煌煌诗国，吟运新开天地阔。采石矶边，鱼跃鸢飞竞管弦。　　名流鳞集，架海梯山传彩笔。铁板红牙，艺苑星河绽万花。

可谓诗缘之始。转年以后，我们同时以传统诗词作者身份加入中国作协，这在当时甚为少见。在作协的联欢会上，我们又相聚了。会后填了一首《鹊踏枝·参加作协联欢有感》：

七十流年风过柳，一缕秋阳、穿户光斜透。乐趁时新随大溜，愧无妙笔摇星斗。　　喜见良朋诗满袖，玉佩叮咚，恍似阳阿奏。快饮高谈亲剪韭，不辞学步随人后。

这中间也有文朝的身影，可谓继声之作。此后同在学会工作，至今已近十年。交往日密，情分日亲。其为人也坦荡诚挚，犹如透明的水晶；其为诗也，雄健高朗，有春水方生的气象，余喜之爱之。颇有萧衍所谓“三日不读谢朓诗，便觉口臭”之感。比如昨日文朝将军次韵叶嘉莹先生《金缕曲·恭王府海棠雅集》之作见示：

宫苑春塘水，照归人，青丝成雪，辅仁偏纪。西府重迎骚人聚，满苑芬芳娇媚。恍若梦，裁笺新记。海外飞鸿惊妙句，领吟坛，酬唱恭王邸。诗与酒，竞花美。　　海棠笑映青云里，溢清香，妍容带露，蕴情含意。亲历园林沧桑变，老树苍然溅泪。顿化作、佳词锦字。酣饮千觞同畅想，正东风、争看神龙起。励壮志，荡心底。

风流倜傥，一气呵成。起结尤佳，次韵而不为韵束，有如原唱，令我不禁手痒也和了一首。

近日漏夜细读文朝诗作，其内容之丰富，质量之精美令我惊喜不置。约言之，他的作品有以下几点令我印象深刻。

宏于气象

气象是诗人总体风格、性灵、襟抱与价值取向的体现。苏东坡说写诗文，要有龙蛇捉不住的气象，这同作品的感染力有很大关系。夏承焘先生称赞左思的“振衣千仞冈，濯足万里流”为岩岩儒者气象。可谓抓住了创作的核心。文朝在这方面有上佳的表现。

如五古《登泰山》，这首一百五十六句的长篇，以中路登山路线为经，以沿途人文自然风光为纬，作全景式描绘：从“华夏一巨柱，雄峙东天边，巍峨耸入云，拔地通九天”，直到“登上天柱峰，脚踏极顶巅。伸手捧红日，举臂擎蓝天。极目望四海，一览小众峦。……祖国如旭日，四化宏图现，战士责任重，卫我好河山”。真是神思天纵，妙笔飞腾，包揽宇宙，挥斥八荒之力作了。

又如《念奴娇·戊寅抗洪》：“天河堤决，雨狂泻，恰似苍穹开裂。松嫩长江齐肆虐，洪浪排空卷雪。……灾情急点雄兵，海空兼陆路，风驰云掣。统帅亲征，挥巨手，将士争降蛟孽。众志成城，军民凭血肉，筑墙如铁。”将万队雄师，战天斗地的气势与功勋表现得淋漓尽致了。

再如《少林寺武僧表演》：

挟风裹雨夹雷电，舞棍飞刀打醉拳。
单手前推中岳动，一声跺吼震云天。

三、四两句真可谓想落天外，气吞山河了。

其《玉门古渡畅想》：

撞断邛山一洞开，黄龙万里走惊雷。
扁舟曾渡千秋客，谁立潮头掣浪回。

字字充满改天换地的尚武精神与时代健儿的阳刚正气。读之令人血脉贲张，精神振奋，“欲与天公试比高了”。

妙于构思

构思就是艺术想象力，它是一切艺术的核心。刘勰《文心雕龙》以《神思》开篇，曰：“思理为妙，神与物游”，“使玄解之宰，寻声律而定墨；独照之匠，窥意象而运斤”，指出了创造意象的特殊作用。文朝诗于意象经营，恒多佳境与妙想。如：

《水调歌头·黄河》云：“人类文明史，上下五千年。大河孕育儿女，华夏有摇篮。……改天地，除蛟孽，谱新篇。……电站嵌镶珠宝，枢纽聚集财富，黄水变金川。流域织春锦，碧浪润甘甜。”前片着力勾勒黄河文化的历史功勋，后面则写治河伟绩。“电站”以下几句用珠宝、金川、织锦和甘甜的碧浪加以表现，何等神奇美妙、妩媚动人。

五绝《咏志》云：“志士朝前走，洪波入海流。开弓无复返，好马不回头。”只二十字，精钢百炼，声如雷响，何其铿锵有力，令人心魂震荡。与王之涣之《登鹳雀楼》似有异曲同工之妙。

《垂虹桥遐思》云：“人行浪顶迎天曙，影落湖心伴月光。……古来越角吴根地，桥断犹存翰墨香。”桥已断矣，而却香满越角吴根，以缺陷衬托自然之大美，竟能如此神奇动人。

再如《清平乐·乾州古城》上片起句云：“状如乾卦，山水诗情画。”下片结句云：“放眼一盆锦绣，新城溢彩流光。”以卦象与盆景相铺垫，寥寥几笔，神光离合，令人有无限的遐想。

《武威雷台》云："前凉张茂作灵台，雷祖庙堂香火开。奔马腾空踏飞燕，人文瑰宝土中来。"以灵台、香火的幽秘，烘托马踏飞燕之空灵神奇，都是妙于构思之力作。

轰响着的时代主旋律

文朝作为我军的一名将领，同时又是学会的领导成员，对诗词事业有着高度的自觉性与使命感，表现时代主旋律，吹响前进的号角，便成了其作品的基本色调，也是最令人感动之所在。比如直面时代题材之作，除前面提到的《念奴娇·戊寅抗洪》之外，还有《采桑子·抗美援朝六十周年纪念》：

> 国门战火催征号，抗美援朝。抗美援朝，敢向魔王亮刺刀。　　相逢狭路争拼死，势比天高。势比天高，虎豹豺狼颤栗嚎。

只八句话就写足了抗美勇士无攻不克的英雄气概。再如《江城子·飞天梦圆》：

> 人间几欲上天堂？访嫦娥，问吴刚。大漠敦煌，壁画竞飞翔。华夏英豪多畅想，征玉宇，破天荒。　　腾空火箭九霄飏，送神舱，探穹苍。浩瀚星空，日月伴船航。舟返人安传喜讯，圆伟梦，凯歌扬。

则是从沸腾生活中提炼情境、升华意象的突出典型。

丰富多彩的题材

文朝诗家不但多产而且是快才高手。口占次韵之作，往往出口成章而自然高妙。本书收录六百多首作品，四、五、七言与长短句兼备。长调如一百五十六句的五古《登泰山》早已蜚声众口，七言体的《青莲曲》则是长达一百一十二行的歌行之作。此诗从眼前呈现的一湖荷花入手，自然过渡到李白青莲居士的雅号，周敦颐的《爱莲说》，以及以廉政为主题的《青莲杯》诗词大赛上来。然后笔力一顿而起，历数古往今来的廉政清官以及贪顽丑类，对比写出，惊心动魄，十分感人。此诗见学养，见人品，见才情，不愧为当代反贪倡廉的鸿篇力作。此诗问世，大得好评。文朝在用韵上是遵守双轨并行的原则的。他主张在押入声韵如《满江红》、《金缕曲》等名调上从严，用词林正韵，这样更能体现声情意象之特美。在押平声韵的《临江仙》、《浣溪沙》、《沁园春》等词牌上兼用新韵。方式比较灵活圆融。文朝集中收了一些次韵之作，却能于难处见巧，饶有趣味。如《贺神九胜利归来次霍老韵》：

神九蛟龙震大洋，高天深海任巡航。
庆功把酒邀明月，建业乘风逐太阳。
夸父迎宾言道远，嫦娥别梦话情长。
云霄安下空间站，笑看球村是故乡。

以到口即消的白话，写巡天探月的伟业，举重若轻，刊于《人民日报》，颇受好评。

文朝的诗作，一如其人，充满阳光、朝气、妙思、豪情。读其作品是一种享受和正能量的提升。正如李东阳《麓堂诗话》所说：“（诗）以陶写情性，感发志意，动荡血脉，流通精神，有至于手舞足蹈而不自觉者。”诗的教化功能应当值得我们重视和发扬，这也是文朝诗作给我们带来的一种感动。

文朝将军不仅是一位才华横溢，气象恢宏的本色诗家，而且是一位学养深厚、论断精辟的评论家。他在当代诗词的定位与创新之论述上，常有别开生面、发人深省的真知灼见。书中收录了论文三十多篇，不仅具有现实的针对性，而且具有理论的深刻性。其中有关孙铁青会长诗学观的论述，即是对中华诗词学会成立二十年来指导思想的系统性总结与诠释。其《植根民族沃土，繁荣时代新枝》，《呼唤精品力作，促进诗词振兴》，都充分体现了他的理论高度与践行的力度。《人性的立体与诗情的多元》，则对多样化与主旋律的辩证关系作了十分精譬与极富启发的论述。关于《军旅诗词的艺术特色》的阐释，从价值取向，气韵品味，情感表达以及风格追求上都做了生动深刻的论述，是一篇总领全局的纲领性大文。对当代诗词创作，极富启发性与指导性。我们知道诗人应当同时也是思想者，缺少思想的高度与理想的支撑的人，必然精神委琐，无法发现生活之大美，也就不能创造动人的诗篇。正是这种理论的高度，赋与了文朝诗作以蓬勃生机与巨大的艺术魅力。相信文朝同志的诗词诗论选集的问世，必将对当代诗词创作产生积极的影响，让我们为之祝贺。

周笃文

二〇一三年于北京影珠书屋

原版自序

在诗词文学的圆梦征途中，我正应了老家的一句俗语："起了个早五更，赶了个晚集。"除了从小背唐诗的经历，早在上世纪六十年代中叶我读高中的时候，就模仿毛主席诗词学写古体诗词，可谓五更起得不算晚。1975年我就主编出版了报告文学集，与文学初步结缘。我的中国作家协会会员登记表中有两栏戏剧性内容：何时开始发表文学作品：1975年。何时加入中国作家协会：2005年。这期间30年的时光，我就个人服从组织，把青春年华奉献给了部队建设的不同工作岗位。直到从工作岗位上退下来之后，我才叶落归根，重圆了我的诗词文学梦。这些年来，我的文学情缘一直未断，而是化整为零，以诗词日记的艺术形式，伴随着我几十年的人生之路。但在职时由于工作繁忙，没有时间和精力对诗词格律的技术层面进行专门学习研究，只是在诗词意象构建、艺术追求、语言提炼和哲理升华等方面即兴探索。

到中华诗词学会工作后，在各位名师大家面前，我进一步看到了自己的差距，决意潜心学习研究诗词格律和新声旧韵基础知识。我的优点是刻苦认真，勤学好问，老老实实地从小学生当起。我放下了一切世俗的包袱，发自内心地认为，"入行"必须"循规"。更何况中华诗词博大精深，既是艺术，又是科学，来不得半点虚假和骄傲。既然进了诗词的"山门"，就要自觉以白衣诗徒的身份，从头学起，切切实实地按诗词格律的"游戏规则"办事。从刘征老、笃文老等中华诗词学会的专家、领导、工作人员，到随时随地结缘相识的八方诗友，都是我的良师益友。选入本书的1978年到2007年前30年和2008年至2013年11月共600多首诗词作品，都是我在老师和诗友们的指点帮助下，自己经过反复修改提高的结果。我在用韵上是认真遵循中华诗词学会提出的"倡今知古，双轨并行"的原则，坚持内容决定形式，声韵形式为作品内容服务。以诗词作品核心意象的关键词是否需要入声韵，来决定本篇是用新韵还是旧韵（平水韵、词林正韵等）。作品中大体有三种情况：一是新旧韵都通，这是我追求的最高境界；二是有些词牌如《念奴娇》、《金缕曲》、《满江红》等只有押入声才出韵味的，就严格用《词林正韵》；三是如《沁园春》、《临江仙》、《浣溪沙》等押平声韵的清新明快的词牌，我就兼用新声韵。坚持同一篇诗词作品中新旧韵不能混用。在上述原则下，如果还出现哪些失误，就可能是某些环节的疏忽。我再随时接受批评，及时修改更正。我的艺术风格追求，应是崇尚豪放，不废婉约；我的作品内容把握，应是弘扬主旋律，体现多样化。我是和谐统一论者，不是极端偏废论者。主张海纳百川，百花迎春，和谐相辅，共促繁荣。请读者方家明鉴。

我是上个世纪九十年代入会的老会员，但除了按时交纳会费外，没有参加过中华诗词学会的任何活动。从2005年11月30日应邀担任中华诗词学会会长助理兼副秘书长，我正式进入诗词“圈子”将近10个年头，也算应得上十年磨一剑之说了。自己跟自己相比，诗词艺术是有一些长进。但毕竟不是“门里出身”，今后学习提高的路还很长。在振兴中华诗词事业的志愿行动中，我自己的努力方向是：矢志不移，锲而不舍，精品立身，实干兴业。借拙作出版之际，说出上面几句心里话，就是为了和诗友沟通，向方家求教。同时借此机会，向在百忙中为拙作写序的周笃文教授和为拙作编辑出版各个环节给予我支持、鼓励、帮助的各位方家、领导、朋友表示衷心感谢！心声既吐，权作小序。

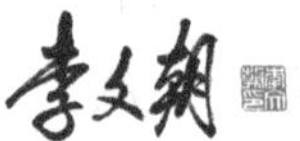

（二〇一三年十一月于北京齐贤斋）

【注】

后续相关内容见本书最后的《增订后记》。

目　　录

1978年至2007年部分作品

军旅壮歌

山川放歌

四季欢歌

文史踏歌

异域传歌

岁月飞歌

2008年作品

2009年作品

2010年作品

2011年作品

2012年作品

2013年作品

2014年作品

2015年作品

2016年作品

2017年作品

2018年作品

2019年作品

附录:

1978年至2007年部分作品

军旅壮歌

念奴娇·戊寅抗洪

天河堤决，雨狂泻，恰似苍穹开裂。松嫩长江齐肆虐，洪浪排空卷雪。财产飘零，生灵没顶，万物遭吞灭。戊寅华夏，惊涛呼唤豪杰。　　灾情急点雄兵，海空兼陆路，风驰云掣。统帅亲征，挥巨手，将士争降蛟孽。众志成城，军民凭血肉，筑墙如铁。丰碑青史，功垂多少英烈。

一九九八年八月

高原抒怀

1999 年 6 月中、下旬，余有幸作为记者团团长，带领首都新闻单位记者团，赴西藏军区边防部队采访，观高原风光，思边防重任，感慨系之，即诵成篇。

乘风直上地球巅，日近云低手触天。
旷野青稞绿装暖，高峰白雪素衣寒。
碧空澈透悬明镜，蓝海清澄托玉盘。
万里河山千古远，岂容外指染边关。

一九九九年六月二十五日于西藏高原

西江月·赞西藏边防岗巴营

来自江南塞北，置身雪域高原。一腔热血锁边关，立地擎天铁汉。　坚守云端哨卡，人稀氧薄天寒。刚强战士苦为甜，甘愿无私奉献。

一九九九年六月二十二日于西藏日喀则

拜将台遐思

陕西省汉中市的“拜将台”，相传为汉高祖刘邦拜韩信为大将举行仪式的土坛。今遗址尚存，台前立有“汉大将军韩信拜将坛”和“拜将台”石碑两座。登古坛，觅雄风，尤感“得人才者得天下”之古训。

拜将台前唱“大风”，得来猛士保龙庭。
求贤借月追逃勇，荐帅封坛建伟功①。
虎虎生威威盖世，多多益善善督兵。
霸王若有容才量，另写雌雄改汗青。

一九九七年五月二十三日于陕西汉中

【注】

① 求贤句：取萧何月下追韩信和刘邦力排众议筑坛拜将，举荐韩信统率全军之典故。

嘉峪关怀古

锁钥华西一险关，丝绸之路扼喉咽。
雄楼臂挽黑山顶，要隘城连弱水边。
阵地似闻鸣鼓角，燧台若见起烽烟。
千秋明月今安在，几照征人去又还。

一九九八年十一月二日于甘肃嘉峪关

观海战演习

风和日丽碧波平，信号一声龙胆惊。
机翼遮天山盖顶，炮林动地浪排空。
穿云导弹拦飞寇，潜水神虬斗隐鲸。
舰阵威严航道锁，海疆万里固长城。

一九八六年夏于中国某海域

沁园春·国庆五十周年大阅兵现场观感

1999 年 10 月 1 日，余作为中央电视台《军事报道》国庆 50 周年大阅兵现场采访负责人，置身雄伟壮丽的天安门广场，目睹盛况空前的国庆大阅兵，心潮澎湃，思绪万千：

陆海空天，缩展长城，举世大观①。看九州崛起，雄姿伟势；五十大庆，盛况新颜。展示军威，弘扬国力，振奋民心斗志添。阅兵场，正一声令下，倒海排山。　红旗引路直前。长安道、奔腾万众欢。赞步兵方队，队形齐整；战车方阵，阵势威严。火箭如林，雷达似网，导弹昂头卫九天。舒望目，那空中梯队，叱咤云寰。

一九九九年十月一日于北京

【注】

① 新中国50周年国庆大阅兵，是陆海空天四位一体现代化国防实力的缩影展示，其规模之宏大，场景之壮观，实为举世瞩目的一大景观。

世纪初年走边关①

世纪朝霞映在身，长征创举走新闻。
高原雪域连云哨，大漠沙洲守卡人。
海浪千重歌卫士，边关万里颂军魂。
民族村寨风情画，光彩荧屏满目春。

二〇〇一年一月一日至七月三十一日

【注】

① 大型电视系列报道《世纪初年走边关》被誉为中国新闻史上的创举和中国电视史上的万里长征。

满江红·长征

在中国工农红军长征70周年之际，阅长征文献资料，读长征文学作品，特别是研读毛泽东同志有关长征的诗文，心潮澎湃，肃然命笔。

盖世传奇，惊天地、神嘘鬼泣。翻战史、古今中外，问谁能及？九死一生成壮举，千山万水留奇迹。挽狂澜、舵手正航船，回天力[①]。 堵截猛，围追急；天堑阻，饥寒逼。有红军亮剑，所经无敌。草地礼宾铺路送，雪峰迎客躬身揖。会三军、西北帅旗飘，升红日。

二〇〇四年十月十日

【注】

① 长征胜利的关键意义在于，遵义会议确立了毛泽东同志在党和红军的实际领导地位，使中国革命的航船有了英明的舵手，从而以回天之力，化险为夷，拨正航向，转危为安。

望海潮·呼唤和平——纪念抗日战争胜利六十周年

为纪念抗日战争胜利60周年，我们中央电视台《呼唤和平》摄制组东渡日本，采访当年在华日人反战同盟成员，共同谴责日本军国主义的侵华罪行，呼唤人类持久和平。残阳夕照中，目眺如血海面，心潮逐浪，遂填是阕。

夕阳残照，海波如血，心潮逐浪翻腾。回望九州，倭魔入境，一时国破天倾。战祸起东瀛。铁蹄卷席过，血雨腥风。抢掠烧杀，欲吞华夏，甚嚣凶。　　亡国速胜休争。有明灯至理，持久方赢。众志成城，天罗地网，人民伟力无穷。强寇举白旌。覆鉴师今事，警世钟鸣。悲剧安能重演？永久唤和平。

二〇〇五年五月三十一日于日本

海上钢钉连

孤礁隐现淼波中，荒岛“四无”人杳踪[①]。
战士安营扎铁寨，海防前哨铆钢钉。

一九八二年冬于某海岛守卫连

【注】

① 四无荒岛：即这座荒石孤岛无居民、无淡水、无航班、无土层。

西江月·驱车上崂顶

峭壁拔出大海，崂峰刺破青天。驱车缓缓入云端，几度峰回路转。　　左倚千寻绝壁，右临万丈深渊。排除艰险上山巅，哨所欢声一片。

一九八四年十月一日于山东青岛崂山

“两王城”寻觅[①]

一道鸿沟天下分，荒城故址觅雄魂。
千年壑垒风犹对，百代英豪气不存。
霸主别姬非上意，汉王称帝赖人心。
沉吟咏叹思青史，放眼山河处处春。

一九八九年春于河南郑州广武山

【注】

①“两王城”：河南郑州黄河游览区以西的广武山上，有汉王刘邦和楚王项羽在此争雄对垒的古城遗址两座，西曰“汉王城”，东曰“霸王城”。中间有一条南北走向的绝涧大沟，名曰“鸿沟”。遗址处有一高大石碑，上刻“汉霸两王城”五个大字。

灞陵桥怀古[1]

心思汉室意辞曹，谢断新恩续故交。
魏主惜才颁厚礼，关公施计挑戎袍。
冲锋赤兔追风马，斩将青龙偃月刀。
勇武封侯称圣帝，威名永驻灞陵桥。

一九八九年十一月十六日于河南许昌

【注】

① 灞陵桥：河南省许昌市城西有灞陵桥遗址，相传为关羽出曹营时，曹操向关公颁赠锦袍之地。关公以刀挑戎袍防诈，由此开始了过五关斩六将、千里走单骑的壮举，现存断碑上刻有“汉寿亭侯挑袍处”字样。

满江红·凭吊英雄山

肃穆陵园，纷纷雨、清明时节。山俯首、翠松垂泪，纸花含血。纪念碑前崇伟业，无名墓侧怀先烈。颂英魂、浩气炳千秋，真雄杰。　　人如海，花似雪；誓言铁，声音咽。举红旗奋进，子孙传接。解放翻身除旧宇，富民兴国开新页。振中华、瞄准最强邦，追超越。

一九九二年清明节于山东济南英雄山

赠战友徐洪刚[①]

时代新星耀碧空，中华正气共和鸣。
英雄壮举惊天地，黎庶爱心昭日星。
仗义为民迎剑影，戒骄防躁过花丛。
年长日久经风雨，永葆荣光本色兵。

一九九四年三月八日

【注】

① 徐洪刚，见义勇为的时代英雄。这是余作为总政治部组织的“徐洪刚见义勇为先进群体事迹报告团”团长期间，写给英雄战士的共勉诗。

沁园春·军校抒怀

理想星空，意志熔炉，智慧殿堂。看腊山上下，腾龙跃虎；课堂内外，练笔习枪。心系人民，胸怀社稷，壮志成城万里长。期明日，待学成业就，叱咤边疆。　　良才新秀成行。强华夏、倾心育栋梁。赖名师浇灌，根深苗壮；严官教练，将猛兵强。瞄准将来，力夺胜券，电子争雄斗智忙。思重任，履国防使命，不辱炎黄。

一九九五年四月五日于济南陆军学院

阅兵台即咏

方阵集群虎，吼声排九霄。
风雷随臂动，脚步震山摇。
直线织严整，雄威聚勇骁。
铁肩担重任，实战逞英豪。

一九九五年九月七日于某部阅兵台

永遇乐·国防畅想

国泰民安，河清海晏，何以凭护？城堡围墙，家宅垒院，国土须防务。恃强凌弱，贫穷挨打，教训古今无数。壮军威，金戈铁马，屈敌不战停步。　　戎装将士，报国为本，奉献义无反顾。险重急难，赴汤蹈火，血染英雄路。心存社稷，诲及妇幼，关注国防莫误。金汤固，成城众志，太平永驻。

一九九五年十月一日

谒定军山武侯墓

古柏森森掩定军，寝宫高冢卧龙人。
永怀西蜀明遗志，兴复汉邦存壮心[①]。
六进七擒布八阵，一言两表盖三分[②]。
巨星虽殒灵光在，共仰千秋智慧神。

一九九七年五月二十四日于陕西汉中

【注】

① 诸葛亮头西脚东而葬，取“永怀西蜀，兴复汉室”之意，表明他怀蜀兴汉，统一中原，不达目的，死亦不休的忠心壮志。

② “六进”，即“六出祁山”；“七擒”，即“七擒孟获”；“八阵”，即“八阵图”；“一言”，一席话，即“隆中对”；“两表”，即“前出师表”、“后出师表”；“盖三分”，即“功盖三分国”。

井冈山抒怀

凌空紫气冲霄汉，风卷红旗起大观。
莽莽山冈曾辟径，星星火种已燎原。
凭栏五哨烟云散，放眼九州天地翻。
访圣寻根明壮志，承前启后颂“摇篮”。

一九九八年七月十一日于江西井冈山

酒泉传说[1]

骠骑边功重，汉皇劳柳营。
一坛钦赐酒，十万效忠兵。
倾酿金泉井，开怀玉角觥。
爱心天可鉴，将士赞公平。

一九九八年十一月二日于甘肃酒泉

【注】

① 酒泉：原名金泉，在甘肃省酒泉城东关酒泉公园内。相传汉骠骑将军霍去病出征匈奴获胜，驻守河西一带。汉武帝颁赐御酒一坛，霍去病倾酒于泉中，与众共饮。后人改金泉为酒泉。

参观八一南昌起义旧址

一声枪响开新宇，首义南昌奠伟基。
万水千山烽火路，硝烟散处政权移。

一九九八年七月十二日于江西南昌

虎门行

古炮扬威震海关，虎门池水灭毒烟。
醒狮一吼乾坤变，浩气长存天地间。

一九九九年一月十七日于广东东莞虎门

伊犁将军府

将军府第觅贞臣，边塞雄风连虎门[1]。
功过是非终有定，神龙腾起慰忠魂。

二〇〇〇年八月二十二日于新疆伊宁

【注】

① 以虎门销烟而名垂青史的清朝钦差大臣林则徐，被充军伊犁后，曾住在将军府附近的平房内。

减字木兰花·罗布泊马兰颂[1]

浩茫戈壁，巨响惊天声动地。蘑状红云，并日光球天象真。　　母亲腰挺，华夏儿孙强本领。排险攻坚，长志扬眉颂马兰。

二〇〇〇年八月十三日于罗布泊
我国第一颗原子弹爆炸中心遗址

【注】

① 马兰：原为罗布泊戈壁荒漠深处顽强生存的一种小花。我国核试验基地就建在罗布泊深处，并取名马兰基地。

娄山关

长征首胜破雄关，访圣寻踪上险山。
似血残阳辞旧宇，如涛翠岭换新天。
犹闻战马蹄声碎，更感霜晨月色寒。
万水千峦接力走，继承勿忘奠基难。

二〇〇一年四月二十四日于贵州遵义娄山关

友谊关即咏[①]

南疆威镇峙雄关，抗法征程捷报传。
起义反清留浩气，睦邻开放谱新篇。

二〇〇一年六月十四日于广西凭祥友谊关

【注】

① 友谊关：在广西凭祥市。明初置镇南关，1953 年改名睦南关，1965 年改现名。1885 年，冯子材指挥的抗法战争镇南关大捷和清末孙中山领导的镇南关反清起义就发生在这里。

古炮台感愤

友谊关金鸡山南炮台，有一尊清朝时期从德国购买的洋炮。因系伪劣产品，故在实战首发打炮时，弹丸卡在炮管口，成为废炮。至今作为屈辱的象征，卡在炮口的弹头仍在，令任何一个有爱国心和羞耻感的中国人，看后难免感叹愤慨。

花银逾几千，搬运整一年。
应战初发射，炮膛噎弹丸。
贫穷吞侮辱，病弱咽羞惭。
知耻方为勇，强边固塞关。

二〇〇一年六月十四日于广西凭祥友谊关

天下第一关

天下雄风第一关，咽喉要隘海连山。
古来坚守强攻地，散尽硝烟任往还。

二〇〇三年八月十九日于河北秦皇岛山海关

山海关老龙头

万里长城昂巨首，天开海岳老龙头。
高楼靖虏雄襟阔，浪静澜安将士求[①]。

二〇〇三年八月十九日于河北秦皇岛山海关

【注】

① 曾在此建关镇守的明朝抗倭名将戚继光诗句：“封侯非我意，但愿海波平。”

赏剑答友人

地灵万载化青铜，炉火千锤寒气生。
利刃犹存争霸血，霜锋尚驻战国风。
斑痕历述沧桑事，锈渍评说兴替情。
武略文韬同探索，诗心剑胆共和鸣。

二〇〇四年一月一日

钓鱼城[①]

三江交汇处，牢固筑城池。
些小泥丸地，恢宏铁壁诗。
元蒙伤锐气，欧亚解忧思。
抗战传奇事，古今同仰之。

二〇〇四年四月二十四日于重庆合川钓鱼城

【注】

① 钓鱼城：在重庆市合川县城东的钓鱼山上，建于南宋淳祐二年（1242 年），巴蜀抗元名将王坚、张珏等坚守该城达 36 年之久，伤毙亲率大军攻城的元宪宗蒙哥，迫使元军北撤，影响到当时世界军事格局的改变，被誉为抗战史上的奇观。

如梦令·赞“蚊虫王国”戍边人

新疆阿勒泰军分区某部北湾边防连，常年驻守在“全球四大蚊虫滋生地”之一的北湾，被誉为“蚊虫王国”戍边人。蚊虫疯狂季节，余来边陲采访，专程看望了这个连的官兵，深为他们爱国奉献的精神所感动。

乱眼、缠身、扑面，猛咬、死叮、凶惨。满目尽蚊虫，守卡戍边堪赞。堪赞，堪赞。边界阳光一片。

二〇〇四年七月十二日于新疆阿勒泰北湾

梅关古道

2005年1月中旬，余带领中央电视台《军事报道》“南粤纪行”摄制组赴南雄梅岭采访，寻访当年陈毅元帅赋写《梅岭三章》的战斗故地，品味梅关古道的历史文化内涵，即咏成句。

锁钥南国梅岭险，咽喉要隘峙雄关。
云峦石径开一线，斧迹刀痕显万难。
丞相劈山留赞誉，元勋创业赋诗篇①。
千年古道迎新纪，梅朵雪花争笑颜②。

二〇〇五年一月十四日于广东南雄梅岭

【注】

① 唐朝丞相张九龄组织劈山凿岭，开凿了梅关古道，在历史上留下美名赞誉；新中国开国元勋陈毅元帅，在梅岭一带坚持三年艰难卓绝游击战争期间，写下了《梅岭三章》的著名诗篇。

② 作者及摄制组到达梅岭时正赶上梅花开、雪花飘的稀有景象。

莫干山①

千古传奇莫干山，剑池飞瀑血痕残。
亡魂化作霜锋刃，斩尽奸邪保泰安。

二〇〇五年三月十六日于浙江德清莫干山

【注】

① 莫干山，在浙江德清县城西北3公里处，相传春秋末年，莫邪、干将夫妇为吴王阖闾所召，在此铸剑，剑就身亡，后人以其名名山。

长相思·边关中秋月

心镜悬，梦镜悬，映照边关秋水穿。银光伴你还。　　祝平安，保平安，万户千家绽笑颜。花开月正圆。

二〇〇六年十月十六日（中秋夜）

访古田会议会址

访圣寻宗到古田，军魂铸就力回天。
雄师创建强根本，夺隘攻关只等闲。

二〇〇六年十月二十四日于福建上杭县古田村

八公山凭吊[①]

八公山上觅仙踪，鹤去音无草木荣。
淝水杀声犹在耳，松涛阵阵唤雄风。

二〇〇六年十二月二日于安徽淮南八公山

【注】

① 八公山，在安徽淮南市西，淮水之南，淝水之北。相传西汉时淮南王刘安与八位朋友炼丹于此，故名。历史上著名的“淝水之战”就发生在这里，“风声鹤唳，草木皆兵”的典故即出于此。

清平乐·赞解放军驻香港部队

文明威武，正步和平路。行使主权期永固，树起擎天玉柱。　　红星闪耀香江，紫荆孕育芬芳，朝暮十年共处，军民鱼水情长。

二〇〇七年六月二十五日

纪念建军八十周年

扭转乾坤一杆枪，红星照耀铸辉煌。
长缨扫荡三山倒，铁壁屏藩四化昌。
海底神虬驱水寇，空中利箭射天狼。
眼观世界风云骤，使命忠诚卫小康。

二〇〇七年八月一日

山川放歌

五古·登泰山

公休假日，风和日丽，余陪远方来客，徒步登临泰山。饱览自然景观，细品人文遗产，倍觉中华民族源远流长，泰山文化博大精深，感慨无限，即咏成篇。

序 曲

华夏一巨柱，雄峙东天边。
巍峨耸入云，拔地通九天。
太古成伟峰，千载胜名传。
五岳称独尊，紫气此为源。
文汇儒释道，缘结帝王仙。
妇孺竞爬拜，消灾讨福缘。
天工置神秀，人文布景观。
名注联合国，世界共遗产。
古今中外客，接踵登泰山。

第一部

起步岱宗坊，进门访名山。
右侧王母池，古称群玉庵。
曹植留诗句，时间越千年。
“东过王母庐，俯观五岳间”。

步入一天门，始登盘路弯。
“孔子登临处”，碑刻“第一山”。
拾级上“天阶”，“红门”映眼前。
悬崖大藏岭，两片红石岩。
“万仙楼”一座，登临若飘然。
上祀西王母，下列众仙班。
神奇斗母宫，又名龙泉观。
叠瀑玉珠响，铺翠红楼间。
古槐似龙卧，奇景自天然。
稀世“经石峪”，风韵已千年。
石坪一亩大，久放山溪畔。
上刻“金刚经”，隶书兼草篆。
经字大如斗，风雨留剥斑。
钻身过柏洞，仙境入壶天。
笑指“回马岭”，玄宗留遗憾。

第二部

登上中天门，高阔又平坦。
不见黑虎神，喜看索道站。
下起凤凰岭，上至月观山。
总长两千米，高差六零三。
全程八分钟，飘然如升仙。
辞门登高去，即遇“斩云剑”。
突兀一巨石，如剑刺云天。
相传此为界，上下云折返。

冷热锋面雨，绝妙赖天然。
一座云步桥，单孔跨深涧。
飞瀑溅水雾，依稀云弥漫。
青松五大夫，秦代九级官。
始皇封禅至，遇雨在中坂。
松荫遮风雨，护驾悦龙颜。
越过“五松亭”，一树立道边。
恰似多情女，招手望君还。
又名“迎客松”，游人多流连。
穿过“朝阳洞”，迎面“对松山”。
乾隆留赞誉，李白赋诗篇。
远望不盈尺，长松入云汉。
岱岳最佳处，对松真奇观。
置身“升仙坊”，仰望一线天。
西依翔凤岭，东邻飞龙岩。
天门架云梯，危磴难登攀。
拔地五千尺，冲霄“十八盘”。
径从穷处寻，天在隙中见。
盘尽天门到，身入白云端。
门上“摩空阁”，碧峰宝石嵌。
仰步三天胜，俯临千嶂险。
太白清风来，齐鲁“未了轩”。
放歌“南天门”，声扬九霄间。

第三部

漫步天街上，不辨仙与凡。
游人逛街市，云雾绕身边。
店铺家家富，叫卖声声甜。
待客情意暖，逐却高处寒。
拜谒碧霞祠，天上真宫殿。
金碧映白云，霞光照青坛。
瓦垄三百六，象征夏历年。
人生吉祥事，祈祷香火烟。
继续登高处，蔚为仰大观。
唐代摩崖碑，御书纪泰山。
凭崖望八极，目尽长空间。
登上天柱峰，脚踏极顶巅。
伸手捧红日，举臂擎蓝天。
极目望四海，一览小众峦。
黄河飘金带，云海托玉盘。
晚霞正夕照，佛光现奇观。
岱顶观日出，东天红霞染。
祖国如旭日，四化宏图现。
战士责任重，卫我好河山。

一九九六年六月二十二日

【注】

这首诗以举世闻名的泰山自然风景和人文景观为依托，以中路登山路线为经，以沿途自然和人文景观为纬，全景式描绘出泰山风光的雄伟壮丽和泰山文化的博大精深。

水调歌头·黄河

人类文明史，上下五千年。大河孕育儿女，华夏有摇篮。源自高原雪岭，咆哮奔腾万里，入海汇泓湾。世代多灾患，遗恨满人间。　改天地，除蛟孽，谱新篇。令其化害为利，治理美名传。电站嵌镶珠宝，枢纽聚集财富，黄水变金川。流域织春锦，碧浪润甘甜。

一九九六年六月十六日

黄 山

云海峰林簇宝莲，根奇石怪涌汤泉。
玉屏翠岭松迎客，鲫背青鸾鸡叫天。
万壑峥嵘连锦绣，千峦竞秀伴神仙。
集成美景堪观止，此处归来不看山。

二〇〇四年四月三日于安徽黄山

张家界

精美一盆景，久存天地间。
瑶池盈宝水，御笔绘仙山。
万岭浮林海，千流挂瀑帘。
人间何处好？最数武陵源。

二〇〇四年四月二十六日于湖南张家界

【注】

宝水，即被誉为人间瑶池的宝峰湖。

水调歌头·花果山

江苏省连云港市东南有花果山一座，曲洞幽深，花果飘香，素有“东海胜境”之誉。《西游记》里的花果山就取背景于此。因公务来连云港市，顺道寻访，登临花果山，漫步水帘洞，触景生情，浮想联翩，脱口成阕。

久慕孙行者，今日上仙山。鲜花圣果佳境，幽趣自怡然。古洞水帘卷起，筋斗云栖峭壁，猴化巨岩间。过了南天界，身似入云端。　　拜经场，灵观殿，老君丹。寻遍传奇故地，游记想联翩。玄奘崖旁果树，八戒石前花木，香气沁人寰。放眼仙门外，盛世赛桃源。

一九八六年三月五日于江苏连云港花果山

临江仙·蓬莱阁

阁耸丹崖凌峭壁，登临魂体飘然。蓬莱瑞气绕身边。心潮连碧海，身影入晴烟。　　方士劈波东渡去，秦皇汉武求仙。蜃楼海市现奇观。凝神追幻境，放眼看人间。

一九九一年初夏于山东蓬莱

杭州西子湖

水映灵光山吐翠，丰姿倩影每相随。
三潭印月浮仙境，一塔斜阳照御碑。
桥断雪残非已断，峰飞雾动似曾飞。
苏堤更待迎春晓，西子西湖映曙晖。

一九九八年六月二十七日于浙江杭州

橘子洲感赋

当年领袖立潮头，访胜今来橘子洲。
指点江山天地换，激扬文字贵卑休。
枫林未染峰流翠，碧浪层开舸竞流。
北去湘江应笑慰，人民作主写春秋。

一九九八年七月八日于湖南长沙

黄河壶口

天上长河不尽流，洪波千里一壶收。
惊涛裂地奔腾下，浪底生烟震九州。

一九九八年十月二十六日于陕西黄河壶口

龙庆峡随感

崖谷空深卧巨龙，波平水碧映山青。
云遮雾锁神仙院，魂绕情牵梦幻亭。
幽洞奇石传趣话，涓流细瀑作和声。
三峡雄险漓江秀，尽在眼前随我行。

二〇〇〇年八月六日于北京龙庆峡

雁荡奇观

梦幻神奇雁荡山，步移形换自悠然。
才呈菡萏含苞状，又现昭君出塞篇。
日作佛徒双合掌，夜成情侣共缠绵。
大湫悬瀑飞龙下，古洞仙桥别有天。

二〇〇一年一月一日于浙江乐清雁荡山

游亚龙湾

携友亚龙湾，身心共海天。
随风吹宠辱，信步任悠然。

一九九九年一月十五日于海南三亚

虎跳峡咏叹

插云披雪两冰山，峡口劈开一线天。
万里长江惊虎跳，狂涛夺路鬼门关。

二〇〇一年四月十九日于云南丽江途经虎跳峡即兴

香格里拉[①]

凡尘仙境诗融画，神秘娇容撩面纱。
遍野青葱祥瑞草，周山烂漫杜鹃花。
林遮烈日阳光碎，海映冰峰月影斜。
信步悠游原始地，自然人类共春华。

二〇〇一年四月二十日于云南迪庆

【注】

① 香格里拉，在云南省迪庆藏族自治州，被誉为人间仙境。

黄果树瀑布

仰望天河巨坝开，千秋阔瀑泻瑶台。
穿行漫步珠帘里，一片仙云绕我来。

二〇〇一年四月二十五日于贵州黄果树瀑布

看庐山

倚天拔地山飞峙，湖水江波映伟姿。
雨雾从来情易变，庐山自古面难识。
白烟起处乌云去，热浪吹时冷眼知。
荣辱兴亡多少事，田园草舍可吟诗。

二〇〇一年八月十六日于江西庐山

游石钟山

石钟山势险，千古怪音传。
两色清浑界，湖江共水天。

二〇〇一年八月十七日于江西湖口石钟山

北戴河

未逢大雨落幽燕，碧水蓝天金海滩。
鹰角岩前怀伟业，碣石山顶觅遗篇。
波峰浪谷盘神虎，树隙峦丛立宝莲。
多少英雄舒望目，秦皇岛外正扬帆。

二〇〇三年八月二十九日于河北北戴河

古乐府·花山谜窟[①]

噫吁嚱，奇乎谜哉！花山谜窟，谜似一团雾！民间无传说，典籍无记述。尔来几度千百岁，销声匿迹有若无。古洞深窟现真容，疑团重重谜无数。恰逢地球神秘线，与金字塔处同纬度。天下奇洞皆自然，此窟人工开凿出。顺藤摸瓜遍查寻，总量三十六洞窟。地下宫殿千丈阔，地下长廊张虎口；二十四柱四层次，胭脂谜洞通天府……

窟内空间大无比，岩壁凿痕新如初。厅大厢小洞中洞，层高阶低楼上楼。石柱擎天千钧力，石房间壁几指厚。石窟大斜面，恰顺山坡度。结构怪异成群体，无佛无像无画图。更无金银加财宝，斧凿工具成文物。土油残灯釉陶器，专家鉴定晋朝出。凿痕生出石钟乳，推算千寒七百暑。浩大工程封尘厚，历史长河久淹没。……

花山谜窟，谜似一团雾！何时开巨洞？何人掘谜窟？开掘有何意？石料用何处？伟人惊叹世间绝，专家竞相破谜雾。一说贺齐屯兵洞；二说“花石纲”的觅宝窟；三说临安造宫殿；四说方腊安营扎寨处；五说徽州兴建渔梁坝；六说咸丰年间杀人坞；还说十三陵的采石场；又说徽州盐商大仓库；更有文字新发现，五千年前九黎氏——部落族。

各种破解自圆说，各有破绽众难服。谜团一个接一个，人工魅力胜鬼斧。外交权威发感叹，世界奇观列第九。花山谜窟，谜似一团雾！解谜破雾，当惊世界殊！

二〇〇四年四月四日于安徽屯溪

【注】

① 此处是指安徽屯溪东郊的“花山谜窟”景区。

游船过夔门

浮动江中一座楼，夔门雄壮冠神州。
摩天峭壁擦肩过，诗绪如涛助水流。

二〇〇四年四月二十六日于长江瞿塘峡

过巫峡

才别沧海连天水，又遇巫山满目云。
绝景仙峰十二座，难留远客故园心。

二〇〇四年四月二十六日于长江巫峡

喀纳斯湖

中华雉尾闪明珠，美丽神奇喀纳湖。
波汇六湾能变色，山分四季可拼图。
云来雾障阴霾至，雨过天晴彩练出。
水怪不知何处去？戍边将士笑眉舒。

二〇〇四年七月十一日于新疆阿勒泰喀纳斯湖

日月山遐想

拦途横赤岭，分野两高原。
黄土东连海，绿毡西触天。
移身临藏地，回首望唐园。
日月为铜镜，抛留化界山[①]。

二〇〇四年七月十五日于青海日月山

【注】

① 地处青海的日月山，原名赤岭，是青藏高原与黄土高原的分界线。相传唐朝文成公主进藏时途经此地，回眸望长安，洒泪别故园，抛下日月宝镜，以寄思乡念国之情，后更名为日月山。

丹霞山

丹霞观地貌，举世叹神奇。
阳祖冲天挺，阴元蔽谷弛[①]。
赤峰缠碧带，黛象逐青狮[②]。
玉女朝天卧，千年保丽姿。

二〇〇五年一月十四日于广东丹霞山

【注】

① 丹霞山的“阳元石”、“阴元石”被称为“丹霞双绝”。

② 这里的红岩赤峰缠绕着碧水玉带；形如群象的山峰和状如猛狮的怪石在暮色中如逐如吼。

游金海湖

烈日炎炎降火天，凉风伴我坐龙船。
奇峰似锯割湖水，心旷神怡金海湾。

二〇〇五年七月十日于北京平谷金海湖

游龙虎山

道教源宗古，丹山碧水宜。
访仙游梦境，寻祖问天师。
峭壁凌空险，崖棺入洞奇。
龙盘加虎踞，奥妙几人知。

二〇〇六年三月三十日于江西鹰潭龙虎山

黄龙胜境

背倚青天瞰，黄龙卧岭间。
群仙临胜境，五彩绘池盘。
地表熔岩阔，空中栈道宽。
真人存古寺，满目尽奇观。

二〇〇六年五月一日于四川黄龙

九寨沟

梦幻连童话，神奇九寨沟。
青山争画美，碧水赛情柔。
百海瑶池镜，千川玉瀑流。
和谐繁物种，万类竞春洲。

二〇〇六年五月二日于四川九寨沟

峨眉山

云海苍茫露黛青，蛾眉一抹显娇容。
象池夜月空幽寂，金顶祥光普照明。
白水秋风尘落定，洪椿晓雨羽飘零[①]。
佛家圣地临仙界，秀甲神州育万灵。

二〇〇六年七月二十四日于四川峨眉山

【注】

① “象池夜月”、“金顶祥光”、“白水秋风”、“洪椿晓雨”均为“峨眉十景”之一。其中“洪椿晓雨”似雨非雨，是指群峰环围，森林蔚茂的洪椿坪一带，经过三日以上晴天之后，在朝霞升起时，空中有若碎羽丝丝下坠，着人脸上清新凉爽，视之可见，扪之不能得的“空翠”景象。王维有诗曰：“山路元无雨，空翠湿人衣”。

王莽岭

雄奇王莽岭，景冠太行山。
鬼斧劈岩壁，神工耸柱关。
新朝成幻影，光武化云烟。
水墨丹青秀，游人逐笑颜。

二〇〇六年九月二十二日于山西王莽岭

满江红·水泊梁山

卧虎藏蛟，英雄气、惊天霹雳。传万古、侠肝忠胆，鬼惊神泣。路见不平抽剑助，身逢知己将头掷。举义旗、好汉竞归从，风雷激。　烟泊荡，群峰立。沧桑变，乾坤涤。有遗风质朴，海枯难易。四海妇孺知水浒，五洲游客寻踪迹。聚新贤、腾跃绘宏图，争朝夕。

二〇〇六年十一月六日于山东梁山

浣溪沙·冠豸山[①]

万岭皆山汝是仙，豸冠浩气辨忠奸。古门碧水映清廉。　幽秀雄奇迎雅客，琼台美景落人间。诗潮正义薄云天。

二〇〇六年十一月二十五日于福建连城冠豸山

【注】

① 冠豸山，在福建省连城县城东部3公里处。

浣溪沙·山海关

山挽长龙入海中，海门要塞展雄风。关城锁钥卫华京。　翠岭楼台连碧水，千秋古韵荡回声。诗情画意自天成。

二〇〇七年一月十四日于河北秦皇岛

清平乐·回雁峰

南飞北恋，翼阵连成线。迁抵衡阳声影断，且待越冬回返。　远行展翅长空，往来递信传情。此处平沙落雁，归心企盼春风。

二〇〇七年七月六日于湖南衡阳回雁峰

南岳看日出

登临南岳顶，夜色尚朦胧。
四面垂天幕，一方透晓空。
云霞呈异彩，紫气映辉容。
雀跃人欢动，凝眸旭日红。

二〇〇七年七月八日于湖南衡山

崂山北九水

谁使长龙卧谷间，巨峰飞下九蜿蜒。
金黄重彩秋如染，碧绿浓妆梦似蓝。
玉瀑高垂岩上壁，白云低挂水中天。
重阳节里登山望，怒放心花唱自然。

二〇〇七年七月十九日于山东青岛崂山

云台山红石峡

碧水丹崖一线天，神工鬼斧自巍然。
悬空瀑卷千重浪，拔地墙成万仞岩。
俯首溪鱼翔洞底，回眸游客立云端。
而今众赞山光美，十亿年前是海滩。

二〇〇七年十月二十三日于河南云台山

白云天瀑①

连云接地通天瀑，峭壁长绫入画图。
直泻飞流冲浪底，风吹帘动洒银珠。

二〇〇七年十月二十三日于河南白云山

【注】

① 河南白云山瀑布落差314米为亚洲第一。

四季欢歌

沁园春·四季画屏

一个晴空万里的日子，余登高远望，观改革开放后的中华大地，蓝天丽日，林茂粮丰。遂思绪奔涌，勾勒出一幅锦绣山川景物的“四季画屏”，献给伟大的祖国。

春

残雪消融，原野酥松，万物复生。有嫩芽初露，幼苗破土；南风缕缕，溪水淙淙。桃蕾涂红，柳丝染翠，远近山峦着淡青。迎新雨，引百花吐艳，众草蓬茸。　　蛰虫梦断雷惊。听池畔、声声蛙唱鸣。赏碧枝树上，莺歌燕舞；芳菲丛里，蝶恋蜂拥。鸭崽浮波，鱼苗逐浪，才绿荷尖待玉蜓。咏春意，看中华大地，一派昌荣。

夏

植被芃生，山野葱茏，满目翠青。恰时值酷暑，生机旺盛；草荣木秀，水涨河盈。雨过天晴，彩虹飞架，带露荷花多样红。接天地，绘三伏画卷，饱蘸浓情。　　炎炎烈日当空。似火烤、一笼万物蒸。笑犬舌伸吐，牛鼻懒动；马鬃流汗，蝉腹消声。绿叶低垂，太阳照射，营养光合稻黍充。莫嫌热，赖气温助长，林茂粮丰。

秋

一叶镶黄，夏去秋来，金色盛装。望漫山遍野，果实丰硕；连阡接陌，五谷飘香。人影繁忙，农机轰响，催马扬鞭竞运粮。齐欢笑，饮丰收美酒，喜气洋洋。　　适逢皓月银光。仲秋夜、团圆话语长。渐风轻云淡，空高气爽；蓝天丽日，碧海澄江。枫树更妆，菊花正旺，万里丛林舞彩裳。上极顶，祝年丰人寿，岁岁重阳。

冬

落木萧萧，朔气呼号，兽遁鸟逃。正严寒横扫，植株凋谢；叶光地净，霜剑风刀。田鼠存仓，蛇虫蛰洞，垂死蚊蝇颤栗嗷。皆休矣，唤顽强生命，物种之骄。　　漫天大雪飘飘。极望目、江山披素袍。看冰封雪裹，水凝地裂；原铺白毯，树挂银条。玉岭竹直，蜡峰梅俏，绝壁悬崖松挺腰。寄凌下，有急流欢唱，勇汇春潮。

二〇〇四年九月

蝶恋花·植物园写春

蝶卧芳菲相爱恋。厮守花间，扑打难驱散。姹紫嫣红春蕾绽，飘香送爽齐争艳。　　蝶舞人游花作伴。忘返流连，醉眼多缭乱。头顶蓝天明镜鉴，江山万里长春卷。

一九九五年八月二十七日

浣溪沙·锄禾咏夏

赤日骄阳似火燃，叶垂蝉哑地蒸天。锄苗当午汗涟涟。没有阳光生万物，何来叶绿果实甜。伏天不热是灾年。

一九九五年八月二十七日

南乡子·金秋吟

放眼望金秋，硕果累累万木稠。谷穗压弯千顷稻，垂头。遍地英雄喜抢收。　　举酒庆丰收，不料秋心竟作愁。五谷丰登禽畜旺，人忧。大囤尖来小囤流。

一九九五年八月二十七日

卜算子·叹冬

凋木抖寒风，冰甲封秃地。鸟躲虫蛰百兽藏，菌孽残生毙。　　厚雪暖冬苗，冻土培根系。凌下江河正涌流，蕴蓄新春意。

一九九五年八月二十七日

一剪梅·梅园春晓

送走飞扬瑞雪飘。细雨潇潇，红蕾娇娇。悠然绽放在山腰。春上梅梢，喜上眉梢。　　乍暖还寒万木萧。不畏风刀，待放含苞。报春无意竞妖娆。吐蕊悄悄，笑靥夭夭。

二〇〇四年春

牡丹赋

当之无愧花中王，国色天香冠群芳。
花妃奇遇化魏紫，花王思本变姚黄①。
娇容三变掌花案，巧接二乔雀台荒②。
酒醉杨妃迷远客，春红娇艳醉游郎③。
雨过天晴梨花雪，独占先春宝珠藏④。
青龙须黑墨池卧，昆山玉白夜生光⑤。

金玉交辉种生红，池塘晓月金轮黄[6]。
仙女凡生葛巾紫，白儿天呼玉版娘[7]。
脂红豆绿蓝田玉，墨葵赵粉露珠香[8]。
蓝绣球引三进士，大胡红开六九芳[9]。
绿娇婀娜迎风舞，黄花魁首向太阳[10]。
烟笼紫珠盘乌亮，荷包牡丹连友邦[11]。
花卉赏心悦人目，丹皮活血保民康[12]。
历尽贫寒美容笑，丽甲天下百花皇。

一九九六年谷雨三朝于山东菏泽

【注】

①“魏紫”、“姚黄”均为牡丹名品。“魏紫”：花千层，起楼，呈淡紫色。世人称之为“花妃”。传说五代时一位打柴人在河南宜阳寿安山发现，卖给魏丞相家，培植而成名贵牡丹品种，故称“魏紫”。“姚黄”：花千层，色浅黄，将谢有金黄宝润色，梗长叶稀。世人称之为“花王”。传说姚黄为舜的后裔，舜居姚墟，思本娥皇，黄为天下正色，易皇为黄，故称“姚黄”。

②“娇容三变”：花千层，起楼，初开绿色，再开粉红，盛开梅红，将谢深红，容娇而有三变，故名。“掌花案”：红中之魁，中开宜阳，重瓣，大红，花丝深红色，花容端丽、光洁，叶瘦长，树性弱，生长慢，为稀世珍品。“二乔”：由红、白牡丹嫁接，同株得红、粉二色，称“二色红”或“二乔”。“二乔”再嫁接，红者变为紫二乔，粉者变为花二乔。“巧接二乔”，是双关语，一是说“二乔”是巧手嫁接而成，二是说巧妙把“二乔”（三国时期东吴乔公两个美丽的女儿，分别嫁与孙策和周瑜）接到牡丹园来，那么“春深锁二乔”的铜雀台就会变得荒芜了。

③“酒醉杨妃”：花千层，初开粉红，盛开花瓣顶端呈粉白。枝条疏软，花开下垂，不胜扶持。如丽人杨贵妃酒醉之态，令远

方来的赏花客痴迷忘归。“春红娇艳”：为解放后新培育的红色良种，重瓣，大朵，盛开桃红，娇艳瑰丽。使前来游玩观赏的少年郎陶醉其间。

④“雨过天晴”：中开，千层，平头，外大瓣平展，内细瓣起皱，初开粉紫蓝色，盛开淡天蓝色略紫，有雨后清爽之气，故称“雨过天晴”，俗名叫“补天石”。“梨花雪”：中开、重瓣，细长，朵小，色泽光洁，晶莹透亮，瓣似梨花色如雪。花农视为珍奇。“独占先春”：花开最早，千层，平头，色素白微带银红，叶瘦而拥生，树矮茎短，花藏于叶间，故又名“藏珠”。

⑤“青龙卧墨池”、“昆山夜光”，是　黑　白两大牡丹名品。“青龙卧墨池”：中开、重瓣、起楼子，大开头。初开墨紫，宝润有光；盛开后，雌蕊花瓣中有青丝，似青龙盘卧墨池。“昆山夜光”：又名玉千叶，芍药花型，初开绿色，盛开青白，晶莹银亮，若有寒气，夜晚可见。故又称夜光白、银灯笼。

⑥“金玉交辉”：俗名金玉玺，天香玉屋，绿胎长干，花大瓣，黄蕊，若贯珠，盛开胜于铺锦，为名花第一品。“种生红”：人称“芳冠百花”，种育而成，花千层，起楼子，盛开火红，光彩夺目。“池塘晓月”：中开，宜阳，白如雪，花千层，挺出如楼，又名“赛雪塔”。“金轮黄”：花千层，平头或微突呈扁球形。初开银黄，盛开金黄，叶团而厚，宝润有光泽，居黄色之首。

⑦“葛巾紫”、“玉版白”为具神话色彩的牡丹名品。《聊斋·葛巾》云：牡丹仙子葛巾、玉版嫁给洛阳常氏兄弟，因秘密泄露，爱情破裂，葛巾、玉版愤然离去，将所生二子掷地，次年生出两株牡丹，一紫一白，即“葛巾紫”和“玉版白”。“葛巾紫”：晚开，绣球花型，千层，大朵，有紫宝润色，微呈茄蓝，又称紫衣仙子。“玉版白”：花千层，平头，大朵，叶细长如拍板，白如玉，因被写进《聊斋》而传为佳话。

⑧“脂红”：花千层，起楼子，初开紫红，盛开球形，花大瓣若胭脂染成，学名花膏红。“豆绿”为绿色牡丹名品，花开

如绿叶色，珍奇异常。“蓝田玉”：中开，重瓣，平头，瓣上有黄蕊，略带蓝梢。花色淡雅，瓣质细腻，晶莹有光，宛若蓝田紫玉。“墨葵”：又名黑花葵，晚开，千层，平头，黑紫色，宝润有光，黄蕊，花瓣外层大而平展，内层小而细长，中出绿瓣，又称“墨里藏珠”。“赵粉”：花有单瓣、重瓣、半重瓣三类。重瓣者，花千层，起楼，大朵，球形，富丽，独具特色，为新育品种。“露珠粉”：中开、花千层，粉白色，内有绿瓣，外瓣宽大，内瓣细长，花瓣间，杂以少数雄蕊，花丝细长，淡紫色。

⑨ “蓝绣球”：花千层，起楼，开如绣球，浅蓝色，为蓝色之冠。 “三进士”：一茎常着三花，又名冰凌罩红石，中开，起楼子，为粉色之冠。“大胡红”：晚开，重瓣，平头，大朵。初开肉红，盛开银红，花容鲜艳，光洁晶莹，易栽易花，为远销广州之主要品种。经精心培育，恰在“六九”之初的春节期间开花。

⑩ “绿娇娴”：花千层，起楼子，浅绿色，碎瓣有紫根，叶长而不甚尖，微现皱纹。树生粗矮，为绿色上品。又名绿娥娇。“黄花魁”：中开，花千层，平头，色黄如葵花，叶大而团，且有葵花向阳之习性，故名“黄花葵”。

⑪ “烟笼紫珠盘”：又名烟笼紫，为黑花之冠。中开，重瓣，平头，玫瑰花型。初开墨紫，盛开花瓣顶端发白，如烟雾笼罩。“荷包牡丹”：多年生草本，叶似牡丹，花似红荷包，偏挂一侧，累累相比，枝不胜压而下垂。花开时间可延续整个花期。又名朝鲜牡丹。

⑫ “丹皮”：牡丹根的皮，中医入药，有清热、活血等作用。说明牡丹全身都是宝，花可观赏，根可入药。

石臼所

春米谁来黄海边？空留石臼水连天。
臼容千顷金银浪，港纳万艘珠宝船。

一九七八年七月一日于山东日照石臼所

如梦令·腊山秋景

日丽天高云淡，气爽风柔花艳。秋色胜春光，竞上腊山观看。观看，观看，惊赞漫坡红遍。

一九九五年十月二日于山东济南腊山

岁寒三友

朔气称雄霸地天，千苗万木尽萧然。
吹头柳干身先断，压顶松枝腰不弯。
冰冻竹林添翠色，雪飞梅岭绽红颜。
严冬腊月生机旺，三友迎春笑岁寒。

一九九五年岁末隆冬

早春山野花

寂寥长忍耐寒风，初绿山原几点红。
不向人间争宠爱，甘将笑靥缀春容。

一九九六年初春

奇花异木

版纳西双花木奇，神差鬼使世人谜。
闻声草舞摇身戏，触体枝羞掩面嬉。
依附情形生附会，绞杀藤蔓蕴杀机。
成林竟是一孤树，木本夫妻共险夷。

二〇〇一年四月十六日于云南西双版纳

西双版纳春咏

西双版纳臆难抒，热带雨林春霭浮。
异木奇花迷万眼，稀禽怪兽愕千夫。
风情寨里祥和景，泼水节中欢乐图。
禹甸边陲多锦绣，军民携手护明珠。

二〇〇一年四月十六日于云南西双版纳

风花雪月大理情

风劲花犹俏，山苍雪岭峣。
天光明镜里，洱海月容娇。

二〇〇一年四月十七日于云南大理

春游大理

白云变幻逐蓝天，洱海波浮灵鹫山①。
古塔三尊崇圣寺，金花五朵彩蝶泉。
平南世祖功碑显，败北将军士冢冤②。
一统乾坤消战乱，此方黎庶久清安。

二〇〇一年四月十七日于云南大理

【注】

① 苍山又名灵鹫山。

② 此联上句是指“元世祖平云南碑”，俗称“乌龟碑”，气势雄壮，功勋彰显；下句是指唐天宝年间，奉昏庸腐败的唐玄宗之命远征南昭，致使近20万大军全军覆没的唐朝败将于仲通和李宓，以及无谓送死的远征士卒的墟冢冤魂。

石林小景

石峰石柱耸琼林，石兽岩花石美神。
剑树刀丛平地起，通幽曲径戏游人。

二〇〇一年四月二十二日于云南石林

含鄱口即咏

含鄱岭壑势吞吴，鲸口张开吐巨湖。
五老烟云成幻景，九州锦绣入宏图。

二〇〇一年八月十八日于江西庐山

【注】

含鄱岭，状如鱼脊，为第四季冰川地貌形态。含鄱口，即冰川削割而成的大壑口，状如巨鲸张大口。

初秋锦绣谷

锦簇花团绣谷中，景奇石怪诱人行。
天桥飞架青松挺，极目风光上险峰。

二〇〇一年八月十九日于江西庐山

庐山仙人洞

佛手灵岩辟洞天，修身养性自成仙。
乱云飞渡苍松劲，无欲无私超圣凡。

二〇〇一年八月二十一日于江西庐山

白洋淀之夏

万亩荷花淀，千条水路弯。
红苞凌碧海，绿叶映蓝天。

二〇〇三年七月二十七日于河北白洋淀

岭南树挂

雨过清晨到岭南，气温突降换冰天。
玉枝剔透玻璃韵，碧叶晶莹翡翠颜。
日照千峦流嶂绿，峰遮一线映空蓝①。
寒区热带无双景，旷世奇观五指山②。

二〇〇五年一月十五日于广东岭南

【注】

① 太阳照射下的树挂冰凌很快融化，层峦叠嶂一片翠绿；山峰遮挡，峭壁掩蔽，在深涧壑谷中行走，透出一线天空的蔚蓝。

② 寒区只有冰凌树挂，没有满目翠绿；热带则只有满目翠绿，

没有冰凌树挂。只有在冷热锋面的岭南一带，才有可能出现这种稍纵即逝的碧树琼枝奇观。而此处的“五指山”，是指广东省乳源县南岭国家森林公园里的五指山。

春游都江堰

拜水都江堰，功昭古蜀天。
宝瓶排祸患，兴利富西川。

二〇〇六年五月四日于四川都江堰

观柳叶湖龙舟赛

屈子曾吟柳叶湖，鳞波荡漾碧天舒。
号音猛射开弓箭，鼓点急催破浪舻。
众手齐划龙影健，群舟竞渡虎威出。
有灵诗祖来观赛，民乐国昌咏叹无？

二〇〇六年五月三十一日（端午节）于湖南常德

雨中游桃花源

丝雨情绵入洞关，奇文梦绕觅桃源。
雾蒙山水添神秘，心远凡尘自泰然。
世外云中长寿地，溪头尽处大同天。
秦人村里擂茶好，陶令祠前忆古贤。

二〇〇六年六月三日于湖南桃源

杨梅园采摘

青山绿水艳阳天，携友吟诗进翠园。
自采杨梅尝美味，开心爽口品酸甜。

二〇〇六年六月二十二日于浙江余姚

清平乐·冬枣

果中珍宝，美味神奇枣。剔透晶莹珑体巧，华夏脆甜玛瑙。　春集日月之精，秋撷天地之灵，沉默霜前雨后，蓄芳酿造醇浓。

二〇〇六年九月十四日于北京怀柔

贺第三届昌平苹果节

群贤少长会昌平，苹果迎宾笑脸红。
诗兴丹青添美意，香甜脆爽助情浓。

二〇〇六年十月二十日于北京昌平

三九觅春

冰天雪地穿河走，水面行人脚步悠。
莫道春光无觅处，鹅黄已上柳梢头。

二〇〇七年一月十一日于北京柳荫公园

草莓赞并贺第一届中国草莓节

数九寒冬进大棚，青畦碧垄掩鲜红。
娇容俏丽羞花艳，清气芬芳胜酒浓。
油嫩甘甜留爽脆，晶莹剔透现玲珑。
果中皇后惟天赐，致富兴农建伟功。

二〇〇七年一月十六日于北京昌平兴寿镇

沁园春·菏泽牡丹

国色天香，百态千姿，重彩靓妆。看连阡接陌，胡红魏紫，争奇斗艳，豆绿姚黄。谷雨三朝，盛开怒放，一望无垠似海洋。云集客，会花魁胜地，不负春光。　　雍容富贵吉祥。甲天下，千秋美丽王。赞柔枝铁骨，坚贞不屈，含冰饮雪，孕育芬芳。历尽贫寒，今逢盛世，万种风情锦绣乡。带新雨，正娇颜笑绽，醉了朝阳。

二〇〇七年四月二十一日于山东菏泽

文史踏歌

水调歌头·黄鹤楼

丁丑夏日，余乘飞机至武汉，刚下白云处，即上黄鹤楼，顿生仙凡交融之感，遂填是阕。

寻遍空悠处，追至笛声楼[①]。白云黄鹤传说，几度上心头。仙道乘风永去，我坐飞机往返，两界比风流[②]。神到玄中觅，人在画中游[③]。　既非塔，还非阁，又非楼。形制匠心彰显，工艺领千秋。拔地凌空雄峙，极目楚天锦绣，一望四方收。把酒江涛问，何叹世间愁[④]？

一九九八年七月五日于湖北武汉

【注】

① 这是一种浪漫主义的意境。作者在飞机上，联想到崔颢“黄鹤一去不复返，白云千载空悠悠”的诗句，大有在空悠云端寻觅古仙之感，又加李白“黄鹤楼上吹玉笛”诗句的点化，恰如追寻玉笛之声，找到黄鹤楼胜景之状。

② 传说中的神人仙道骑着黄鹤，乘风远去，再也没能回来；而作者却坐着现代化的飞机，穿云破雾，自由往返于天地之间。犹如仙凡两界相比，究竟谁更风流。

③传说中的神仙，只能到玄虚中寻觅；而现实中的人们，却正在如画的美景中畅游。

④这里是一反古人“烟波江上使人愁”的悲意，登楼赏景，把酒临风，祭问江天，在这宠辱皆忘的如画胜景中，叹怨什么人世间的烦愁呢？一展诗人豁达大度，昂扬奋进的精神状态。

临江仙·岳阳楼

自古洞庭天下水，巴陵胜状名楼。烟波浩渺荡仙舟。口衔山影远，腹饮大江流。　　杜范诗文增灿烂，骚人迁客来稠。怡情赏景任巡游。关山戎马泪，边塞庙堂忧。

一九九八年七月七日于湖南岳阳

西江月·滕王阁

远望层峦耸翠，近观飞阁流丹。茫茫秋水共长天。飞鹜落霞一片。　　随意滕王兴建，序文添彩千年。兰宫桂殿映山川。帆影烟波画卷。

一九九八年七月十二日于江西南昌

海南颂英雄

1999 年初，余参加中央新闻单位采访团，赴“新时期英雄战士”李向群家乡海南省采访，为这里人杰地灵，英烈乡风所感染，即兴随笔。

天南镶宝岛，自古出英雄。
“两璧”清廉气，“五公”刚烈风①。
琼崖忠骨白，椰寨战旗红②。
华夏新星起，向群光昊空。

一九九九年一月十三日于海南岛

【注】

①“两璧”是指被海南人民引为自豪的海南籍两位历史名臣，明代文渊阁大学士丘浚和为官清廉的明朝都察御使海瑞；“五公”是指唐宋两代被朝廷贬谪来海南的五位历史名臣，即李德裕、李钢、赵鼎、李光、胡铨。他们万里投荒，不易其志，为海南岛的文化教育、经济发展，做出了不朽贡献。

② 为开辟海南岛革命根据地，许多革命先烈血沃琼州，琼崖纵队遍燃椰林怒火，23 年红旗不倒，直到革命胜利。

念奴娇·长城

月宫遥望，地球上、一道长龙腾越。横亘中华延万里，首尾海山相接。锁域封疆，御强防寇，烽火连年月。血凝泪筑，千秋功过难说。　举世争睹巍峨，叹为观止者，人文称绝。阅尽沧桑，风雨过、满目迎春花叶。伟势雄姿，喻强军卫国，似钢如铁。安邦兴业，魂牵华夏英杰。

一九九五年八月十三日

清平乐·丽江古城

云南省丽江市古城，有人类文明活化石之称。历经千年时空转换，其古字尚用，古乐仍鸣，古风依旧，古情更浓。被联合国教科文组织评为世界文化遗产。辛巳春月，余有幸亲临，深感名不虚传。

化石活现，人类文明链。时过千年城可见，
世界人文遗产。　　东巴采舞雄风，纳西古乐空
灵，老铺老街老字，原汁原味原封。

二〇〇一年四月十九日于云南丽江

参观蒲松龄故居①

也到柳泉听轶闻，留仙故里探灵根。
高人一等描妖像，入骨三分刺虐魂。
累日聊狐除恶念，连篇说鬼唤良心。
书生莫叹孙山后，可化奎星上碧云。

一九八四年八月于山东淄博

【注】

① 蒲松龄：清代文学家，山东淄川人，字留仙，少负文才，屡试不第，家贫以教书为生。后著成千古名著《聊斋志异》，成就一代文星。

风穴寺

积香幽院禅宗古，百里烟云紫翠芜。
莲座依澜施福祉，龙泉飞瀑挂珍珠。
宋钟唐塔存原貌，金殿明楼起彩图。
历尽劫波风穴在，生辉宝寺万山呼。

一九八八年十二月十日于河南临汝风穴寺

红旗渠

壮举空前奇迹创，长渠千里赤旗扬。
凌云绝壁穿漳水，钻洞悬河过太行。
碧浪润田铺绿广，甘泉串户送甜忙。
人天鏖战争高下，当代愚公胜玉皇。

一九九〇年十一月七日于河南林县红旗渠

吟诵《诗经》

诗经诗经，诗词源宗[①]。
两千余年，经久传诵。
诗经诗经，十五国风；
大雅小雅，周鲁商颂[②]。
伟哉诗经，孔圣删定[③]。
壮哉诗经，今古同咏。

秦火未烬，汉代复生[4]。
齐鲁韩佚，功在毛亨[5]。
史料珍贵，词汇华丰。
音韵古朴，天籁原声。
反映现实，浓缩感情。
揭露规谏，讴歌论评。
字句练达，章法无穷。
状物写人，临境见形。
文学瑰宝，艺术金星。
星光永灿，日月同明。

一九九五年九月四日于山东济南

【注】

①《诗经》是我国最早的一部诗歌总集，其创作距今已两千五百多年。堪称我国诗词的源头和宗祖。

②《诗经》分为《风》、《雅》、《颂》三大类：《风》为十五《国风》；《雅》有《大雅》、《小雅》；《颂》有《周颂》、《鲁颂》、《商颂》。

③据《史记》等书记载，《诗经》全书是由后来被尊为“至圣先师”的孔子所删定。

④《诗经》在秦始皇“焚书”时未被焚尽，至汉代得以复传。

⑤据史书记载，传诗者共有四家：齐人辕固所传的叫《齐诗》，鲁人申培所传的叫《鲁诗》，燕人韩婴所传的叫《韩诗》，鲁人毛亨所传的叫《毛诗》。以后齐、鲁、韩三家先后亡佚，现在流传下来的诗经是毛亨所传本。

西江月·黑陶魂

千载龙山碎片，[①]十年志海[②]追源。精灵再现美名传。国宝艺光璀璨[③]。　　粗犷斧凿刀砍，细微发绣丝编[④]。纸薄瓷硬墨晶颜[⑤]，举世为之惊叹[⑥]。

一九九六年五月十八日于山东济南

【注】

① 作为龙山文化艺术再现的现代黑陶技术，是从济南龙山镇城子崖坍塌废墟中距今四千多年前的磨光黑陶碎片研究起步的。这种磨光黑陶是继仰韶文化、大汶口文化之后崛起的文化新支——龙山文化的主要特征。

② 志海，即现代黑陶技术的拓荒者、著名雕塑艺术家仇志海同志。他为弘扬民族文化精华，再现龙山黑陶风采，在这条艺术的寻根溯源之路上，艰苦探索了十多个春秋。

③ 仇氏现代黑陶工艺，被誉为国家艺术珍宝。

④ 粗犷斧凿刀砍，细微发绣丝编，是黑陶工艺制品为最大限度发掘泥土艺术表现力所追求的艺术境界。

⑤ 黑陶中的蛋壳陶，其壁厚仅 0. 3 厘米，最薄处仅 0.1 厘米，可谓“薄如纸”。其硬度又如瓷质。像晶莹墨玉一样的质地、颜色和光泽，是黑陶制品的直观艺术效果。

⑥ 1989 年 12 月，仇氏黑陶工艺获得“比利时布鲁塞尔第三十八届‘尤里卡’发明金奖”，在世界上赢得了赞誉。

南湖感怀

烟雨楼台烟雨浓，南湖画舫觅航踪。
劈涛斩浪成功路，辟地开天党帜红。

一九九八年六月二十六日于浙江嘉兴南湖

钗头凤·沈园咏叹

戊寅孟夏，余至浙江绍兴，慕名寻访沈园。赏古墙绿柳，饮陈年黄酒，品味宋代名士陆游、唐琬的恩爱怨忧，目睹一墙并书陆游唐婉所作的两首《钗头凤》，随发思古咏叹之和声。

青新柳，陈年酒，慕名寻古芳园走。天情恶，人情薄。恩深佳侣，棒分成各。过！过！过！

词依旧，魂销就，字间行里悲伤透。花虽落，缘如索。两桩心事，古今评说。默！默！默！

一九九八年六月二十八日于浙江绍兴沈园

附：①陆游原词《钗头凤》：

红酥手，黄縢酒，满城春色宫墙柳。东风恶，欢情薄。一怀愁绪，几年离索。错！错！错！

春如旧，人空瘦，泪痕红浥鲛绡透。桃花落，闲池阁。山盟虽在，锦书难托。莫！莫！莫！

②唐琬和词《钗头凤》：

世情薄，人情恶，雨送黄昏花易落。晓风干，泪痕残。欲笺心事，独语斜栏。难！难！难！　人成各，今非昨，病魂常恨秋千索。角声寒，夜阑珊。怕人寻问，咽泪装欢。瞒！瞒！瞒！

【注】

作者说的“天情恶，人情薄”，与陆游说的“东风恶，欢情薄”和唐琬说的“世情薄，人情恶”，代表了对世事人情的三种看法。陆游说的“东风恶”，仅是暗指他的母亲，“欢情薄”是指他与唐琬的夫妻关系不能维持下去；唐琬则说“世情薄，人情恶”，把怨恨的重点放在“人情”上。这“恶”的“人情”除了婆婆之外，连陆游对他的一往深情也在“恶”难免，这就有失偏颇，如同在泼洗澡水时连孩子一起泼出去了；而作者说的“天情恶，人情薄”，则揭示出罪恶的根源是当时的封建礼教，即代表“天”的社会制度。正是由于封建专制的社会制度和“三纲五常”的封建礼教，才迫使陆游忍痛割爱，含泪休妻。所以，在“天情恶世”的重压下，青年男女求爱随缘的“人情”，就显得非常脆弱绵薄了。这正是封建社会酿成无数爱情悲剧的共同根源。

岳麓书院

千年学府育湖湘，岳麓诗书继世长。
开化荆蛮儒雅地，弘扬科技助兴邦。

一九九八年七月八日于湖南长沙

白鹿洞书院

九州书院首，御赐振明堂。
雨过诗文润，风来翰墨香。
仙踪留桂树，鹿洞蕴华章。
继往先贤道，滋兰种蕙芳。

二〇〇一年八月二十日于江西庐山

香港感怀

香港回归五周年前夕，余公务来港，目睹回归后的香港繁荣景象，即兴随笔。

归祖明珠忆变迁，一国两制谱新篇。
碧波尤碧维多港，青岭仍青大帽山。
船队接龙连瀚海，楼群拔地耸云天。
最佳溢彩流光夜，灯若繁星人似仙。

二〇〇二年四月三日于香港

澳门大拱门感叹

建于 1849 年的澳门大拱门的两旁，分别有两块圆形浮雕，一为象征坚船的铁锚，一为象征利炮的炮筒，中间则是一个洞开的拱门。

利炮坚船破洞开，群强列盗占楼台。
春秋四百团圆梦，游子归宗唱未来。

二〇〇二年四月七日于澳门

[越调·天净沙]周庄

清波岸柳繁花，舟行桥动流霞。水巷灰墙黛瓦。如诗如画，八方宾至如家。

二〇〇三年一月十八日于江苏周庄

大足石刻

千秋宝顶山，荟萃两莲湾。
圣像生如栩，神情动自然。
传闻扬善举，故事戒邪端。
艺术明珠库，心灵教化班。

二〇〇四年四月二十日于重庆大足

丰都感悟

世间无鬼府，天下有名山。
借鬼驱邪念，教人品性端。

二〇〇四年四月二十五日于重庆丰都

三游洞

西陵存古洞，万载默无声。
偶至三游客，随扬百世名。
风骚传浩气，翰墨溢浓情。
故士留诗意，今人入画屏。

二〇〇四年四月二十七日于长江西陵峡湖北宜昌三游洞

金银滩传奇

遥远神奇地，金银绿草滩。
才郎抒浪漫，牧女打羊鞭[①]。
灵感随鞭至，清音伴舞传。
歌王何处去，妙曲驻人间。

二〇〇四年七月二十五日于青海金银滩草原

【注】

① 金银滩为西部歌王王洛宾创作不朽名歌《在那遥远的地

方》的灵感迸发地。1939 年，王洛宾在金银滩巧遇牧羊女卓玛姑娘，在配合拍电影的工作之际，被卓玛轻轻打了一细细的皮鞭，顿时灵感迸发，名歌一挥而就。

赵州桥

千载石桥举世惊，神工鬼斧匠心成。
货拥人挤半轮月，车水马龙一架虹。
果老骑驴蹄印显，柴王推岳跪痕清。
仙踪尚在沧桑变，青史名垂艺圣功。

二〇〇四年十一月十九日于河北赵县

【注】

赵州桥即河北赵县城南的安济桥，建于隋代，当地俗称大石桥。

沁园春·中国现代文学馆

存续辉煌，荟萃精英，至圣殿堂。看文坛巨匠，心灵瑰宝；民族元气，智慧之光。思想星空，文学浩海，满目琳琅翰墨香。如画卷，展中华传统，源远流长。　　百川汇海茫茫。集国粹、生成活矿藏。赖呕心沥血，殚精竭虑；识珠慧眼，鉴宝良方。贵重资源，无穷能量，采炼金石铸栋梁。吹号角，唤神龙腾跃，耀祖炎黄。

二〇〇五年五月二十三日于北京中国现代文学馆

谒李白墓

浪漫骚魂天地间，尘丘岂可掩诗仙。
名同日月山河在，旷世奇才万古传。

二〇〇五年十月二十六日于安徽当涂

拜杜甫草堂

千里寻诗圣，虔心拜草堂。
飘零忧乱世，颠沛泣华章。
博古融今体，集成采众长。
秋风摧陋舍，广厦唤春光。

二〇〇六年五月五日于四川成都杜甫草堂

临江仙·三星堆

古蜀开国如梦幻，蚕丛柏灌茫然。三星唤醒现真源。陶铜埋地下，鱼鸟供人间[②]。　　走进长廊多秘宝，震惊世界奇观。文明历史续千年。巫王来镇馆，神树可通天[③]。

二〇〇六年五月五日于四川广汉

【注】

古史记载几代蜀王为蚕丛、柏灌、鱼凫、杜宇、开明。这里借用了李白《蜀道难》中“蚕丛及鱼凫，开国何茫然”的诗意，而“鱼凫”为平声，故以“柏灌”代之。

② 作为长江流域人类文明起源历史见证的陶器和青铜器被埋在地下，而当时人们受鱼凫王朝文化的影响，把鱼鸟作为崇拜的图腾。

③ 作为国王和巫师代表的出土文物“青铜大立人像”，形象地说明了三星堆古蜀国的政权结构和社会形态，已成为该三星堆博物馆的镇馆之宝；而这里展出的青铜“通天神树”，是迄今世界上出土的体量最大的青铜器之一。

河姆渡遗址

面世惊天河姆渡，七千寒暑稻如初。
制陶榫卯编织技，华夏文明多样出。

二〇〇六年六月二十二日于浙江余姚

乐山大佛

三江交汇处，拔地耸神峦。
岩壁成尊体，真身是大山。
开光除水患，仗法保机缘。
危坐千年久，五洲齐仰观。

二〇〇六年七月二十日于四川乐山

锡崖沟挂壁公路[①]

峭壁悬崖万丈高，之形公路挂山腰。
人出自古攀狼道，兽过曾经觅蚁桥。
不见愚公搬岳苦，唯闻铁汉战天劳。
钢钎血汗三十载，绝世仙村面世娇。

二〇〇六年九月二十二日于山西河南交界处锡崖沟

【注】

① 锡崖沟地处山西河南交界处险峰峻岭合围的深山沟里。居住有200户人家。自古以来出山无路，只有“蚁梯”“狼道”可攀，不知多少生命失崖而殁。1962年到1991年，村民们手拿钢钎，在几十丈高的悬崖绝壁上凿通一条长7.5公里的“之”字形挂壁公路，使这“世外桃源”得与外界联通。

咏贾岛

曾入空门绝世尘，穷愁苦难砺诗魂。
推敲二字传佳话，磨剑豪情耀古今。

二〇〇六年十一月八日于北京房山

咏闽西客家土楼

翠绿山林隐土楼，清风朗月度春秋。
乾坤缩进方圆里，八卦图中任自由。

二〇〇六年十一月二十三日于福建永定

咏淮安

淮水安澜忆远邦，青莲下草纪元长。
古今将相出生地，南北车船交汇乡。
东进雄风成伟业，西游妙笔著华章。
运河岸畔明珠闪，美菜名城溢慧光。

二〇〇六年十一月二十七日于江苏淮安

瞻仰周恩来故居

东瀛蹈海仰诗碑，故里寻根一品梅。
破壁雄才终济世，开邦总理盛名垂。

二〇〇六年十一月二十九日于江苏淮安

韩侯祠咏叹

家贫志壮赖雄心，胯下英豪惊煞人。
智勇双全赢百战，信诚一诺报千金。
回身月下终兴汉，赴会宫中竟断魂。
成败皆因萧相计，冤情怨恨问谁君？

二〇〇六年十一月二十九日于江苏淮安

石鼓江山

石鼓听涛望寿山，千年书院孕鸿篇。
七贤作赋三江口，万众寻诗一洞天。
仰慕良谋排水寨，追思血肉筑雄关。
合龙亭上抒胸臆，衡岳云开雁阵还。

二〇〇七年九月二十二日于湖南衡阳

【注】

石鼓山在湖南衡阳市北门外，雄踞于蒸水、耒水与湘江汇合的三江口，山有高两米的大石鼓，地势险要，易守难攻，历史上曾发生过几次壮烈的战争奇观；这里的“石鼓书院”为宋代全国四大书院之一，亦是文人墨客聚集之地，石鼓山下的朱陵洞，相传藏诗千百首，游客竞相寻觅。

谒比干庙

死谏文官不二臣，庙堂香火慰忠魂。
剖心裂胆惊天地，取义成仁泣鬼神。
翠柏胸开昭日月，苍松头断示乾坤。
千年遗臭昏王灭，万古流芳浩气存。

二〇〇七年十月二十二日于河南汲县

“清明上河园”看民间绝技

一、头顶接钢球

钢球落地撞深坑，奋力抛扬至半空。
看客惊呼砸破脸，从容接进顶圈中。

二、惊世飞斧

旋转支台五木墩，中间框架站活人。
遥飞利斧平台外，斧落人安惊万魂。

三、口喷火龙

一碗煤油燃势熊，烟熄豪饮入腔中。
仰天跺地张开口，六米高空喷火龙。

二〇〇七年十月二十六日于河南开封

咏晋祠

国宝明珠耀晋源，园林亭榭赛江南。
隋槐周柏枝芽茂，宋殿唐碑气宇轩。
伴圣宫娥容醉客，迷人壁画艺惊天。
山间悬瓮泉难老，吐玉喷金水镜圆。

二〇〇七年十一月五日于山西晋祠

减字木兰花·乔家大院观感

诚实守信，白手起家财宝进。选荐贤能，应变商机富路通。　　忠于社稷，热爱国家明大义。远见卓识，争占潮头讯早知。

二〇〇七年十一月六日于山西乔家大院

平遥古城

风雨沧桑垛壁高，明清城建看平遥。
繁华铺面红灯挂，锦绣楼台彩帜飘。
民舍院前庭若市，衙门口内客如潮。
金融始祖今犹在，票号房中蜡像骄。

二〇〇七年十一月七日于山西平遥

临江仙·普救寺

厚土长河飘绝唱，魂牵梦绕西厢。梨花院里觅衷肠。两人成眷属，天下谢红娘。　　普救钟声依旧响，书斋玉兔银光。莺莺塔下影双双。爱情朝圣地，待月会鸳鸯。

二〇〇七年十一月九日于山西永济普救寺

清平乐·登鹳雀楼

长河入海，日尽霞光彩。鹳雀楼高山影矮，千里目穷天外。　　名诗闪耀名楼，骚人墨客川流。文萃唐风遗韵，凌空伴我神游。

二〇〇七年十一月九日于山西永济鹳雀楼

谒解州关帝庙

肃然忠义炳乾坤，万代推崇武圣人。
一部春秋神勇将，三分社稷栋梁臣。
单刀赴会扬天胆，千里寻兄献赤心。
身后封王尊大帝，楼堂殿宇祭雄魂。

二〇〇七年十一月九日于山西解州关帝庙

咏商丘

观星台上访先丘，商祖灵光圣脉流。
火种文明兴禹甸，农耕教化富神州。
王侯将相遗痕广，墨客骚人雅韵稠。
璀璨珍珠通四海，升腾热土写春秋。

二〇〇七年十二月十九日于河南商丘

题中国仓颉碑林

初开混沌话蛮荒，记事结绳路漫长。
造字灵光昭日月，文明华夏写辉煌。

二〇〇七年十二月二十三日

异域传歌

日不落之旅

2000 年 9 月，余应邀赴荷兰参加 IBC’2000 展览会，至维也纳转机去阿姆斯特丹。由于地球自转和时差因素，我们午时即北京时间 13 点起飞，到达维也纳时，只是当地时间的 14 点 30 分，属于未时。同行诸友无不惊叹日不落之状。

京兆欧洲万里遐，午时飞起向天涯。
未时安抵观天宇，惊叹金乌影不斜。

二〇〇〇年九月七日于奥地利维也纳机场

荷兰风情

树绿天蓝牧场青，牛群水网缀民情。
祖传木履添新彩，古老风车转不停。

二〇〇〇年九月九日于荷兰

布鲁塞尔小尿童

欧邦有古城，危在旦夕中。
火药登时爆，灵童迅猛冲。
尿飞洇导索，烟灭避灾凶。
纪念雕铜像，褒扬不朽功。

二〇〇〇年九月十日于比利时布鲁塞尔

凭吊滑铁卢

常胜英雄将，威名拿破仑。
兵骄吞败恨，气傲逐残云。
枪炮成狮像，干戈化草茵。
沉思当醒悟，教训励来人。

二〇〇〇年九月十一日于法国滑铁卢

巴黎问月

华夏中秋夜，巴黎望昊空。
对天轻问月，可照我家中？

二〇〇〇年九月十二日于法国巴黎

巴黎观感

世界名都华贵城，两千冬夏养尊容。
凯旋门里非捷报，圣母院中多血腥。
富丽堂皇凡尔赛，琳琅璀璨卢浮宫[①]。
金辉铁塔斜阳里，赛纳灯河亮夜空。

二〇〇〇年九月十三日于法国巴黎

【注】

① 卢浮宫即法国中央艺术博物院，通常又译为“罗浮宫”。罗浮一词来源很多，其中有萨克逊语中的罗瓦尔和鲁布拉。出于平仄需要，可以借译为鲁浮宫，但作为特定文化概念，也可破格采用卢浮宫之译。

卢森堡印象

古堡国王称大公，鸿沟峭壁坐京城。
繁华都市人八万，御府门前一个兵。

二〇〇〇年九月十四日于卢森堡

特里尔夜思

边城古镇众心驰，孕育哲人马克思。
世纪风雷真理验，光辉思想永宜时。

二〇〇〇年九月十四日于德国边城特里尔马克思故居

如梦令·海德堡

古堡残垣坡道，墙旧楼低城小。今日到西方，
观赏欧洲风貌。风貌，风貌，水绿山青花俏。

二〇〇〇年九月十六日于德国海德堡

西江月·访英随感

2003年10月，余参加中国新闻代表团访问了英国、爱尔兰。首先在英国感悟了大英日不落帝国昔日的辉煌，参观了今日英国的建设与发展，联想健康发展的中英关系，遂填是阕。

工业领先革命，帝国日照长空。殖民天地渐
分崩，霸主难圆旧梦。　　世界共谋发展，雾都
今现天晴。中英使者喜相逢，自选兴邦路径。

二〇〇三年十月十六日于英国伦敦

游格林威治天文台

世界天文神圣地，格林威治慕名游。
置身子午中分线，脚踩东西两半球。

二〇〇三年十月十七日于英国伦敦

如梦令·剑桥大学

肃穆庄严宁静，步缓语低情重。走访大学城，学子后生朝圣。朝圣，朝圣，实现成功之梦。

二〇〇三年十月十八日于英国剑桥大学

从英格兰到苏格兰

英伦三岛金秋赋，锦绣田园诗画图。
飞架彩虹迎远客，雨丝未了艳阳出。

二〇〇三年十月十九日于英国

爱丁堡感怀

爱丁存古堡，高耸入云端。
加冕石基冷，生王产室寒[1]。
角楼摩玉宇，尖塔刺苍天。
城垛连群炮，风情尽自然。

二〇〇三年十月二十日于英国爱丁堡

【注】

① 爱丁堡的珍宝展室里陈列着苏格兰和英国国王接受加冕时所坐的“命运之石”—— 一块冰冷的苏格兰岩石；在爱丁堡里还保存有玛格丽特皇后生下詹姆斯六世的一个空寂寒冷的小房间，此君后来成为大不列颠的首任国王——詹姆斯一世。

威尔士牧场

原野舒平陵起伏，丛林簇翠锦团疏。
青葱草场铺绒毯，遍地牛羊撒玉珠。

二〇〇三年十月二十一日于英国威尔士

爱尔兰气象

入夜惊雷炸，平明降雪花。
秋阳驱阵雨，春意暖天涯。

二〇〇三年十月二十三日于爱尔兰

卜算子·拜谒马克思墓

肃立导师前，谒墓心潮卷。世纪风雷荡五洲，真理光辉闪。　　前进有波折，规律终难变。接力长征永创新，重在谋发展。

二〇〇三年十月二十七日于英国伦敦

大英博物馆咏叹

珍奇稀世宝，四海聚琳琅。
购买兼强掠，金辉伴血光。

二〇〇三年十月二十七日于英国伦敦

雨中岚山

写在日本京都周恩来总理诗碑前。

又是岚山细雨中，风光不与旧时同。
开邦总理诗碑在，华夏榴花似火红。

二〇〇五年六月二日于日本京都

“日本八路”①

曾是侵华寇，被俘知耻羞。
心煎灵与肉，理辨战和休。
革面投明路，反戈征恶酋。
再生恩义重，感念谢神州。

二〇〇五年六月三日于日本

【注】

① 日本八路，即在华日人反战同盟成员，是侵华日军被俘人员中经过思想改造自觉反对日本军国主义的进步人士，俗称日本八路。

访日随感

一衣带水邦交久，东渡先驱史迹留。
避难贵妃风韵雅，求仙方士庙庭幽。
鉴真壮举成神话，玄奘传奇化寺楼。
友好睦邻多远见，杂音别调自当休。

二〇〇五年六月五日于日本

【注】

在日本至今还有庙宇供奉着传说中从马嵬坡避难逃到日本的唐朝杨贵妃像和秦朝率童男童女赴海上仙山寻求长生不老之药的方士徐福像。

到莫斯科

莫基八百年，七岭化城垣。
治跨双洲界，池连五港湾。
一城拼血肉，四海靖波澜。
郊夜歌声好，今朝喜入关。

二〇〇五年九月二十九日于俄罗斯莫斯科

莫斯科红场

神秘一红场，威名四海扬。
教堂添肃穆，楼塔映灵光。
聚会欢潮涌，阅兵豪气昂。
登台列宁墓，思绪任绵长。

二〇〇五年九月二十九日于俄罗斯莫斯科

江城子・克里姆林宫

置身克里姆林宫，看王城，势恢宏。久转时空，几度易颜容。炮火硝烟攻要塞，飘血雨，沐腥风。　　烧光炸毁几多重？再新生，气如虹。世界奇观，位列第八名。宫殿教堂金碧映，尖塔顶，闪红星。

二〇〇五年九月三十日于俄罗斯莫斯科

减字木兰花・二战胜利广场

三棱利剑，拔地刺天魔梦断。万众欢腾，花海歌潮庆太平。　　祝福胜利，人类伤痕需永记。灿烂阳光，普照和平盼久长。

二〇〇五年十月一日于俄罗斯莫斯科

圣彼得堡

芬兰湾畔波如镜，百岛千桥现古城。
彼得保罗关隘险，阿芙乐尔炮声隆。
争疆夺土存豪气，辟地开天举义旌[1]。
艺术珍珠惊乱眼，奇观白夜放光明。

二〇〇五年十月二日于俄罗斯圣彼得堡

【注】

① 此联上句是指北方战争，下句是指十月革命。

青铜骑士像

英雄骑骏马，高傲奋前蹄。
踏碎妖蛇胆，兴俄奠伟基。

二〇〇五年十月二日于俄罗斯圣彼得堡

西江月·冬宫

久慕传奇圣地，而今漫步冬宫。耳旁犹响喊杀声，十月工兵革命。　　涅瓦河流西逝，馆藏凝聚时空。琳琅满目世人惊，历史这般沉重。

二〇〇五年十月二日于俄罗斯圣彼得堡

菩萨蛮·夏宫

冲天水柱珠玑溅，金身男女喷泉恋。秋色染层林，夏宫真醉人。　俄皇知哪去，遍是游人处。丽日灿花丛，雾纱披彩虹。

二〇〇五年十月三日于俄罗斯圣彼得堡

看芭蕾舞剧《天鹅湖》

皇家歌剧院，芭蕾舞翩跹。
旋体轻如燕，移身美似仙。
脚尖空际广，头顶月轮圆。
曲尽天鹅散，痴人醉忘还。

二〇〇五年十月四日晚于俄罗斯圣彼得堡

十六字令·列宁格勒保卫战纪念馆（二首）

其 一

坚。众志成城九百天。驱围寇，胜利破凶顽。

其 二

强。百万军民死亦慷。惊天地，坚守凯歌扬。

二〇〇五年十月四日于俄罗斯圣彼得堡

浣溪沙·皇村[1]

富丽堂皇度假村，沙俄两世女王魂。花丛相伴普希金。　恰遇最佳秋色好，浓油重彩绘图新。诗情画意醉游人。

二〇〇五年十月五日于俄罗斯圣彼得堡

【注】

① 皇村，又名普希金城。俄国著名诗人普希金的中学时代曾在这里度过。

阿芙乐尔号巡洋舰

普通一舰艇，号炮打冬宫。
壮举垂青史，至今思列宁。

二〇〇五年十月五日于俄罗斯圣彼得堡

俄罗斯乡野小景

一马平川地，层林尽彩装。
零星房几幢，幽静沐秋阳。

二〇〇五年十月六日于俄罗斯圣彼得堡

谢尔盖大修道院

千秋尊古堡，道院耸经堂。
牧首传东正，全俄仰圣光。

二〇〇五年十月六日于俄罗斯谢尔盖修道院

弗拉基米尔

环旅俄邦珠宝闪，国都重镇近千年。
教堂壁画存真迹，要塞城门现古关。
争霸称雄谋社稷，避强取弱固江山。
弗州首府编新史，人类文明共美谈。

二〇〇五年十月八日于俄罗斯弗拉基米尔

苏兹达理

万人千载镇，宗教盛名城。
四海虔诚客，五洲崇仰情。
罗斯风韵古，卡缅水波宁。
世界为遗产，文明伊甸行。

二〇〇五年十月八日夜于俄罗斯苏兹达理古镇

岁月飞歌

牡丹乡别情

五冬窗雪六秋霜，枝嫩偏遭风雨狂。
梦碎时分嗟梦碎，迷茫岁月叹迷茫。
丹根耐冷滋明艳，梅朵凌寒蕴暗香。
骏马之年辞故地，征程万里向春阳。

一九七八年二月十六日于山东菏泽

沂蒙战友情

夏令鲁南炎日高，欣逢战友涨心潮。
盛情刚递沂河水，谢意又尝蒙岭桃。

一九七八年七月二日于山东临沂

忆秦娥·马鞍山

1966 年，余应届高中毕业。一场“史无前例”，打碎了指日可成的大学梦。20 年后，借高教自学考试，得以旧梦重圆。其间三往寒暑，济南市区马鞍山的松树林里，便成了公休时日自学攻读的幽静课堂。当学成业就，金册在手之时，重登马鞍山，回首勤学路，感慨系之，遂填是阕。

情难已，自修高教山林里。山林里，如饥似渴，苦读强记。　　雄心大比非由己，考期临近风云起。风云起，青春学废，壮年学举。

一九八六年十月

大明湖观烟火

火树凌波花撞天，争奇斗艳水云间。
飘飘瀑布腾珠浪，滚滚车轮挂玉环。
金雀银蝶光尾凤，白梅红杏紫罗兰。
人花同笑明湖溢，万众欢歌唱大千。

一九八九年十月一日晚于山东济南大明湖

反腐倡廉醒人生

周日晨登马鞍山，遇一长者嗟叹人生。怒斥贪腐，偶感即咏。

人欲从来无止休，劳神乏体几多愁。
争完利禄争香女，贪尽金银贪玉楼。
福海常能流祸水，心河亦可覆行舟。
当权执政民为本，克己奉公消隐忧。

一九九三年秋

临江仙·看电视剧《三国演义》

方寸荧屏浓缩进，三国久广时空。尘封人物现活容。刀光迎剑影，鼓角竞铮鸣。　　夺地争天豪气壮，是非成败难评。大江东去浪回声。笑谈今古事，众口赞英雄。

一九九五年春节

清平乐·闲暇小景

闲暇毋干，邻舍来庭院。里短家长多笑侃，再逗“孙姣”一段。　　楼前洒满阳光，和风时送清香。各自收拾寸地，种花种草真忙。

一九九五年六月三十日于山东济南寓所

【注】

“孙姣”：邻居孙大嫂养一爱犬，乖巧玲珑，被唤作“孙姣”，邻友常逗它作些滑稽表演，令人捧腹。

浪淘沙·沂蒙望子

暴雨泻沂蒙，险象环生，驱车千里看鹏程。
何故雨中强闯道？念子情浓。　生子望成龙，
如梦如虹。成功之路赖艰行。喜看双鹏齐展翅，
壮志凌空。

一九九五年八月二十二日于山东临沂

人间惜别情

乙亥秋月火车站速写。

执手凝眸泪水盈，千言万语细叮咛。
长江悄问东流水，怎比人间惜别情。

一九九五年九月初

古枝新蕾

唐宋诗词妇幼知，奇葩文苑正逢时。
古为今用扬国粹，新蕾喜开千载枝。

一九九六年春

淡泊明志

云卷蓝天外，花开庭院前。
松生赤岩上，莲放雪峰巅。
宠辱无惊意，去留听自然。
心宽名利淡，气静志弥坚。

一九九六年五月十九日

书海荡舟

更深夜静万人休，书海犹行一苦舟。
无际汪洋风浪里，抒怀写意任遨游。

一九九六年五月二十八日深夜

逸　趣

门前巴掌地，植物袖珍园。
草木争奇美，芳菲斗丽妍。
盘中蔬菜嫩，桌上果实鲜。
笑语耕肥土，欢声品蜜甜。

一九九六年六月一日于山东济南寓所

笔耕写意

方格田野广，昼夜笔耕忙。
心血生良种，汗流滋好墒。
勤劳施沃土，辛苦产华章。
时令随人走，兼收日月光。

一九九六年十月九日夜于山东济南寓所

进京赴任随感[①]

奉命匆匆进北京，如临殿试一新生。
风风火火开宏业，战战兢兢履薄冰。
放眼五洲观世象，凝眸七彩绘荧屏。
考题遵照中枢令，答卷全由万众评。

一九九六年十一月

【注】

① 作者奉命进京的任务是负责中央电视台军事新闻宣传，责任重大，创业艰难。选题必须遵照中央的宣传口径，而对节目的质量的评判要靠全国的军民大众。

咏 志

志士朝前走，洪波入海流。
开弓无复返，好马不回头。

一九九六年十二月二日于北京

临江仙·香港回归咏叹

三纸屈约一世辱，东方龙祖失珠。强食弱肉“病夫”哭。英雄干血泪，志士碎钢颅。　狮醒发威天地覆，吼声海啸山呼。扬眉吐气洗邦侮。“一国”铺大道，“两制”绘新图。

一九九七年七月一日

千年元日子夜有感[①]

五更双世纪，一夜两千年。
百载迎新曙，荧屏现万关。

二〇〇一年元旦零时于浙江温岭石塘镇
新世纪祖国大陆第一缕阳光首照地。

【注】

① 这是作者作为大型电视系列报道《世纪初年走边关》的总策划，在赴浙江温岭石塘镇参加这一被誉为“中国电视史上万里长征”的壮举开机剪彩仪式前夜所作。

祝贺北京申奥成功

申奥传捷报，九州托五环。
北京东道主，举世仰华天。

二〇〇一年七月

浔阳楼偶感

辛巳秋日登庐山，途经九江浔阳楼。读宋江“敢笑黄巢不丈夫”的反诗遗篇，联想到黄巢、宋江都是鲁西南人，同一故乡，因生于“官逼民反”的旧时代才揭竿而起。抚今追昔，偶来杂感。

王霸公明同故乡，农民起义大旗扬[①]。
英雄若是逢贤主，登上楼台颂舜光。

二〇〇一年八月十五日于江西九江浔阳楼

【注】

① 黄巢自封“冲天大将军”后定年号为“王霸”；宋江又被称为“宋公明”。

祝贺中国加入世贸组织

复关入世多羁绊，斩浪劈波十五年。
国际竞争争主动，乘风借水我行船。

二〇〇一年十一月

清平乐·贺母校菏泽一中百年华诞

百年校庆，四海牵学梦。桃李英才天下众，教育丰碑永颂。　　前贤曾创荣光，中兴又谱华章。今遇昌明盛世，齐心再续辉煌。

二〇〇三年六月二十九日于山东菏泽

江城子·飞天梦圆

2002年底，余曾在酒泉卫星发射基地现场，目送神舟4号成功飞天；2003年金秋，余在随团赴英国访问期间，又在异国他乡目睹了神舟5号载人航天成功的电视画面。遂欢欣鼓舞，感慨万千。

人间几欲上天堂？访娥娘，问吴刚。大漠敦煌，壁画竞飞翔。华夏英豪多梦想，征玉宇，破天荒。　　腾空火箭九霄飏。送神舱，探穹苍。浩瀚星空，日月伴船航。舟返人安传喜讯，圆伟梦，凯歌扬。

二〇〇三年十月十五日于英国伦敦

【注】

娥娘：此处借指嫦娥。

祭严父

值遇元宵月正明，举村空户送尊翁[①]。
生逢乱世多磨难，心地仁和自太平。
忠孝传家积厚道，育才兴业耀金星。
柴门曾驻开国将，紫气盈庭庇后荣[②]。

二〇〇四年年元宵节于山东梁山原籍

【注】

① 父亲是全村德高望重的家族长，在九十高龄仙逝时正值元宵节期间，村委会决定举行“村丧”，全村男女老少为老人送行。

② 抗日战争时期，在往返黄河两岸创建冀鲁边革命根据地期间，开国上将肖华曾在我们家住过；解放战争初期，刘邓大军渡黄南下期间，开国上将杨勇也曾住在我们家，并顺利在我们家的小院里召开了几天军事会议。

如梦令·贺鹏程莉莉喜结良缘

人本纯真诚恋，不慕虚荣浮艳。贵在两心知，喜贺天如人愿。如愿，如愿，美满幸福无限。

二〇〇四年十月十六日于北京

贺第一届中国诗歌节

风雅和谐大主题，精英荟萃话弘诗。
民族时代求一统，古韵新声探共识。

二〇〇五年十月二十五日于马鞍山

和谐颂

鸟语花香唱惠风，蓝天丽日碧波平。
和谐共处人长久，国泰家安万事兴。

二〇〇五年十一月十七日

自主创新生伟光

聆听胡总书记在庆祝神舟六号载人航天飞行圆满成功大会上的讲话有感

九域心驰大会堂，强音宏论话辉煌。
才圆华夏飞天梦，又谱苍穹跨越章。
几日多人征宇宙，全球众目瞩炎黄。
神舟三步蓝图展，自主创新生伟光。

二〇〇五年十一月二十六日晚于北京应
《光明日报》特约急就

贺首届海峡诗词笔会

同根共祖系乡关，海水难分血脉连。
飞架诗桥迎盛会，金声玉振耀龙岩。

二〇〇六年十一月二十二日于福建龙岩

清平乐·元日

辞别昨暮，两岁一宵度。酒兴爆竹无夜处，唤醒新年晨曙。　　人欢鸟唱鸡鸣，朝霞写满龙腾。窗外天寒地冻，心中已荡春风。

二〇〇七年一月一日

浣溪沙·山海关好地方（藏头）

山挽长城渺际涯，海门要塞落平沙。关楼锁钥卫京华。　　好景当因逢盛世，地灵人杰物生花。方圆百里蔚云霞。

二〇〇七年一月十六日于河北秦皇岛

悼慈母

恰是清明泪雨纷，仙迎我妣驾祥云[①]。
含辛茹苦育儿女，行善积德为里邻。
乳哺羸婴终救命，身托溺幼竟还魂[②]。
良知正义家风好，有口皆碑赞母亲。

二〇〇七年清明节于山东梁山原籍

【注】

① 一生积德行善的母亲，在九十四岁高龄仙逝时，正值中华民族“泪雨纷”的清明节。

② 这两句是说母亲一生中实实在在地救了两条人命：一是在作者出生不久，母亲得知邻居有个小姑娘一生下来母亲就没有奶水，当时旧社会的贫困农村没有任何代乳食品，便用一只奶头喂自己的儿子，另一只奶头喂邻居家的小姑娘，终于使小姑娘存活下来；二是母亲一次在苇坑边洗衣，见一幼童不慎溺水，本来缠足又毫不会水的母亲，奋不顾身跳进苇坑，将小孩救上岸来。

黄帝故里拜祖大典

紫气祥云三月三，轩辕故里彩虹悬。
虔诚化作花铺地，顶礼迎来炮震天。
两岸儿孙同拜祖，五洲华裔共祈年。
龙源圣脉千秋在，黄帝灵光万代传。

二〇〇七年四月十九日于河南新郑

长相思·颂小平

五星红，紫荆红，归祖十年百业兴。港人谢小平。　　正航程，引航程，两制一国富路通。世人颂小平。

二〇〇七年六月二十三日

香港回归十年感怀

百载蒙羞雨，十年起彩虹。
金融风暴遁，非典祸端宁。
志壮峰峦矮，心齐坎坷平。
龙腾珠闪亮，日照紫荆荣。

二〇〇七年六月二十四日

送次子鹏飞初出国门赴任武官助理

业就学成男子汉，戎衣使者外交官。
征人路上多风雨，志士胸中少困难。
智勇光开千里目，德才翼展九重天。
双肩尽负军国事，赤胆忠心稳步前。

二〇〇七年七月二十五日于北京

天生笃宜吉祥如意（藏头）[①]

天公送佼娃，生日沐朝霞。
笃志平安路，宜人富贵花。
吉星添喜庆，祥瑞伴年华。
如愿心中事，意求时运佳。

二〇〇七年八月二十四日于北京

【注】

① 2007年8月24日，喜添小孙女，取名李笃宜。

贺全国二十一届中华诗词研讨会

华夏诗才重聚首，和谐宏论响衡州。
豪情引落南飞雁，硕果增辉万里秋。

二〇〇七年九月二十三日于湖南衡阳

渔家傲·欢庆党的十七大

霞蔚云蒸花烂漫，五洲四海同期盼。盛会蓝图民意现。抓关键，即时开创新局面。　九万里风鹏翼展，豪情壮志冲霄汉。特色中华旗帜艳。新起点，小康道路金光灿。

二〇〇七年十月五日于北京

2008年作品

贺中国奥运会

百年圆伟梦，千载悦龙颜。
华夏兴华运，五星弘五环。

二〇〇八年一月二十七日于北京

北京奥运会开幕式感怀

盖世奇才汇鸟巢，百年圆梦在今宵。
史诗雄壮文明卷，幻化协和友谊桥①。
元首云集当看客，精英荟萃竞天骄②。
五星旗引全球目，圣火光催四海潮③。

二〇〇八年八月八日深夜于北京

【注】

① 北京奥运会大型文艺演出，展现了中华民族五千年的雄壮史诗和文明画卷；节目间的变幻叠化协调和谐成为世界友谊的桥梁。

② 美国总统布什等许多国家元首都坐在普通观众席上，观看了全人类精英荟萃竞技争雄。

③ 借助电视直播和网络视频等现代传媒，此时此刻，五星红旗吸引了全球的目光，北京奥运圣火的光芒催涨了四海欢潮。

六十感赋

重逢戊子顾人生，久历风波气自平。
做事能将心地问，为官可对昊天盟。
东西南北传佳讯，春夏秋冬入画屏[①]。
船靠码头应笑慰，花明柳暗又登程。

二〇〇八年三月九日

【注】

① 前一句是说作者从事的主业是以正面宣传为主的新闻宣传工作，并寓意代表性活动大型电视系列报道《世纪初年走边关》，从祖国四面八方传递佳音喜讯；后一句是说作者的业余爱好是诗词文学创作，并寓意代表性作品《沁园春·四季画屏》以及作者“人生如四季，季季如画屏”的乐观向上的人生态度。

神龙颂

——献给中国改革开放三十年

古地东方现巨龙，千邦万国自为中。
灵光圣火昭寰宇，玉甲金鳞映太空。
曾遇浅滩遭困境，又迎暴雨展雄风。
脱缰破锁腾云起，直上重霄舞彩虹。

二〇〇八年三月二十三日

贺中华诗词学会网开通运行

轻点鼠标天地开，唐风宋韵拓平台。
精华荟萃涵今古，星斗云集唱未来。

二〇〇八年三月三十一日

南国抗冰雪

不见莺啼绿映红，水村山寨酷寒凝。
迎春瑞雪成灾雪，团聚欢声化怨声。
辆辆飞车趴冻链，条条铁路卧僵虫。
凌压线断光明断，雪堵车停活力停。
统帅身先激将士，人民困苦系兵营。
中央号令三军动，热血消融百丈冰。
赤胆忠心排祸患，精诚协力唤春风。
碾冰开道清千障，立塔安桩亮万灯。
军民共谱降天曲，壮举英名炳汗青。

二〇〇八年初春

海棠花溪

好雨随风夜入京，海棠新醒溢香浓。
娇娆最属含苞蕾，艳丽全凭带露容。
霞蔚云蒸溪镜里，蜂鸣蝶舞画屏中。
人花共与春光醉，笑脸芳颜相映红。

二〇〇八年四月十一日于元大都遗址海棠花溪

咏彭总

纪念抗美援朝战争胜利五十五周年。

横刀立马大将军，开国元戎浩气存。
鸭绿江涛传捷报，援朝抗美保乾坤。

二〇〇八年四月二十六日

西江月·汶川抗震

地裂山崩路坏，房塌楼倒人埋。汶川转瞬降天灾，牵动五洲四海。　众志成城抗震，爱心八面飞来。中央号令万难排，部队驰援最快。

二〇〇八年五月十五日

浣溪沙·安置灾民

生死存亡转瞬间，山崩地裂毁家园。一家有难万家援。　　老幼伤残安顿细，衣食行住想周全。神州处处是乡关。

二〇〇八年五月二十三日

渔家傲·灾后重建

大爱同心承大难，家园震毁重新建。校舍篷房医务站。抓生产，雄风再振从头干。　　规划蓝图精计算，争分夺秒冲前线。党政军民齐奋战。求发展，灾区旧貌新颜换。

二〇〇八年五月二十四日

中华传统节日

春节

夏历元辰岁首天，阖家欢聚过新年。
开门鞭炮驱邪祟，联语桃符兆瑞端。
社火灯笼增寿喜，黏糕饺子庆团圆。
祈祥拜贺和谐景，万物迎春竞向前。

清 明

寒食上巳并清明，时令人文相共融。
禁火冷餐思义士，祓污续魄祭先灵。
慎终追远敦族睦，曲水流觞聚友情。
传统弘扬成载体，踏青欢悦沐春风。

端 午

防病辟邪来历久，端阳重午已千秋。
兰汤洗浴芳香蓄，艾叶悬插祸祟休。
屈子沉江抛箬粽，渔舟觅水化龙舟。
强身竞渡民心聚，人类自然同乐忧。

中 秋

长空清朗挂冰轮，拜月礼天为感恩。
时果鲜花香祭案，塔灯圆饼映归心。
蟾宫桂树英雄梦，玉宇琼楼雅士魂。
最盼中秋团聚夜，家人万里共思亲。

二〇〇八年六月初（端午节前后）

咏新邵

万两黄金地，千秋儒雅风。
龙山融画意，白水润诗丛。
物宝增财富，天华育杰雄。
资江通四海，热土耀湘中。

二〇〇八年六月二十一日于湖南新邵

清源山老君岩

宋代存雕像，清源拜老宗。
身融山水画，心诵道德经。
造化成尊体，精工现圣容。
千秋风雨过，神态栩如生。

二〇〇八年六月二十三日于福建泉州清源山

清平乐·金丝小枣

干鲜果宝，美味金丝枣。剔透晶莹如玛瑙，吃了人人说好！　　曾经上贡朝廷，而今市场称雄。科技增新品种，乐陵四海扬名。

二〇〇八年九月三日于山东乐陵

黄梅实小（藏头）

黄鹂鸣艺苑，梅朵报春光。
实验成名校，小荷生雅香。

二〇〇八年十一月二十五日于湖北黄梅

黄梅吟

天下禅林耀祖庭，挑花仙女挑春风[①]。
山川流淌黄梅调，岳氏家拳传武功[②]。

二〇〇八年十一月二十六日于湖北黄梅

【注】

① 黄梅被誉为中国“佛教之乡”，有宋朝皇帝御书的“天下禅林”、“天下祖庭”的匾额；黄梅又是中国“挑花之乡”，挑花是这里的传统工艺。

② 黄梅为南宋抗金名将岳飞驻军镇守之处，当地有不少岳家军的后代，至今仍流传“岳家拳”。

荆州关帝庙咏叹

偃月青龙鬼见愁，骄矜大意失荆州。
三分社稷良臣殒，一世英雄浩气留。
千里寻兄明矢志，单刀赴会显风流。
忠肝义胆惊华夏，武圣财神香客稠。

二〇〇八年十一月二十六日于湖北荆州

考察米积台小学诗教

雅韵书香润幼芽，童声稚气绽奇葩。
学高身正多师表，独秀乡间诗教花。

二〇〇八年十一月二十七日于湖北松滋米积台

登古落帽台

雅友登台论古今，风吹帽落引雄文。
诗仙醉酒传佳话，指点龙山我喜临。

二〇〇八年十一月二十九日于湖北荆州

【注】

这里指晋代孟嘉因风吹落帽而引出《龙山文》奇文的趣事佳话。

（有和诗一组，已收入《一唱百和同咏春》书中。）

荆州颂

璀璨明珠升楚郢，城池失借意难穷。
诗宗骚祖吟潮涌，武圣财神富路通。
贤相千秋留睿智，英才一代壮雄风。
欣逢盛世宏图展，金凤腾飞上碧空。

二〇〇八年十一月三十日于湖北荆州

南社百年（藏头）

南国豪吟动九州，社团偏问主沉浮。
百酬千唱乾坤转，年久方知大智谋。

二〇〇八年十二月十四日

垂虹桥遐思[①]

千载垂虹跨大江，沧桑世事水茫茫。
人行浪顶迎天曙，影落湖心伴月光。
骚客赓吟扬雅卷，佳肴迭萃颂鲈乡。
古来越角吴根地，桥断犹存翰墨香。

二〇〇八年十二月十五日于江苏吴江

【注】

① 垂虹桥在江苏吴江市松陵镇上，始建于北宋庆历八年（1048年），原为木桥，后改为石桥，全用白石垒砌，由七十二个拱券形桥孔组成，三起三伏，蜿蜒如龙。因桥“环如半月，长若垂虹”而得名。由于年久失修，桥孔已大部塌陷。

访枫桥夜泊处

久慕枫桥觅客船，江风伴我到寒山。
钟声再响千年过，月落清樽醉欲眠。

二〇〇八年十二月十五日于江苏苏州

大雪日雅聚口占

雅友开怀细柳营，寒冬雪月起春风。
千杯酒海千重浪，万里诗天万里情。

二〇〇八年十二月二十七日于北京

2009 年作品

国庆六十周年咏开国领袖

毛泽东颂

长夜神州降救星，东方破晓太阳升。
翻天覆地人间换，独领风骚炳汗青。

周恩来赞

立业开邦总理人，鞠躬尽瘁亿民亲。
生前亮节倾寰宇，身后清风泣鬼神。

少奇不朽（藏头）

少小心雄志改天，奇光异彩耀人寰。
不期妖雾能遮日，朽木枯株也泪潸。

咏朱德老总

仁和敦厚拜元戎，辟地开天旷世功。
百万雄师尊老总，千秋社稷颂英名。

二〇〇九年九月下旬

沁园春·国旗颂

献给新中国六十华诞。

与日同升，映染天红，耀目五星。恰春雷震响，睡狮唤醒，朝阳普照，古地新生。横扫污浊，清除积弊，傲立东方寰宇惊。江山固，展乾坤长卷，妙笔丹青。　　旗开霞蔚云蒸。迎风展、千秋伟业兴。历艰辛探索，终成特色，驱霾破雾，奋力前行。凝聚华人，邦交四海，圆梦京宵圣火腾。冲霄汉，看龙飞鹏举，灿烂征程。

二〇〇九年九月三十日

国庆六十周年大阅兵感怀

举世凝眸望北京，长安街上走蛟龙。
铁流奔进风雷动，热血沸腾豪气冲。
陆海军容威震虎，空天兵阵势吞虹。
金戈交响狂飙曲，一往无前正步中。

二〇〇九年十月一日于北京

减字木兰花·敬和周笃文教授庆元宵

（一）

天公抖擞，唤醒春光豪气透。喜上星洲，皓月星空礼炮稠。　　观察海啸，勇立潮头心不跳。驾驭黄龙，力挽狂澜我自雄。

（二）

群情抖擞，唱和京城风雅透。诗满春洲，教授吟朋志趣稠。　　凤鸣虎啸，天地人间圆舞跳。快意乘龙，日月争辉共展雄。

二〇〇九年二月九日

附：周笃文《减兰·庆元宵》

神牛抖擞，犁破层冰春意透。月满瀛洲，礼炮烟花喜乐稠。　　金融海啸，北美西欧鸡犬跳。降得乖龙，出手中枢见大雄。

②《再迭前韵并答文朝、福有诸兄以谢大雅》

（一）

诗情抖擞，掷笔成虹光影透。香满芳洲，侧唱风流俊友稠。　　歌以傲啸，日月双丸杯底跳。卧虎腾龙，长白奇才叱咤雄。

（二）

吟旌擞擞，爆破灵光天地透。白鹭仙洲，李杜诗才意叠稠。　　披襟长啸，叱起志蛟波上跳。未许骖龙，旗鼓还须角两雄。

纪念李先念诞辰一百周年

起义黄麻亮剑锋，千山万水展雄风。
西征九死一生路，东进三灾八难程①。
突破重围施大略，分洪息壤建头功②。
将军善理财经事，元首长存黎庶情。

二〇〇九年二月十一日

【注】

① 西征句指西路军浴血奋战，九死一生；东进句指李先念从延安到新四军高敬亭部任参谋长，途经河南，又留在确山，开辟豫鄂边革命根据地等几多磨难。

② 突破重围指中原突围，以局部牺牲赢得全局主动的雄才大略；分洪息壤，指荆江分洪工程，功劳当首推李先念，“息壤”在荆州城南门外，相传为大禹治水处。

春 雨

久旱逢春雨，甘霖润我身。
京城食税者，心系种粮人。

二〇〇九年二月二十二日于北京

题户县重阳宫

全真圣地祖师庭，天下重阳万寿宫。
得授金丹成正果，凝神炼气化仙风。

二〇〇九年二月二十五日于陕西户县

考察户县诗词之乡随感

名扬四海农民画，引绽诗词并蒂葩。
古邑千年逢盛世，丹青雅韵放光华。

二〇〇九年二月二十六日于陕西户县

痛悼孙轶青会长

华夏诗空陨巨星，悲风泪雨诉衷情。
心窗历历操劳影，耳畔谆谆教诲声。
江海洪波从雅韵，山峦翠岭颂贤名。
德高望重才翁逝，吟帜飘扬舞仄平。

二〇〇九年三月十七日

贺第十一届全国运动会

海内精英汇鲁城，泰山童子喜相迎。
和谐华夏添云锦，活力山东万象呈。

二〇〇九年四月二日

小浪底黄河故道口占

故道黄河五丈宽，竹林曲径醉幽然。
劈山钻岭开龙路，小浪底中人似仙。

二〇〇九年四月二十一日于河南三门峡小浪底

临江仙·三门峡

万里黄河天上水，三门束系龙腰。兴亡荣辱化波涛。江山多锦绣，人世几逍遥。　大坝青工年正少，闸开奔放心潮。渔歌一曲荡云霄。忧愁随浪去，自在乐陶陶。

二〇〇九年四月二十一日于河南三门峡

咏函谷关

锁钥秦川函谷险，丸封要隘镇雄关。
风云际会争天下，晴雨交更望宇寰。
紫气东来生道教，灵光西射列仙班。
千秋胜迹人文宝，怀古思今任往还。

二〇〇九年四月二十二日于河南灵宝函谷关

杜甫故里感怀

笔架山根古洞窑，灵光瑞气透云霄。
千秋诗圣生身地，万里寻宗邙岭腰。

二〇〇九年四月二十三日于河南巩义

看少林武僧表演

挟风裹雨夹雷电，舞棍飞刀打醉拳。
单手前推中岳动，一声跺吼震云天。

二〇〇九年四月二十四日于河南嵩山

三苏坟咏叹[①]

巴蜀天骄生硕彦，嵩阳地幸瘗骚魂。
一门学士空来者，两代文章绝古人。
明月青天留问语，大江赤壁荡回音。
苏坟夜雨飘千载，铁板铜琶唱到今。

二〇〇九年四月二十八日于河南郏县三苏坟

【注】

① 三苏坟在河南郏县城西北22公里的小峨眉山麓。坟院中央兀立三墓，苏洵墓居中，苏轼、苏辙墓分立左右。

咏阳春

漠水之阳四季春，氡泉古韵冼夫人。
凌霄秀色通仙界，更恋凡尘万象新。

二〇〇九年五月八日于广东阳春

【注】

春都氡泉，漠阳古韵，还有凌霄秀色均列为“阳春八景”；冼夫人为古代开发建设阳春的俚人部族女首领，是当地人心目中的英雄女神。

阳春凌霄岩

万古凌霄一洞天，神工鬼斧起金銮。
千姿百态多奇趣，同入仙台共尽欢。

二〇〇九年五月九日于广东阳春

新中国六秩礼赞

新华六秩话沧桑，换地更天日月长。
横扫千瘴除积弊，催生万物沐朝阳。
挥来妙笔丹青手，绘就神州锦绣章。
斩棘披荆寻正道，迎风冒雨辨苍黄。
红云“两弹”惊寰宇，金曲“一星”振友邦。
破雾驱霾鹏翼展，改革开放大旗扬。

春风首绿江南暖，硕果连丰塞北香。
科教兴国通富路，和谐发展续辉煌。
民安邦泰军威壮，海晏河清国力强。
还主龙珠光五帝，归宗游子慰三皇。
一国两制双赢举，两岸三通互惠航。
血脉情浓穿水障，海峡冰破透春光。
以人为本谋长久，执政为民建小康。
玉宇飞天三步走，京华圆梦五星扬。
中国特色康庄路，接力长征向远方。

二〇〇九年五月十日

国庆六十周年感怀

国庆六旬歌盛世，太空挥耀五星旗。
和谐禹甸和谐画，锦绣江山锦绣诗。

二〇〇九年五月十二日

咏董存瑞

炸药托擎神鬼泣，粉身碎骨化虹霓。
英雄浩气传千古，壮美人生一面旗。

二〇〇九年五月二十五日

贺第二届中国诗歌节

方家雅士入秦关，老韵新声意盎然。
盛世皇都逢盛世，长安气象更长安。
曲江流饮追华梦，雁塔题名续古贤。
秦汉唐音同唱和，星光灿烂耀诗天。

二〇〇九年五月二十八日于陕西西安

步原玉敬和周老笃文教授《骊山即兴》

中唐盛世现骊山，长恨悲情泪眼看。
骚客清词歌万象，群星泰斗降人间。

二〇〇九年五月二十八日于陕西骊山

附：周笃文《骊山即兴》

九州骚客聚骊山，汉殿唐宫放眼看。
彩笔共挥干气象，文光长耀斗牛间。

咏贺兰山岩画

图腾万象画痕真，千古奇观惊煞人。
举世专家同鉴赏，公推圣像太阳神。

二〇〇九年六月十三日于宁夏贺兰山

贺兰山口

石剑岩刀杀气腾，犬牙交错势峥嵘。
古来争占兵家踞，故垒残垣风亦雄。

二〇〇九年六月十三日于宁夏贺兰山

西夏王陵

东方金字塔，西夏古王陵。
墟冢添神秘，残垣诉废兴。
武文应有道，胜败岂无凭？
帝业黄沙下，乾坤紫气腾。

二〇〇九年六月十三日于宁夏银川西夏王陵

沙湖颂

塞上明珠映碧辉，黄沙绿水共依偎。
江南漠北皆成趣，画卷和谐百鸟飞。

二〇〇九年六月十四日于宁夏沙湖

沙坡头感怀

大漠长河相倚傍，黄沙碧水映天光。
鸣坡唱和驼铃响，花棒吐芳山岳香。
塞上风情镶锦绣，江南秀色伴苍茫。
联合国里登金榜，环保人文日月长。

二〇〇九年六月十五日于宁夏沙坡头

【注】

“沙坡鸣钟”为此处一大景观；“花棒”是沙坡头一带的沙漠植物，每年7至10月开紫色小花，美丽芳香；沙坡头对面的山叫“香山”。

车过贺兰山

贺兰山下心潮涌，身到三关气自雄。
今驾长车穿险过，油然吟唱满江红。

二〇〇九年六月十六日于宁夏贺兰山三关

阿拉善

中华秘境阿拉善，大漠连云丘堵天。
湖沼星罗珠宝洒，冲沙激浪任悠然。

二〇〇九年六月十七日于内蒙古阿拉善

乌海腾飞（藏头）

乌金铺富路，海阔任船航。
腾越宏图展，飞舟逐太阳。

二〇〇九年六月十七日于内蒙古乌海

破阵子·谒成吉思汗陵

金顶三联大帐，白云俯瞰雄鹰。[①]一代天骄安享地，四海朝尊仰圣陵。草原留显荣。　　蹄踏王宫国界，弓惊玉宇苍穹。欧亚乾坤席卷去，马背江山一统成。英名垂汗青。

二〇〇九年六月十八日于内蒙古鄂尔多斯成陵

【注】

① 成吉思汗陵从下面看是三座联排的金顶大帐，从高空俯瞰则是一只展翅欲飞的雄鹰。

阴山抒怀

儿时晓胡马，今日到阴山。
眼望秦朝月，心思汉代关。
胡服骑射地，华夏大同天。
飞将今何在，雄风自浩然。

二〇〇九年六月十九日于内蒙古阴山

一剪梅·昭君墓

青冢黄昏暮色新。拜了贤人，散了游人。独留浩气荡乾坤。一缕香魂，千古昭君。　落雁花容过塞门。胡汉和亲，绥靖边尘。琵琶声里唱德馨。众议弦音，谁解弦音？

二〇〇九年六月二十日于内蒙古呼和浩特

蒙古草原

绵延旷野入穹天，嫩绿鹅黄染草原。
骏马飞驰如电掣，毡包棋布绽白莲。

二〇〇九年六月二十一日于内蒙古

云冈石窟

云冈盆地宝窟存，绝代千秋艺品真。
鬼斧凿崖成殿宇，天工雕像化仙神。
佛凭皇力强尊位，皇借佛光欺庶民。
北魏乾坤浮逝水，山川依旧伴游人。

二〇〇九年七月三日于山西大同云冈石窟

悬空寺

空悬寺庙寺悬空，恒住佛宗佛住恒。
壁挂楼台楼挂壁，风凌殿动殿凌风。

二〇〇九年七月四日于山西恒山悬空寺

应县木塔

巍峨纯木塔，千载历沧桑。
卯榫珠连壁，横斜栋固梁。
地栿勾柱脚，套筒架槽墙。
地震山摇动，安然傲四方。

二〇〇九年七月四日于山西应县

五台山

佛手凌云化五台，灵山未散紫光开。
千秋万里红尘客，还愿祈祥接踵来。

二〇〇九年七月五日于山西五台山

奉和雍文华老师《珍珠梅》

难坏天宫御画师，娇容淡雅步春迟。
晨光洒露香风远，月影摇魂凝目痴。
蝶舞身狂怀恋梦，蜂飞眼乱辨柔姿。
珍珠梅品千红暗，悦目清心第一枝。

二〇〇九年七月六日

附：雍文华《珍珠梅》

不请春工作画师，淡容素服出妆迟。
风翻密叶流芳远，月照琼花着意痴。
粉蝶犹温当日梦，游蜂错认昔时姿。
一从青帝排班后，别有情怀自惜枝。

龙泉寺石雕牌坊

古寺牌坊玉璧成，精雕物象栩如生。
游人尽不高声语，唯恐惊飞石上龙。

二〇〇九年七月六日于山西五台山

题青铜器仿制品

地灵生物宝，炉火化青铜。
巧手千姿美，精工万象雄。
镜圆昭日月，鼎重铸时空。
绝品分身术，乾坤再造功。

二〇〇九年七月十日于北京

咏岳阳南湖

山凝紫气树含烟，龟跑龙追戏玉盘。
合璧联珠成妙境，洞庭湖外有重天。

二〇〇九年七月十四日于湖南岳阳

君山口占

我抱青螺立玉盘，洞庭诗浪漫君山。
湘妃把酒迎骚客，柳毅邀仙步韵还。

二〇〇九年七月十四日于湖南岳阳

屈子祠凭吊

寻宗拜祖汨江边，浩气骚魂醒大千。
有力安邦兴社稷，无方教主辨奸贤。
行吟苦恨怀沙地，报效忠贞蔽日天。
亡楚误才终误己，长留史鉴警山川。

二〇〇九年七月十五日于湖南汨罗

题空灵寺

空灵寺院寺灵空，钟响山崖山响钟。
画意诗情诗意画，清流水秀水流清。

二〇〇九年七月十九日于湖南株洲空灵寺

株洲县诗乡考察

湖湘七月天流火，点引豪情共炽烧。
渌水扬波迎雅客，催开心海涨诗潮。

二〇〇九年七月十九日于湖南株洲

衡阳保卫战捐躯将士祭

血肉头颅筑铁墙，强拼死战保衡阳。
杀声浩气惊倭胆，寿岳永留忠骨香。

二〇〇九年七月十九日于湖南衡阳

朱家角泛舟

今古宜居地，吴淞一角藏。
幽情生水岸，野趣出天堂。
夜静诗空阔，舟行画卷长。
何当唤苏子，珠里溯流光。[①]

二〇〇九年八月三日于上海朱家角

【注】

① 珠里，朱家角的别称。

临江仙·朱家角

古老繁华生水上，宜居都市乡城。砖雕瓦艺话明清。虹桥流画韵，石板泛诗情。　布业米行兴旺地，银庄邮政昌荣。江南古镇又新生。珠溪通海口，破浪向蓬瀛。

二〇〇九年八月三日于上海朱家角

题淀山湖

细雨烟波水墨图，千秋古镇嵌明珠。
何来妙笔丹青手，巧仿瑶池绘翠湖。

二〇〇九年八月四日于上海淀山湖

（有和诗一首）

风范颂

宋清渭首长《岁月纪实》读后。

少小投身八路军，枪林弹雨铸忠魂。
守防前线安台海，锁钥京津卫国门。
议政直言扬剑胆，吟诗妙句系灵根。
位尊情重传佳话，风范长留正气存。

二〇〇九年八月十日

祝贺林从龙诗词研讨会召开

星光璀璨耀诗空，领唱中原大纛红。
教化吟苗成秀栋，耕耘雅苑现葱茏。
情真意远争花艳，味厚格高增酒浓。
不老骚翁豪气在，雄风再展建新功。

二〇〇九年八月十八日于河南郑州

贺马凯同志《心声集》出版

黄钟大吕唱心声，天地人寰万象呈。
世事洞明传至理，沧桑感悟寓真诚。
寄情能使柔肠断，览胜偏将险路平。
文论山高怀若谷，雄风浩气驾云轻。

二〇〇九年八月二十日于北京

呵护小笃宜进入两岁生日

盛世京华地，夜阑人梦酣。
爷爷摇扇缓，奶奶哄声喃。
静等零时到，祝福新岁添。
平安迎曙色，快乐伴童年。

二〇〇九年八月二十四日零时即咏

虎牢关咏叹[1]

千年因虎地，不见战云寒。
胜败收诗袋，歌吟任往还。

二〇〇九年八月二十七日于河南荥阳虎牢关

【注】

① 虎牢关，在河南荥阳县汜水西关，传周穆王“射猎鸟兽于郑圃”，曾将进献的虎圈在此处豢养，因名“虎牢”。此关地处东西咽喉，为历代兵家必争之地，自楚汉争霸到唐初，此关曾发生多起生死决战。

玉门古渡畅想

撞断邙山一洞开，黄龙万里走惊雷。
扁舟曾渡千秋客，谁立潮头掣浪回。

二〇〇九年八月二十七日于河南玉门古渡

题霸王城铁乌骓

了然楚汉一沟分，仰啸乌骓唤故君。
霸气王风东逝水，空留雁字写秋云。

二〇〇九年八月二十八日于河南郑州霸王城

中州诗会赠林从龙老

诗国文光璨，长河不废流。
千军扛大纛，一老峙中州。
高格层楼上，真情厚味留。
骚坛凭引领，万木绿前头。

二〇〇九年八月三十日于河南郑州

步韵和东遨《霸王城赏乌骓》

黑马横空出，轻蹄万里霜。
双睛喷电火，一意佐君王。
生死浑无惧，奔腾未可量。
风云凭啸傲，豪气接天长。

二〇〇九年九月一日于河南郑州霸王城

附：熊东遨《霸王城赏乌骓》

纵横关塞黑，星溅四蹄霜。
入眼俱烽火，齐名只霸王。
死生真可托，成败不须量。
便作槽头卧，思边梦亦长。

步韵和东遨《霸王城再赏乌骓》

狂飚天外落，昂首啸长河。
竖子成皇祖，龙驹惜霸哥。
江山随变幻，岁月任消磨。
不必书青史，雄风一样多。

二〇〇九年九月十日

附：熊东遨《霸王城再赏乌骓》

魅影来天际，嘶风俯大河。
成名轻鼠子，入圣忆猴哥。
日月心头照，江山足底磨。
时空留印迹，自比汉家多。

咏青岩古镇

小镇风霜六百春，青岩要隘锁黔门。
流光玉带扬新韵，滴翠油杉盘老根。
城垛长存英烈气，菊林久颂状元魂①。
穿行画卷词章里，人瑞升平别有村②。

二〇〇九年九月十五日于贵州贵阳青岩镇

【注】

① 青岩镇是贵州省第一个文状元赵以炯的故里。

② 这里有一座清朝敕建的“升平人瑞”百岁坊。

（有和诗一组）

题八·二三战地公园

坑道时空一扇开，轰天炸地炮声来。
劫波渡尽亲情在，共盼金瓯补海台。

二〇〇九年九月十八日于福建晋江

【注】

福建省晋江市围头村，曾是1958年8月23日我军与国民党金门驻军激烈炮战的主战场，战斗英雄安业民烈士就牺牲并安葬在这里。2007年，随着旅游业的开发，当地村民把当年炮战的阵地和坑道配置灯光音响，开辟成“战地公园”对游人开放。

咏五里桥

八百春秋五里桥，石条架海跨波涛。
千疑难解神工妙，惟见长龙傲碧霄。

二〇〇九年九月二十日于福建晋江

【注】

五里桥在福建省晋江市安海镇，至今已有800多年的历史。

步玉和东遨《秋节有寄》

知交倾盖不为迟，戎马殊途共入诗。
一点灵犀通翰苑，千杯美酒醉瑶池。
养心浩气天于我，过耳闲言自去之。
礼赞黄花秋影下，同邀明月正宜时。

二〇〇九年十月三日

附：熊东遨《秋节有寄》

白首论交莫谓迟，早同戎马晚同诗。
遥知鹤影临云汉，会引涛声入砚池。
我素我行何忌也，人誉人毁两由之。
黄花不负西风约，礼遇秋霜又一时。

贺岳阳荣获诗词之市

巴陵胜境耀金牌，锦上鲜花次第开。
千古风骚儒雅地，诗词之市载歌来。

二〇〇九年十月二十二日于湖南岳阳

咏东山学校[1]

韶山红日起东山，桃李开天贺百年。
化雨春风催幼栋，公诚勤俭育今贤。

二〇〇九年十月二十三日于湖南湘乡

【注】

① 湖南湘乡东山学校为新中国开国领袖毛泽东主席母校，这座百年名校还培育出陈赓、谭政两位开国大将和一些文化名人。

奉和李栋恒将军痛悼钱学森英哲

星陨神州举世悲，航天巨擘栋材萎。
舟飞宇宙增龙彩，弹导风云振虎姿。
江道开通欣浪逐，征帆鼓动引船随。
漫空秋雪明遗愿，科技兴邦志不移。

二〇〇九年十一月三日

附：李栋恒《痛悼钱学森学长》

满天雨雪满天悲，举世皆哀英哲萎。
史为奇功添异彩，国缘伟绩展雄姿。
星垂弹啸思无尽，志继薪传业永随。
此去蓬瀛应笑慰，神州今已海桑移。

瘦西湖泛舟

船娘摇橹一舟轻，瘦水繁花杨柳城。
隋帝清皇何处去，而今我在画中行。

二〇〇九年十一月九日于江苏扬州

步玉和东遨《春江小酌》

临江欣把酒，松竹乐为邻。
鱼戏清波远，风梳碧草新。
倾杯情谊重，溥露蕊香匀。
黄鸟歌桑陌，依稀识旧人。

二〇〇九年十一月十一日

附：熊东遨《春日江滨小酌》

近水探幽趣，从篁识旧邻。
清风如有约，时雨自催新。
鸥侣痴何似？江花淡欲匀。
开樽对遥岛，不合梦渔人。

临江仙·贺第二届海峡诗词笔会

血脉情浓穿海水，诗桥又会群贤。唐音宋韵满龙岩。联吟歌禹甸，戮力筑骚坛。　　翰墨清香飘两岸，滋兰种蕙结缘。国风雅颂化千帆。金瓯争共补，华夏大同天。

二〇〇九年十二月四日于福建龙岩

减字木兰花·再访闽西客家土楼

人文遗产，建筑奇葩惊目看。八卦图中，缩写乾坤日月明。　　土夯石垒，拔地擎天身自伟。阅尽春秋，两岸诗家共咏讴。

二〇〇九年十二月五日于福建永定

客家土楼看绝艺表演

背敲锣鼓脚弹琴，树叶舌尖生妙音。
唢呐声扬客家调，一身九器巧如神。

二〇〇九年十二月五日于福建永定

再访古田会议会址

戎马征人觅祖根，古田高策铸军魂。
光芒照亮成功路，星火燎原至理存。

二〇〇九年十二月六日于福建上杭

减字木兰花·华南虎园唤虎性献虎年

谈之色变，百兽称王人胆战。曾几何时，圈养如猫待美食。　　而今目睹，凶猛疯狂扑猎物。野性回归，啸傲山林现虎威。

二〇〇九年十二月六日于福建华南虎园

龙岩笔会步周老笃文教授韵

龙岩笔会俊贤多，跨海诗桥意若何？
两岸亲人团聚日，齐声吟咏大同歌。

二〇〇九年十二月六日于福建龙岩

附：周笃文教授原唱

架海梯山胜友多，白头倾盖快如何？
人生难得逢知己，掉臂名楼发浩歌。

贺湖南株洲现场会召开

盛会株洲现场开，诗乡创建上楼台。
芙蓉国里迎春早，万紫千红向未来。

二〇〇九年十二月九日于湖南株洲

拜读刘征老《读书随想二十首》

书海遨游论大千，撷英采粹自陶然。
金睛火眼明真谛，至理深情妙语间。

二〇〇九年十二月三十日

2010年作品

贺中华诗词学会“三代会”

启后承前大幕开，群贤少长聚英才。
千秋雅韵迎新纪，一脉风骚向未来。
树借老根枝愈壮，藤凭时雨叶无衰。
桥梁飞架连诗友，携手同心上凤台。

二〇一〇年六月二日于北京

步玉敬和云山同志《致中华诗词学会第三次代表大会》

大纛扬诗骚客幸，精华国粹伴中兴。
吟坛盛会催征鼓，继往开来万里风。

二〇一〇年六月三日

附：刘云山《致中华诗词学会第三次代表大会》

江山有幸诗人幸，文运当凭国运兴。
盛世何必喧箫鼓，清辞丽赋唱雅风。

步玉敬和马凯同志《写在中华诗词学会第三次代表大会召开之际》

弘诗盛世正当时，新蕾春风绽古枝。
艺树参天扬雅韵，根深叶茂润华滋。

二〇一〇年六月三日

附：马凯《写在中华诗词学会第三次代表大会召开之际》

又是春风染绿时，唐松宋柏吐新枝。
缘何叶茂参天立，赖有根深沃土滋。

步玉敬和马凯同志《贺中华诗词学会成立二十周年》

华夏骚坛风雨稠，高山永峻水长流。
知音雅趣同舒卷，自在怡情任放收。
锦绣乾坤唐韵绕，光辉日月楚云留。
开来继往吟旗舞，笔墨随时上伟楼。

二〇一〇年六月五日

附：马凯《贺中华诗词学会成立二十周年》

漫卷吟旗岁月稠，今声古韵共风流。
情由心曲清泉涌，境赖眼独画笔收。
炼字无痕雕饰去，求新有味自然留。
引吭盛世砭时弊，翘首诗坛更上楼。

己丑腊八与京战东遨论诗

逆向思维悟道深，坦途焉可见登临。
舞斤丘壑成樵汉，弄斧班门得匠心。
松竹梅真三鼎足，古来今有几知音。
从兹不说天涯远，粤海燕云共抚琴。

二〇一〇年一月十二日于北京

附：赵京战《步韵文朝腊八论诗》

梅韵松涛竹影深，班门有路可登临。
恒沙没膝骑香象，郢斧无痕见匠心。
莫被歌谣迷幻蝶，还调律吕辨天音。
清弦不入时人耳，云外因谁一鼓琴。

熊东遨《己丑腊八与京战文朝京华论诗相约赋此步文朝首唱元玉》

午窗风卷阵云深，煮酒论诗雪意临。
河岳不成南北限，雀莺争识鸥鹭心。
三分故事长青木，一曲流泉上古音。
天地元声正如此，莫教孤负七弦琴。

长相思·孙轶青会长周年祭

是周年，似经年，遥望苍天泪不干，慈颜梦里欢。　　祭先贤，慰先贤，诗国春催花满园。长征接力前。

二〇一〇年一月二十四日

[南吕·金字经]敬和周笃文老《虎年迎春曲》

上界牵神虎，武威披彩霞。锦绣江山腾玉蛇。哇，九州时令嘉。迎春至，暖风吹万家。

二〇一〇年二月十三日

附：周笃文《金字经·虎年迎春曲》

天际来金虎，闾阎醉玉霞。银屏歌舞奋龙蛇。呀！神州气象嘉。新年到，五福满君家。

步玉东遨虎年人日桃花涧

乘风驭虎觅花神，桃蕾村姑粉面新。
世态炎凉何碍我，山容深浅自宜人。
晴空一抹轻云淡，古国千秋正气纯。
忘却忧烦即仙界，不愁前路有迷津。

二〇一〇年二月二十七日

【注】
人日：指农历正月初七。

附：熊东遨《人日桃花涧》

白虎来当值岁神，桃花例放一番新。
难为斯世能容我，未必当初要识人。
高树已谙风冷淡，曲江还忆月清纯。
仙源或在清峰侧，只是如今懒问津。

步玉奉和栋公周老元宵咏月

皓月银辉照玉寰，吟诗把酒庆欢缘。
烟花爆竹倾心慰，鼓点弦丝伴舞翩。
千里婵娟同寄语，三杯醇酿共邀仙。
歌声唱彻元宵夜，百尺竿头跃虎年。

二〇一〇年二月二十八日（元宵节）

附：①李栋恒《七律·元宵咏月》

天公厚爱赐尘寰，圆缺阴晴都是缘。
伤感无声临户慰，乐吟有意逗思翩。
共鸣千里遐成迩，对影三人孤变仙。
更播清辉涤心肺，广营胜境到年年。

②周笃文《饭后小憩步栋公韵》

一统金瓯喜大寰，京门花炮缔欢缘。
才人绰笔吟方快，楚女纤腰舞正翩。
脉脉金波流朗月，迢迢银汉降飞仙。
良辰美景兼身健，击节为公庆虎年。

[正宫·小梁州]春游白虎涧

虎涧幽清雅兴浓，满面春风。虎年虎步虎山行，抄奇径，乘胜再攀登。

二〇一〇年三月六日

套曲[正宫·端正好]春暇

艳阳天，繁花地，和风暖，新燕翻飞。草丛闲卧心宽慰，独与春光醉。[滚绣球]飘悠悠日影追，梦悠悠思绪随，耳顺回首心无愧，风雨兼程几安危。是与非，真与伪，为官不使良心昧，但凭群众口中碑。沉浮宦海平安退，忘却烦忧看翠微，莫叹春归。[煞尾]人间万象千般味，苦辣酸甜共伴随。都要坦然面对。但使心地明媚，便能春满心扉，常乐知足最聪慧。

二〇一〇年春于北京奥林匹克森林公园幽静草坪

拜读《迟浩田传》

抗日胶东恰少年，出生入死打江山。
英雄战场威名显，儒将报坛声誉传。
武略文韬安社稷，忠肝赤胆靖波澜。
身心尽付军国事，大写人生迟浩田。

二〇一〇年三月十四日

玉树抗震

（一）

大难真情见汶川，新灾玉树震高原。
中华再显擎天爱，世界同传掘地难。
抢救急开生命线，驰援先堵鬼门关。
三江唱响民为本，万众齐心奏凯还。

（二）

玉树山摇地裂时，连心小指母先知。
中枢号令军民动，四海闻声车马驰。
缺氧唯凭豪气壮，高寒哪惧朔风嘶。
同胞待救急如火，夺秒争分意恐迟。

二〇一〇年四月十八日

庚寅谷雨海棠雅集

庚寅谷雨三朝，余同诗友楚天舒共邀郑欣淼、郑伯农、梁东、周笃文、李栋恒、岳宣义、李元华等名人大家宴饮海棠树下，赏花吟咏，对酒唱和，并弘诗论道，话诗意中国，遂口占一绝：

庚寅谷雨沐春光，大雅鸿儒宴海棠。
诗意中华兴伟业，同心携手创辉煌。

二〇一〇年四月二十五日于北京

附：唱和诗一组

郑欣淼：身家御苑岂寻常，更有胭脂态万方。
莫道高墙遮秀色，花开几度见沧桑。

【注】

诗会在央视老故事频道数株海棠树下，据云此树由颐和园移来。

郑伯农：迎春岂止为春光，更为风骚流韵长。
座上诸君多努力，明朝花圃看辉煌。

周笃文：重临胜境弄春光，帝里仙葩赏海棠。
沉醉东风三月暮，诗家濡笔写辉煌。

梁　东：亭亭玉树玉重光，多难兴邦咏海棠。
艳绝红妆铺大野，中兴崛起正煌煌。

李栋恒：应时守序放崇光，笑雨凌寒艳海棠。
万里江山妆锦绣，诗心诗境亦煌煌。

岳宣义：骚坛名士饮春光，谷雨时节唱海棠。
莫等风流都拍尽，共扬国粹再辉煌。

海棠树下即咏

笑傲寒流艳蕊开，海棠花下展宏才。
仙音红袖连今古，不尽诗潮滚滚来。

二〇一〇年四月二十五日

上海世博会开幕式

博览全球会大千，激情万丈浦江燃。
五湖四海凝眸望，异彩奇光不夜天。

二〇一〇年四月三十日夜

水调歌头·太和邀月畅想

请柬传天阙，月驾太和门。银光遍洒明察，惊煞广寒神。北斗七星拱卫，至理五行指导，不让玉皇尊。一座金銮殿，主宰大乾坤。　明成祖，清宣统，尽封尘。紫禁城池内外，万象已更新。宏伟森严宫宇，金瓦红墙故事，后果探前因。把酒邀仙界，妙笔共诗文。

二〇一〇年六月十六日

贾若瑜老九六大寿致贺

救亡安国话平生，武略文韬梦已成。
九六回眸应笑慰，江山锦绣颂昌荣。

二〇一〇年六月十九日

南歌子·敬步晓川师韵恭贺沈鹏公八秩寿辰

墨海鲲鹏举，凌霄气自清。引来寿鹤贺松龄，彭祖今宵将酒与君倾。　翰纛风骚领，诗文老更成。双馨德艺世人惊，会友鹅池雅苑品茶经。

二〇一〇年七月一日

附：原作、和诗一组

周笃文　南歌子·寿鹏公八十

诗品东阳逸，襟怀秋月清。八方瑞气庆椿龄，喜见蟠桃寿酒两同倾。　今代无双士，龙头属老成。挥毫墨浪九州惊，胜似黄庭初写换鹅经。

沈　鹏　南歌子·步晓川文兄原玉以谢

入世难除俗，浮生几度清。蜉蝣彭祖笑同龄，南北东西华盖总相倾。　庚信文章老，青莲铁杵成。穷年碌碌暗添惊，流水能西有我未曾经。

雁荡山

千寻峭壁入苍穹，万朵芙蓉绽碧空。
冈顶平湖留雁影，灵峰龙瀑映霓虹。

二〇一〇年七月二十日于浙江乐清雁荡山

咏滕州

三邦五邑古滕州，善政礼仁贤脉流。
墨子灵光昭万世，鲁班工艺耀千秋。
红荷湿地迎红日，绿柳云山引绿洲。
九省通衢新热土，百强名县再登楼。

二〇一〇年八月十四日于山东滕州

榆林咏怀

北台南塔古榆林，时雨春风一焕新。
六宇骑街通富路，九边连锁靖胡尘。
红星映日林成海，黄土开天地变金。
生态还原常绿树，书香物化果实殷。

二〇一〇年八月二十三日于陕西榆林

水调歌头·统万城咏叹[①]

史载匈奴久，强悍扰边宁。而今胡马踪灭，遗迹剩荒城。沙子石灰蒸土，糯米汤浇夯筑，坚硬励刀锋。大夏宏图愿，一统万邦平。　嚣尘落，危楼毁，梦成空。沧桑巨变，云散烟靖九州晴。白色残垣废址，诉述兴亡故事，举目看龙腾。锦绣乾坤里，和睦大家庭。

二〇一〇年八月二十四日于陕西榆林市靖边县

【注】

① 统万城：在陕西省榆林市靖边县境内，为匈奴留下的唯一遗迹。

杨家将故里感怀

满门忠烈起麟州，八虎七郎鬼见愁。
血染疆场安社稷，英魂浩气炳千秋。

二〇一〇年八月二十五日于陕西榆林古麟州

步玉和世广兄《杨将军祠合影》

诗友谈兵话远尘，宋朝今世共新闻。
书生虎帐欣留影，杨府飞来解放军。

二〇一〇年八月二十六日于陕西榆林麟州古城

附：邓世广原诗《杨将军祠与李将军合影》

也思报国靖胡尘，虎帐谈兵惜未闻。
莫道书生终寂寞，堂前伴我四将军。

中华诗词名家唐山行

诗星璀璨会唐山，古韵新声颂变迁。
浴火重生金凤起，明珠宝地耀人寰。

二〇一〇年九月九日于河北唐山

咏唐山南湖

万顷平湖玉鉴开，山光水影任天裁。
群芳笑送荒芜去，百鸟歌迎生态来。
塌陷区成环翠海，废墟堆化凤凰台。
南坑巨变惊西子，宜酒宜诗亦快哉！

二〇一〇年九月十日于河北唐山

鹧鸪天·唐山组词（五首）

一、悠久古地

抱海依山溯远空，滦河水阔起潜龙。千秋古邑开新境，赐姓唐山始太宗。　温史乘，话东征。大城山上觅雄风。登临依旧豪情在，一览皇陵紫气中。

二、灿烂名城

文化交融异彩光，农苗牧草竞芬芳。铁肩道义英魂壮，穷棒精神斗志强。　皮影戏，乐亭腔。三花怒放冀东香。群星灿烂垂青史，代有奇才作栋梁。

三、工业摇篮

光绪初年采矿山，重工近代起开滦。新型矿井乌金涌，铁路机车汽笛欢。　瓷器梦，水泥缘。制钢发电纺精棉。能源材料风骚领，实力财经已率先。

四、涅槃金凤

闷响蓝光一瞬间，百年重镇化尘烟。群楼广厦夷平地，廿万人生断九泉。　腰挺起，泪擦干。天塌地陷志弥坚。人间奇迹惊寰宇，浴火重生凤涅槃。

五、渤海明珠

渤海湾中物象殊，黄金宝地耀明珠。平衡发展前沿处，生态宜居锦绣图。 城市化，幸福都。青山绿水荡尘污。中华气派唐山色，世界一流势可呼。

二〇一〇年九月十一日至十二日于河北唐山

中秋月夜飞机上口占

夜晚中秋上碧霄，机窗朗月路非遥。
有心询问嫦娥事，唯见银盘分外娇。

二〇一〇年九月二十四日于北京至温州夜航线上

百岗尖口占

携友登临百岗尖，云迎雾伴几盘旋。
凌霄绝顶开天眼，战士肩头万仞山。

二〇一〇年九月二十七日于浙江岳清雁荡山

张黎上将诗集《谐语人生》读后感怀

叙事打油哲理真，别开生面揽风云。
出奇制胜先机占，谐语人生悟道深。

二〇一〇年十月六日

采桑子・抗美援朝战争六十周年纪念

国门战火催征号，抗美援朝。抗美援朝，敢向魔王亮刺刀。　　相逢狭路争拼死，势比天高。势比天高，虎豹豺狼颤栗嚎。

二〇一〇年十月二十五日

琴台怀古

万古高山犹怅望，千秋流水意深长。
伯牙琴碎知音去，多少游人欲断肠。

二〇一〇年十一月四日于汉口古琴台

【注】

古琴台，又名伯牙台，在汉口龟山尾部，月湖侧畔。相传古时伯牙在此鼓琴，钟子期能识其音律，知其志在高山流水，两人遂结为知交。钟子期死后，伯牙感觉知音难得，即碎琴绝弦，终身不复鼓琴。后人感其情谊深笃，在此筑台纪念。

罗荣桓元帅故里吟

洣水金峰觅伟踪，开邦立国颂元戎。
身经百战雄风在，政治先行大纛红。

二〇一〇年十月二十八日于湖南衡东县镇南湾村

贺衡东县荣膺全国诗词之乡

诗乡荣匾挂衡东，洣水欢歌动地情。
土菜名家争献艺，金峰顶上展雄鹰。

二〇一〇年十月二十八日于湖南衡东县

题黄冈实小诗教

东坡怀古地，雅苑育新苗。
实小兴诗教，奇葩分外娇。

二〇一〇年十一月七日于湖北黄冈

游东坡赤壁

大江故垒唱千秋，访胜追踪苏子游。
两赋齐天光赤壁，一词盖世耀黄州。
躬耕雨洗山坡月，放浪风扬心海舟。
遭贬释怀终彻悟，快哉亭上莫言愁。

二〇一〇年十一月八日于湖北黄冈

题冶师附小诗教

青铜古邑绽诗葩，雏凤清音气韵华。
国粹弘扬承伟业，冶师附小壮新芽。

二〇一〇年十一月九日于湖北大冶

题潜江园林三小

三小名声远，清音引古贤。
园林育雏凤，诗意伴童年。

二〇一〇年十一月十日于湖北潜江

当阳怀古

三分天下事，无处不当阳[①]。
救主千军阵，追涛万里江[②]。
雄风回逝水，浩气断桥梁[③]。
剑影刀光暗，祥云日月长。

二〇一〇年十一月十一日于湖北当阳

【注】

① 此句指三国时期，促成三分天下的主要故事，大都与当阳有关联；

② 此句指赵子龙长坂坡救主和截江夺阿斗的故事；

③ 此句指张飞“当阳桥上一声吼，喝断了桥梁水倒流”的英雄传说。

（有和诗一组，已收入《一唱百和同咏春》书中。）

题长坂雄风

千秋长坂起雄风，万马军中跃子龙。
救主截江留浩气，五洲四海仰英名。

二〇一〇年十一月十二日于湖北当阳

岳成律师诚信天下

岳者山高大且尊，成功腾跃业惊人。
律条应是安邦宝，师训当为立命根。
诚意感恩昭日月，信心敬畏示乾坤。
天文地理民间事，下笔千言万象真。

二〇一〇年十一月二十九日北京

2011年作品

沁园春·党旗颂

光耀锤镰，唤起工农，改地换天。望夜空北斗，启明赤县，井冈星火，势在燎原。万险千难，功关破阵，众志推翻三座山。如朝日，引乾坤易主，春满人间。　　迎风一往无前。仗真理，光辉照宇寰。荡污泥浊水，奠基伟业，国门开放，又谱新篇。游子归宗，龙珠还主，再补金瓯唱梦圆[①]。先锋队，领中华奋起，直挂云帆。

二〇一一年七月一日

【注】

① 此处唱梦圆，为多重语，既指中华民族统一梦圆、强国梦圆，又指共产党人为人民谋幸福、为民族谋复兴的理想梦圆。

兔年新春联谊口占

虎留祥瑞归山去，兔驾春光下月来。
雅苑高朋同贺岁，诗人兴会共开怀。

二〇一一年一月十一日

民生银行（十五周年志贺）

民营金舰占潮头，生意兴隆贵客稠。
银汉财源连玉宇，行情市场竞风流。

二〇一一年一月十一日

咏兔贺春

蟾宫玉兔下凡尘，值岁当班贺好春。
瑞送耳边音久远，光生足底路延伸。
逢龟勿坠休眠窟，遇树须防守待人。
寸尾翘天君莫笑，短长一例抱纯真。

二〇一一年二月二日

步韵和栋恒将军《新年口占》

神灵值岁替更忙，日月催人鬓染霜。
仙界千闻何所见，凡间百味几多尝。
雄心壮志随云影，丽句佳词入玉觞。
老干新枝同唱和，无边草木沐春阳。

二〇一一年二月三日

附：李栋恒将军原诗《新年口占》

十二生肖次第忙，催我头上积繁霜。
秋冬春夏歌中替，苦辣酸甜笑里尝。
伏枥何曾惜余力，敲诗唯恐误流觞。
老来不必伤枯树，弥野新松立艳阳。

步玉和东遨《春日偶成》

春光不尽眼中青，万里江山万里情。
梦醒蛩吟知乍暖，花开蝶舞看纷争。
但期好雨传芳讯，何惧妖风鼓恶盟。[①]
极目神州云水阔，新苗老树共天生。

二〇一一年二月六日

【注】

① 此处作者关注的是世界风云。

附：熊东遨《春日偶成》

一遇东风眼便青，世间何物不多情？
泉开冻锁声声缓，笋脱泥封角角争。
大块行空云作势，小堆藏雪石为盟。
连天野草无名目，总是先生让后生。

步玉奉和《辛卯开岁诗家联唱》

四海唐人迎玉兔，同挥彩笔绘春图。
回眸世纪潮流骤，放眼神州气象殊。
红杏枝头歌胜事，白云深处采青芜。
清风引涨三江水，万里涛声汇首都。

二〇一一年二月八日

附：原诗《辛卯开岁诗家联唱》

除夕夜分，书坛泰斗沈鹏以“兔毫落墨”一联首唱，旋以手机发付老诗人周笃文，乃成“日月经天”一联并转发吉林张福有副会长，得第三联“抟云直扫”之句，最后由吉林省政协老主席张岳琦以“一派煦和”足成之。名家笙箫迭唱，先成于手机，爰布之网上，以征继响，未必非明时吟坛之一佳掌也。

兔毫落墨三江水，国事开春八阵图。——沈　鹏

日月经天黄道正，参商得所赤星殊。——周笃文

抟云直扫高峰雪，移海能青大漠芜。——张福有

一派煦和昭万象，诗情豪气满神都。——张岳琦

步韵和岳宣义将军《神都初雪》

梨花一夜满春枝，久旱京华雪舞旗。
润物宜人惊喜讯，开年兆瑞莫言迟。

二〇一一年二月十日

附：岳宣义原诗

梦醒梨花笑老枝，飘飞共舞五星旗。
天公谢罪幽燕地，来拜晚年也未迟。

洛阳龙门石窟

盘旋出伊水，突兀起龙门。
峭壁供诸佛，浮雕耀国魂。
精神天地铸，气象古今存。
瑰宝非谁有，长留到子孙。

二〇一一年三月十六日

杭州西溪湿地

天堂存湿地，野趣满西溪。
河渚连湖汊，渔舟映酒旗。
一篙穿九水，十景荟三堤。
淡雅流诗韵，风姿入眼迷。

二〇一一年三月十九日于浙江杭州

步玉敬和刘征老《送学会诸诗友江南采风》

鹅黄初染北枝梢，南下车窗景色娆。
画意多姿河岸柳，诗情一点水中篙。
刘公领唱京华地，诸友和鸣吴越郊。
老骥心驰千里远，采风神会笔锋豪。

二〇一一年三月二十二日

附：刘征《送学会诸诗友江南采风》

乍染鹅黄庭柳梢，消寒春意日妖娆。
江南想渐花如锦，河上应能始放篙。
电视屏中看芳草，午休梦里踏青郊。
游观千里羡诸友，谢氏风流霞客豪。

红船咏

开元兴事变，党帜起红船。
破浪航程远，凌云视野宽。
前行凭舵手，历险靠风帆。
载覆全由水，民心大过天。

二〇一一年三月二十三日于浙江嘉兴

夜游古运河

初夜行舟古运河，满船诗酒满船歌。
流光溯影春风里，一串繁星洒玉波。

二〇一一年三月二十三日于浙江嘉兴

黄山八面厅

国宝黄山八面厅，精雕细刻胜天工。
神童仙女英雄像，走兽飞禽花草丛。
石木砖材生万物，刀钩斧具唤千容。
劫波历尽珍奇在，匠艺灵光日月同。

二〇一一年三月二十五日于浙江义乌市上溪镇八面厅

桃花坞采风

三月江南绿映红，桃花遍野笑春风。
上溪云水迎骚客，千里观光别样情。

二〇一一年三月二十五日于浙江义乌市上溪镇桃花坞

水调歌头·义乌感赋

越楚钟灵地，千载话乌伤。物华天宝人杰，胜景看萧皇。勾践卧薪尝胆，大士弘扬佛教，骄子骆宾王。锦绣华川水，风雅汇钱塘。　　小商品，通世界，大文章。百强之首，经贸集市创辉煌。更有双林古寺，八面三雕绝技，特产放奇光。时尚新潮旅，购物赛天堂。

二〇一一年三月二十七日于浙江义乌市

骆宾王咏叹

七岁吟鹅冠古今，檄文更震武皇魂。
才华壮志倾朝野，牢狱咏蝉豪气存。

二〇一一年三月二十七日于浙江义乌宾王中学

恭王府海棠雅集

幸会恭王府，赏花吟海棠。
风来飘雅韵，笔落溢清香。
听典谈今古，品茶评短长。
乾坤逢盛世，把酒宴春光。

二〇一一年四月十五日

附：海棠雅集重启首唱诗及序文资料

周汝昌（著名学者，红学家、诗词学家）

辛卯清和月谷雨前

恭王府管理处附设的海棠诗社从今日迈出了第一步，这是一个吉祥的开端，能够得到众多的学士才人的热情关怀和支持，可以预卜前途光景无限美好。我们这个诗社是一种高级的文化活动，名为“诗”的活动，其实不限于吟诗填词，可以成为有关传说、文献汇集之处；可以上升为某一层的专题的研究组织；也可以发展为向世界文化组织、读者们介绍我们中华的这一种十分特殊的文化现象，具有极大的中华文化的特点特色。附带贡献拙诗二小绝句，作为今天向嘉宾贵客的一个见面之礼：

其一

六世皇孙溯道光，尧臣名字味偏长。
柳荫垂钓邻西府，冠绝春明是海棠。

【注】

《老残游记》作者刘铁云先生四公子刘大绅有咏恭王府遗址的七律四首，其一有云：……“夹道中分荣国第，长堤北指省亲楼”；……“海棠西府春明冠，菱芡南湖岁有收。”当时诗人刘大绅听垂钓者道光六世孙金尧臣确言西府即《红楼梦》大观园遗址，府内海棠居京城之首。

其二

艮岳前尘史可惊，芳园又锡大观名。
徽宗年号几人识，蓬岛离宫号万宁。

【注】

《红楼梦》中之大观园，曹雪芹借元妃的诗句有云：……“天上人间诸景备，芳园应赐大观名。”诸位遂以为大观之名别无深意，实则曹雪芹乃暗用宋徽宗之年号正为大观二字。大观之事正即是营造艮岳的重要年代。艮岳既已毁，而金邦复于燕京之东北再建离宫，也名“艮峰”。此离宫景点多达九十余处，规模宏丽，定名为“万宁宫”，又即《红楼梦》之宁国府的名字之由来是也。总之，今日所称之恭王府遗址地带包含了满汉两大兄弟民族的数百年以来的文化交融的艺术结晶，珍贵无比。

题平谷桃花节

百里香风十里红，桃花三月动京城。
争妍更有佳人面，饱览春光平谷行。

二〇一一年四月二十七日于北京平谷

步韵和刘云亭老师《辛卯新春回眸》

兼程风雨步春秋，子弟兵为孺子牛。
解甲身轻存雅趣，弘诗任重不闲游。
乡贤领唱迎天籁，伍士赓吟对月钩。
玉尺仙人应笑慰，童颜鹤发笔锋遒。[①]

二〇一一年五月二日

【注】

① 此处借用李白“仙人持玉尺，度君多少才”之诗意。

附：八旬乡贤刘云亭先生原诗

耄岁砚田耕未休，工夫不负苦赢牛。
“三中”全会开新纪，[①]“双创”完臻报旧游[②]。
市长登楼持玉尺[③]，将军临案赐银钩[④]。
挥毫博得群英喝，“诗寿双星”笔力遒。

【注】

① 指中华诗词学会、中国书法家协会、中国楹联学会，作者在大冶市都是第一个参加的，至今一身加入三个中字头的诗书联组织者，大冶市尚无第二人。

② 双创：指大冶创建诗词之乡，楹联城市。

③ 玉尺：见李白《上清宝鼎》诗："仙人持玉尺，度君多少才。"玉尺，古为选拔人才及评价诗文的标准。

④ 中华诗词学会常务副会长李文朝将军在市委、市政府、市人大领导的陪同下，光临寒舍，并题写"诗寿双星"见赠。银钩，旧指书法刚劲有力。

题贺"紫禁流觞、兰亭今咏"诗词大赛

神思妙笔序兰亭，艺压仙凡暗月星。
紫禁宫门赓雅韵，鹅池诗海共涛声。

二〇一一年五月五日

贺梁东老八秩华诞

鹤发童颜不老仙，松龄八秩贺华年。
讴吟宿将慷而慨，诗教先鞭苦亦甘。
笔健锋遒惊翰海，音清韵正震梨园。
皖江欣慰高才子，风雅神州薪火传。

二〇一一年五月五日

贺深港澳第二届诗人节

菡萏紫荆娇，鹏城动鼓箫。
旗开深港澳，华夏涌诗潮。

二〇一一年六月六日于深圳

奉和港友《深港澳第二届诗人节》

香满鹏湾诗满城，端阳岭海壮吟声。
骚魂万里连京港，锦绣华章负盛名。

二〇一一年六月十三日于深圳

附：①香港林峰《深港澳第二届诗人节》

一吟箫鼓动南城，岭海风云壮有声。
千古骚魂昭国史，江山无处不诗名。

②翁寒春《和林峰会长诗人节一首》

魂萦湘水赋鹏城，气壮端阳慷慨声。
千古骚经书一卷，情归天地楚平名。

辛亥革命

长夜枪声赤县惊，千秋帝制断江城。
新风引进思潮涌，义举催生族运亨。
民国开元封建废，龙庭逊位共和荣。
百年风雨沧桑路，辛亥功垂万古名。

二〇一一年六月二十一日

中山礼赞

革命先行醒域中，会盟天下志为公。
三民确立兴华甸，一制推翻倡大同。
反帝反封光社稷，联俄联共助农工。
百年遗训箴言在，两岸连心架彩虹。

二〇一一年六月二十二日

贺山东诗词学会三代会召开

老凤清音唱历山，承唐继宋会群贤。
岳尊河祖人间圣，一脉风骚颂舜天。

二〇一一年六月二十六日于山东济南

金湖采风

苏北江南景色殊，荷花六月下金湖。
惠风和畅骚人醉，丽句佳词串玉珠。

二〇一一年七月十六日于江苏金湖

（有和诗一组）

尧帝故里

华夏文明祖，追根溯帝尧。
金湖龙送子，玉宇凤生娇。
塔集留神话，词书正史条。
虔诚瞻巨像，思绪逐诗潮。

二〇一一年七月十七日于江苏金湖

【注】
《中国地名大辞典》载，金湖塔集镇，相传为尧出生地。

雨中游荷花荡

万亩荷花细雨中，丰姿倩影醉蒙胧。
无缘映日添光彩，丽质天生照样红。

二〇一一年七月十八日于江苏金湖

卜算子·咏荷

污不染芳身，出水芙蓉俏。碧叶连天画卷中，映日红颜笑。　　洁正品行高，韵致人间效。更赞枯莛骨气刚，拒坠寒塘坳。

二〇一一年七月十八日于江苏金湖

金湖水上森林公园

水上杉林百鸟飞，人稀氧富惠风吹。
红鸡白鹭黑腰燕，相伴诗家乐忘归。

二〇一一年七月十九日于江苏金湖

柳树湾湿地公园

河湾湿地景清幽，树茂林疏水绕流。
约会情人初暮里，牵绳月老柳梢头。

二〇一一年七月十九日于江苏金湖

步玉奉和福有君《〈长白山诗词〉百期感记》

兼程雨雪百佳期，际会风云举雅旗。
绿水江开流宋韵，白山峰耸固唐基。
辽东千载兴衰史，塞外一盘平仄棋。
放眼未来联妙笔，花繁叶茂定无疑。

二〇一一年七月二十四日

附：张福有《〈长白山诗词〉百期感记》

长白松笺逢百期，兼风兼雨共搴旗。
江澄鸭绿开流派，山拥鸡林奠韵基。
一纪辽东千载史，千军塞外一盘棋。
大荒放眼再携手，云乱岩苍安可疑？

肇源抒怀

肇启鸿基拓富源，莲乡塞北胜江南。
两河怀玉钟灵地，三角生金毓秀天。
黑土流油丰物宝，红荷带露聚花仙。
渔歌雪趣添风雅，松嫩明珠耀大千。

二〇一一年七月二十五日于黑龙江肇源

纪辽东·奉和隋代杨广韵

（一）

辽东一纪树词旌，源头千载清。塞北江南同唱和，佳话动华京。　　修文振武耀天威，龙舟误锦衣。无可奈何花落去，美梦化烟归。

（二）

词源溯祖纪辽东，先驱啸雅风。引领唐音开宋韵，赓唱少年宫。　　消亡帝业是非留，空怀大智谋。锦绣乾坤成泡影，弗若醉乡侯。

二〇一一年七月二十六日

附：被誉为中华“词”的开山奠基之作——隋炀帝杨广《纪辽东》

（一）

辽东海北翦长鲸，风云万里清。方当销锋散马牛，旋师宴镐京。　　前歌后舞振军威，饮至解戎衣。判不徒行万里去，空道五原归。

（二）

秉旄仗节定辽东，俘馘变夷风。清歌凯捷丸都水，归宴洛阳宫。　　策功行赏不淹留，全军藉智谋。讵似南宫复道上，先封永齿侯。

出河店战役

三千劲旅同仇敌，十万辽军舞战旗。
风助金兵辽阵乱，出河一役肇王基。

二〇一一年七月二十六日于黑龙江肇源

肇源古莲湖

典雅雍容现古莲，翠湖一望碧连天。
夕阳又点腮红靥，玉立亭亭水上仙。

二〇一一年七月二十七日于黑龙江肇源

二连浩特组诗（四首）

一、恐龙市门

当今远古市门牵，倒转时空亿万年。
遍野恐龙称霸主，瞬间踪灭有遗篇。

二、界碑国门

北到边关矗界门，干云浩气自严森。
财源富路连欧亚，口岸风来满目春。

三、草原干枝梅

不似同宗独报春，炎炎夏日吐芳芬。
风刀霜剑梅犹俏，自在天然是本真。

四、恐龙地质公园

隧道时光溯亿年，恐龙来到我身边。
雄风霸气今安在，欲问残骸默不言。

二〇一一年八月十四日于内蒙古二连浩特

从二连浩特到正蓝旗

朝辞暮至大平川，千里飞车走草原。
盛世上都留浩气，白云绿海映旗蓝。

二〇一一年八月十五日于内蒙古正蓝旗

元上都抒怀

马背江山起上都，亚欧席卷壮宏图。
大元帝国雄风在，浩气当惊世界殊。

二〇一一年八月十六日于内蒙古正蓝旗

多伦会盟怀古

多伦诺尔会天盟，蒙古王公顺大清。
掠地攻城争社稷，得人心者得昌平。

二〇一一年八月十六日于内蒙古多伦县

贺锡林郭勒盟诗词学会成立

吟帜锡盟树，骚魂连古今。
草原飘宋韵，马背走唐音。

二〇一一年八月十七日于内蒙古锡林郭勒盟

贺中华诗词研究院成立

国运昌明诗运通，文华圣殿树吟旌。
唐松宋柏逢时雨，大纛中枢促振兴。

二〇一一年九月七日

沁园春·北大荒

千里荒原，雪地冰天，沉睡万年。伴春雷震响，红旗挺进，蛮荒别梦，青史新翻。将士安营，知青扎寨，热血青春卷巨澜。开新业，化荆丛莽野，米谷粮川。　　艰辛汗水华年。改天地，宏图展大观。看粮丰林茂，蔬奇果异，青山秀水，别墅花园。化雨春风，精神瑰宝，黑土丹心壮志坚。抬望眼，正北疆鹏举，翼展长天。

二〇一一年九月二十日于黑龙江北大荒

海林农场即景（四首）

海林秋色

牵来秋色比春光，烂漫群山着靓妆。
白桦参天身溢彩，金波滚地穗飘香。

音乐取奶

清音妙曲对牛弹，列队轻松下奶欢。
莫道琴弦空演奏，柔声悦耳益心安。

三岛湖光

三岛湖波映晓晴，白桥金顶养心亭。
健身环道风光带，锦绣园林夕照明。

大荒明珠

雪原林海起明珠，小镇浓情入画图。
八面和风迎雅客，清歌一曲醉金壶。

二〇一一年九月二十日于黑龙江海林县

宁安农场

农垦开荒第一犁，宁安扎寨固根基。
春秋六秩容颜换，北国江南景色奇。

二〇一一年九月二十一日上午于黑龙江宁安市

参观王震将军纪念馆

身经百战著功勋，屯垦成边宏业存。
心血拓荒成锦绣，征人接力慰将军。

二〇一一年九月二十一日下午于黑龙江密山口岸

兴凯湖观日出

天水茫茫夜幕开，湖光海韵荡情怀。
云蒸霞蔚东方晓，一叶渔舟载日来。

二〇一一年九月二十二日于黑龙江密山市

雁窝岛

北陲仙岛雁留窝，南徙衡阳眷恋多。
再度春花开湿地，归来百鸟唱欢歌。

二〇一一年九月二十二日于黑龙江雁窝岛

【注】

这里是对范仲淹“塞下秋来风景异，衡阳雁去无留意”千古诗意的合时翻新：北国边陲的荒岛，已变成仙境一般的宝岛，秋来南徙衡阳的大雁，对留在仙岛的故窝，依依不舍，眷恋多多。

千鸟湖湿地

千鸟湖中万鸟飞，草毡水网送芳菲。
登台一望连天际，无限生机映翠微。

二〇一一年九月二十二日于黑龙江千鸟湖

题红旗岭农场

红旗引路前，创业谱鸿篇。
一岭连天下，八方结友缘。

二〇一一年九月二十三日于黑龙江红旗岭农场

七星农场科技园

井灌喷台晒水温，分流能遂稻粱心。
全程自动如人愿，科技兴农遍地金。

二〇一一年九月二十三日于黑龙江七星农场

和八五九农场朋友游乌苏里江

乌苏里上唱船歌，丽日蓝天映碧波。
携友游江观异景，心潮滚滚逐边河。

二〇一一年九月二十三日于黑龙江乌苏里江上

登黑瞎子岛

勘界扬眉熊岛归，登临哨塔沐朝晖。
马龙车水楼台起，东极明珠跨越飞。

二〇一一年九月二十四日于黑龙江抚远县

万亩大地号[①]

金波滚滚满平川，极目无垠稻浪翻。
万亩一方真大地，神州何处可齐肩？

二〇一一年九月二十四日于黑龙江北大荒二道河农场

【注】

① 在北大荒二道河农场，有一方一万多亩的大稻田，一马平川，一望无垠，被称为“大地号”，在中国就单块土地面积，可谓无与其比肩者。

从建三江到哈尔滨

千里驱车走朔方，丰收原野漫金黄。
穿行画卷思民本，万众心连北大仓。

二〇一一年九月二十五日

鹊桥仙·天宫一号发射成功

龙喷烈焰，光穿夜幕，火箭直冲霄汉。目标所向领尖端，便营造，天宫宝殿。　　神舟交会，飞船对吻，搭建载人航站。嫦娥王母叹奇观，盼骄子，为邻作伴。

二〇一一年九月二十九日

贺第三届中国诗歌节开幕

天风海韵厦门开，鼓浪琴声动地来。
诗颂中华情意满，群贤乘月醉高台。

二〇一一年十月十五日于福建厦门

主持第三届诗歌节论坛有感

鹭岛黉门颂雅风，清音老凤共和鸣。
优长互补张双翅，天满诗星海满情。

二〇一一年十月十六日于福建厦门

题英雄三岛战地观光园

炮火惊天八二三，英雄三岛美名传。
硝烟散尽亲情在，战地游人仰大观。

二〇一一年十月十七日于福建厦门大嶝岛

福州船政

利炮坚船醒睡狮，师夷长技制强夷。
工开马尾兴船政，舰立潮头壮战旗。
学贯中西弘业伟，艺兼文武育才奇。
休言甲午风烟惨，浩气惊天神鬼欷。

二〇一一年十月十八日于福建

咏大冶

天地洪炉耀古今，千秋聚宝惠民恩。
冶铜肇启文明史，采矿连通富裕门。
开国元戎留正道，安邦梁栋系灵根。
鲲鹏展翅冲环宇，华夏百强弹指奔。

二〇一一年十月二十五日于湖北大冶

【注】

新中国开国元帅彭德怀任红二军团总指挥期间曾在大冶播下过革命火种；老一辈革命家何长工、程子华是大冶兵暴总指挥；在大冶战斗工作过或大冶籍的省部级领导及将军等栋梁之材也魂系故土地灵之根。

敬题雷锋纪念馆

忘我无私乐助人，平凡伟大见精神。
丰碑高耸环球仰，爱洒心灵万世春。

二〇一一年十二月四日于湖南望城

拜读《张万年传》

抗日试锋倭胆惊，出关挺进虎威生。
截拦强敌塔山耸，锻铸铁军心帜擎。
智勇何愁艰与险，忠诚不愧党和兵。
鞠躬尽瘁兴宏业，武略文韬保太平。

二〇一一年十二月六日

看电视剧《辛亥革命》

七彩荧屏缩百秋，先驱活现立潮头。
东方狮吼惊三界，西面风来醒九州。
梦断江城终帝制，元开民国仰鸿猷。
黄沙淘尽真金在，破晓晨光照水流。

二〇一一年十二月七日

痛悼柯岩同志

每诵华章热泪流，长歌总理动神州。
丰碑千古何方觅，石上难如心上头。

二〇一一年十二月十六日

《马万祺诗词选》读后有感

沧桑风雨化诗篇，大吕黄钟颂纪元。
赤子情怀昭皓月，荷塘映日绽红莲。

二〇一一年十二月十七日

广西灵渠

秦皇开伟业，漕运贯漓湘。
铧嘴分流巧，陡门提水长。
南征平越地，北望统华邦。
千载灵渠韵，当争日月光。

二〇一一年十二月二十日于广西兴安县灵渠

【注】

广西灵渠始建于秦始皇三十三年，全长37.4公里，是与四川都江堰、陕西郑国渠齐名的中国古代三大著名水利工程之一。

游漓江

神姿仙态万山间，碧水柔波走画船。
雾里云中游雅客，诗心醉意梦魂牵。

二〇一一年十二月二十一日于广西桂林

阳朔对歌台

情牵梦绕对歌台，榕树无言暗费猜：
远客才高声韵雅，缘何三姐不前来？

二〇一一年十二月二十一日于广西阳朔

印象刘三姐

梦幻漓江夜，神奇万变灯。
一船摇倩影，百岭荡歌声。
皓月光波动，琼楼画卷行。
人仙谐共舞，印象写风情。

二〇一一年十二月二十一日夜于广西阳朔

芦笛岩国宾洞

芦笛岩中古洞幽，邻邦友国贵宾稠。
一狮迎日霞光照，双柱擎天玉瀑流。
水底龙宫生万象，山城海韵壮千秋。
含苞石蕾期春汛，美景奇观不胜收。

二〇一一年十二月二十二日于广西桂林芦笛岩

桂林象鼻山口占

谁牵古象饮漓江，水月洞天生曙光。
交汇双流成福地，吉祥如意万年长。

二〇一一年十二月二十二日于广西桂林

游桂林两江四湖即咏

两江横贯四湖行，溢彩流光穿画屏。
隐现笙歌浮幻影，灯连梦境梦连灯。

二〇一一年十二月二十二日夜于广西桂林

南宁青秀山

郁郁葱葱青秀山，珍稀植物大观园。
千秋韵致花容里，万种风情枝叶间。

二〇一一年十二月二十三日广西南宁

从南宁到北海

应是寒冬雪月中，驱车八桂走葱茏。
阳光窗外生春暖，一路繁花似锦红。

二〇一一年十二月二十四日农历雪月于广西

涠洲岛火山口即咏

涠洲宝岛秀南湾，石岸焦红海碧蓝。
倒转时光千万载，岩浆拔地火冲天。

二〇一一年十二月二十五日于广西北海涠洲岛

涠洲岛抒怀

北海明珠耀碧空，身兼水火景交融。
鳄鱼吞浪千流涌，猪仔观山百兽冲。
五彩滩头生五彩，三通洞口话三通。
丹屏滴露添奇趣，月亮传情意正浓。

二〇一一年十二月二十五日于广西北海涠洲岛

2012年作品

龙年龙国咏神龙

唤雨呼风宰大千，曾尊天子主人寰。
破除迷信图腾在，华夏神龙仰万年。

二〇一二年一月二十三日

临江仙·步玉和林燕兰《雪》

圣洁精灵原本水，晶莹闭玉羞冰。松枝梅朵共含情。凌空相烂漫，落地自零丁。　　素裹银装迷旷野，琼花曼舞初停。仙姿款款下天庭。人间迎瑞兆，日破紫云轻。

二〇一二年一月七日北京第一场大雪中

附：林燕兰《临江仙·雪》

莫道此身终是水，此心如玉如冰。梅花看罢亦无情。往来千万点，各自叹零丁。　　四野茫茫遮不尽，人间何处堪停？飘然也欲上天庭。几番飞又落，只恨北风轻。

畅怀武当山

道教名山盖世尊，皇封御敕耀宫群。
丹墙碧瓦真仙殿，险谷奇峰玄岳门。
人借峰威生虎气，泉凭瀑泻壮龙吟。
遍传拳技惊天下，金顶祥光照紫云。

二〇一二年一月十一日

扬州寄怀

三月烟花忆旧游，诗仙邀我下扬州。
千秋风韵倾人国，万里春光入画楼。
湖瘦容争佳丽俏，月明情胜碧波柔。
承唐继宋骚魂在，今古大观吴越讴。

二〇一二年一月十五日

贺杜甫故里纪念馆开业

笔架山根古洞窑，灵光瑞气透云霄。
千秋诗圣骚魂壮，岷岭开襟纳远飙。

二〇一二年一月十八日

诗圣千秋

——纪念杜甫诞辰1300周年

四海尊诗圣，千秋仰少陵。
字词忧国运，血泪患民生。
风雅通今古，歌吟集大成。
合时多创造，泰斗耀繁星。

二〇一二年一月十九日

步玉奉和《壬辰漏夜四家联句》

漏夜迎龙唱四联，赓吟和咏喜盈千。
情生墨海临南粤，风卷诗潮向北燕。
汉赋楚辞佳句里，唐音宋韵彩云边。
登高远望抒胸臆，无限春光破晓天。

二〇一二年一月二十三日

附：壬辰开岁日四家漏夜联句

初一漏夜，书坛泰斗沈鹏先生以手机发给中华诗词学会副会长张福有首联。福有即转中华诗词学会顾问周笃文先生得续颔联，返回后又接成颈联发给吉林省政协原主席、中华诗词学会顾问、吉林省诗词学会会长张岳琦先生，足成一律。是为客岁四家联唱之继响也。爰发网上，求其友声，不啻当今吟坛又一雅事欤？

龙孙吐节存高远，凤羽摩云振大千。（沈　鹏）

万国轺车驰魏阙，百重佳气满幽燕。（周笃文）

史从汉障通关外，春引唐声出柳边。（张福有）

四海风烟纵难测，金虬顺势必翱天。（张岳琦）

步玉奉和唐作厚将军《八旬赋》

倥偬戎机半世忙，吟田雅苑又开荒。
宝刀入鞘人难老，翰海出征舰远航。
饮马龙江蹄更奋，挥毫椰寨笔尤香。
休言白发知交少，相伴风骚乐欲狂。

二〇一二年二月一日

附：唐作厚《八旬赋》

龙腾盛世故繁忙，甘在诗田毅垦荒。
三代同堂雄未老，八旬寿诞起新航。
松江岸畔寒窗奋，海角天涯笔墨香。
漫道长风催骏马，依然抖擞喜犹狂。

步玉和东遨《钟落潭对梅》

（一）

对梅孤客怅空潭，咏雪赓吟俱不堪。
愿把方家邀冀北，梅情雪意寄华南。

（二）

三友岁寒人信从，红梅翠竹伴青松。
北京南岭心相印，傲雪花枝不改容。

二〇一二年二月三日

附：熊东遨《钟落潭对梅》

（一）

疏影空教落一潭，有诗无雪事何堪。
人间许我同孤寂，十四年来住岭南。

（二）

素怀相忆不相从，绝代论交竹与松。
苍翠漫言非本色，碧波深处见涵容。

壬辰二月二口占

接友人信息，今天龙抬头，也是今人罕知的古代花朝节，百花之生日。偶感口占：

神龙昂首日，百卉降生时。
龙唤春光醒，花开天地知。

二〇一二年二月二十三日（农历二月初二）

贺段天顺老八秩华诞

松龄八秩耀京师，烈火青春破晓时。
情注民生兴水利，吟坛领唱竹枝词。

二〇一二年三月十四日

贺华中科技大学六十华诞

群星璀璨起华中，科技兴邦建伟功。
桃李英才天下众，名师名校壮心雄。

二〇一二年三月十二日

敬致杨叔子院士

文理兼通励后昆：国魂凝处是诗魂。
先鞭诗教风骚领，素质育才功业存。

二〇一二年三月十六日

龙国龙年贺小龙女梓辰降生

泉城传喜讯，京兆降仙音。
虎帐生龙女，星空耀梓辰。
诗书铺底蕴，科技慧灵心。
四海迎祥瑞，五洲乘紫云。

二〇一二年四月六日

四门塔口占

神通宝寺耀禅林，石塔千秋立四门。①
白虎青龙相护卫，祈祥镇祟佑黎民。

二〇一二年四月十日于山东济南

【注】

① 神通寺，位于济南市历城区柳埠镇，始建于东晋，左倚青龙山，右靠白虎山，兴盛时有庙宇千间，僧众五百余，号称山东第一古刹。原寺在兵火中被毁，新寺重建于1999年；四门塔，在神通寺附近，建于隋代，全部为石材建筑，现保存完好，号称华夏第一石塔。

纪念毛主席《在延安文艺座谈会上的讲话》发表七十周年

宝塔山高延水长，箴言宏论放光芒。
心灵艺苑明灯亮，万紫千红百卉芳。

二〇一二年四月十三日

扬州小金山喜遇桃源故友

瘦水金山景色新，广陵奇遇武陵人。
同吟仙境桃源里，共赏诗乡柳浪滨。
陶令祠前怀古远，钓鱼台畔溢香纯。
有缘千里烟花会，三月风吹满目春。

二〇一二年四月十八日于江苏扬州瘦西湖

考察洪泽县诗乡创建有感

安澜淮水溢诗情，大泽扬波唱和声。
日出斗金弘国粹，风骚引领颂云程。

二〇一二年四月十九日于江苏洪泽

洪泽湖

悬湖多水患，为害已千秋。
妖靖凭双虎，波平赖九牛。
一鸡迎旭日，万宝进渔舟。
盛世添风雅，鱼龙喜客游。

二〇一二年四月二十日于江苏洪泽

步韵敬和周汝昌先生《恭王府壬辰春社海棠雅集》[①]

（一）

梦醒红楼觅海棠，情丝偏胜柳丝长。
又逢西府烛光照，雅韵清音飘暗香。

（二）

春和西府泛花明，翰墨风骚颂泰宁。
助兴银弦音袅袅，添香红袖貌婷婷。
仓皇辞庙丹墙恨，淡定吟诗绿瓦情[②]。
历代王侯烟霭散，一年一度海棠荣。

壬辰麦月朔日即二〇一二年四月二十一日于北京

【注】

① 周汝昌，著名红学家，新海棠诗社社长，海棠雅集发起人，曾考证提出《红楼梦》中的大观园应是恭王府前身之说；

② 丹墙，明朝兴建的皇宫红墙。借指明朝宫殿；绿瓦，清朝王府殿堂全用绿瓦，此处借指恭王府。

附：周汝昌《恭王府壬辰春社海棠雅集》

（一）

红楼最好女儿棠，独倚栏杆绛袖长。
西府惯烧高烛照，夜深霏雾暗闻香。

（二）

崇光泛彩冠春明，西府遥遥识万宁。
翠锦楼台焕诗画，会芳桃李慕娉婷。
宋家艮岳兴亡恨，金主离宫文化情。
大帝仁皇融满汉，海棠长驻绛芸荣。

壬辰二月二十四日

夏风长驻——《夏风》创刊二十周年志贺

大夏王朝奇迹多，雄风浩气震山河。
年长日久文光在，永驻人间谱壮歌。

二〇一二年四月二十六日

咏洛阳牡丹王

柔枝铁骨牡丹王，抗旨离京下洛阳。
笑看女皇成过客，千秋岁岁绽芬芳。

二〇一二年四月二十七日于河南洛阳

中原大佛即颂口占

天地莲花座，金身耸入云。
佛光昭日月，福祉祐黎民。

壬辰佛诞日二〇一二年四月二十八日于河南平顶山

平顶山大香山寺即咏

侧卧双龙拱祖庭，观音大士渡芸生。
光开万里千秋耀，妙善灵辉证道明。

壬辰佛诞日二〇一二年四月二十八日于河南平顶山

贺山西当代散曲论坛圆满成功

承唐继宋光元曲，盛世弘扬立议题。
毕至群贤多阔论，风骚引领看山西。

二〇一二年四月二十九日

贺长坂坡诗联学会成立二十周年

（步陈荣权会长韵）

诗意江流逐浪高，赓吟长坂树新标。
陈词俗念随轻霭，清气雄风卷大潮。
和唱推心情切切，倾杯把酒话滔滔。
开来继往春常在，不老骚童亮宝刀。

二〇一二年五月二日

附：陈荣权《长板坂诗联学会成立二十周年抒怀》

长坂吟旗廿载飘，声扬四海树高标。
不随时俗轻迷眼，只共冰怀傲弄潮。
斥伪胸中常落落，求真笔下自滔滔。
纵然蔗境黄昏近，再壮童心舞大刀。

步韵敬和马凯同志《咏海棠》

沧桑老树拂高墙，叶茂枝繁溢淡香。
似雪千花春带雨，如珠万果夏更妆。
歌吟唱和多赓咏，爱恨兴亡几断肠。
待到秋来丰硕景，佳词丽句已盈筐。

二〇一二年五月七日

附：马凯同志《七律·咏海棠》

叹观海棠老树，岁愈百年，春华秋实，生机依然。又闻海棠诗社重启，凑为几句，聊以助兴。

老干新枝也过墙，嫩芽争放送清香。
风来漫地梨花雪，雨后摇身碧玉妆。
难怪苏家常上火，顿怜贾府总回肠。
而今只待金秋到，肥果胭红装满筐。

壬辰春日

曲水流觞即咏诗赛口占

流觞曲水现廊坊，再续兰亭雅韵长。
少长群贤今又聚，百花争艳竞天香。

二〇一二年五月十二日于河北廊坊

廊下寻梦

津门京兆一廊连，寻梦吟诗曲水前。
古道新城铺画卷，坊间幽境聚群仙。

二〇一二年五月十二日于廊坊命题即咏诗赛现场口占

贺柳泉诗社成立二十周年

群星霸业耀淄川，文脉才思汇柳泉。
吟帜高擎扬廿载，开来继往又挥鞭。

二〇一二年五月十二日

杜甫吟

妙语惊人死未休，吟坛圣者著风流。
光前耀后千秋烁，贯古通今一咏收。
身系民忧呼广厦，心哀国破涕孤舟。
乾坤日夜浮诗海，不尽长江滚滚愁。

二〇一二年五月十五日

咏惠州

惠民州邑惠风吹，仙道人文焕翠微。
林瀑江湖山海韵，和鸣振翅岭南飞。

二〇一二年五月二十六日于广东惠州

步韵和清龚自珍《咏史》

风雷激荡动神州，千古兴亡逐逝流。
破晓云霞迎日出，残宵魍魉断魂游。
天公已把人才降，国栋当为社稷谋。
倘使田横今复在，乾坤易主废封侯。

二〇一二年五月二十八日

附：清龚自珍《咏史》

金粉东南十五州，万重恩怨属名流。
牢盆狎客操全算，团扇才人踞上游。
避席畏闻文字狱，著书都为稻粱谋。
田横五百人安在，难道归来尽列侯？

赞刘迅甫长诗《农民工之歌》

放眼乾坤下笔神，浓情饱蘸颂农民。
歌声唤醒人间爱，处处乡关处处亲。

二〇一二年五月三十日

三道岭水库

驱车三道岭，放眼万重波。
翠掩弥陀寺，心迷水调歌。

二〇一二年五月三十一日于辽宁大石桥周家镇

贺大石桥市荣膺“诗词之乡”

唐王马陷淤泥处，御敕凌空架石桥。
风雨千秋豪气在，诗乡花放竞天骄。

二〇一二年六月一日于辽宁大石桥

营口西炮台

故垒残垣祭炮台，回眸甲午战云哀。
沧桑百载人间换，知耻强边向未来。

二〇一二年六月一日于辽宁营口

青春诗会

良才新秀会青春，欲作诗家先作人。
时代情怀唐宋韵，华章妙笔信如神。

二〇一二年六月二日于辽宁大石桥

浣溪沙·黄丫口福禄寿三松赞

苍劲参天立万年，枝繁叶茂福无边。昂然伟岸耸山巅。　秋月春光风雨里，铜身铁骨水云间。沧桑阅尽佑人寰。

二〇一二年六月三日于辽宁大石桥

杜鹃园赏花不遇

黄丫芳苑访西施，韵去红残一步迟。[①]
几瓣余香留曲径，花开心底满园诗。

二〇一二年六月三日于辽宁大石桥

【注】

① 杜鹃有花中西施美誉；黄丫口杜鹃园为大石桥市一大景观。

黄丫口遇雾奇思

黄丫口上遇仙山，身入虚无缥渺关。
莫叹突来云雾绕，诗魂三界忘尘寰。[①]

二〇一二年六月三日于辽宁大石桥

【注】

① 黄丫口有一脚踏三界之赞誉，这里隐寓了天地人三界的双关语。

金牛山古人类遗址咏叹

金牛石破九天惊，万古人文断代明。
直立祖先迎早智，千秋史证已澄清。

二〇一二年六月三日于辽宁大石桥

【注】

大石桥金牛山古人类遗址发现，填补了世界考古史上人类由直立人向早期智能人转化的实证空白。

步韵和东遨诗人节重晤

诗友四方来，肩披千载雨。
时空任自流，屈子当欣许。
岸芷绿毡铺，湖荷青伞举。
魂归赏赛舟，盈耳风骚语。

二〇一二年六月十一日于湖南常德

附：熊东遨《诗人节湘中重晤文朝振振》

知交并骑来，襟带清泠雨。
屈子约重寻，天公应已许。
连云雪羽飞，映日风荷举。
面水问怀沙，时人多不语。

泸溪涉江楼

泸溪突起涉江楼，屈子魂归一放讴。
十里山崖镶画壁，千秋龙道吐沙洲。
古今雅韵雕梁绕，天地风情望眼收。
更喜霞光朝雨后，明珠闪耀伴沅流。

二〇一二年六月十二日于湖南泸溪

清平乐·乾州古城

状如乾卦，山水诗情画。尚武从文风韵雅，古镇名扬天下。　　雄关沐浴朝阳，琼楼玉影溶江。放眼一盆锦绣，新城溢彩流光。

二〇一二年六月十三日于湖南乾州

考察吉首大学师院附小诗教口占

鳌峰飘雅韵，附小正弘诗。
华夏风骚树，湘西发嫩枝。

二〇一二年六月十四日于湖南吉首

湘西印象

湘西寻梦不为迟，神水仙山奇美姿。
人杰地灵扬国粹，风情万种尽成诗。

二〇一二年六月十四日于湘西

矮寨悬索桥

裂断重峦险谷宽，长虹飞跨两峰连。
马龙车水穿云过，悬索神工惊九天。

二〇一二年六月十四日于湘西

凤凰传奇①

南苗存古寨，沱水卧青龙。
皇室消心患，虹桥断帝风。
根除天子气，名赐凤凰宗。
烟雨沧桑变，边城展玉容。

二〇一二年六月十五日于湖南凤凰

【注】

① 据传，湘西凤凰县驻地，原本不叫凤凰。清乾隆年间，有谋士谏称南苗有王者气，沱江藏青龙，为消除心腹之患，乾隆命在沱江修虹桥以断龙脉，并将此地赐名凤凰，免再与龙争雄。

沱江泛舟

心融山水画，身泛梦魂舟。
过目飞檐阁，摩肩吊脚楼。
鱼鹰轻振翅，河道细分流。
苗女船头唱，对歌同醉讴。

二〇一二年六月十五日于湖南凤凰

贺中国首位女航天员上天宫

九度仙槎入太空，中华神女上天穹。
嫦娥起舞迎佳丽，桂树折枝褒杰雄。
映日五星添异彩，冲霄一帜鼓长风。
吴刚若欲回乡看，好借飞舟下月宫。

二〇一二年六月十八日

十六字令·为中国龙航天探海双报捷而作

龙。深海苍穹展大雄。巡天地，来去自从容。

二〇一二年六月二十四日

贺广西民歌手诗词创作研讨会召开

活水源头见本真，阳春一脉系巴人。
民歌引得诗花绽，相映生辉逐日新。

二〇一二年六月二十五日于广西宜州

采桑子·宜州

情浓梦醉怡神地，山也牵魂。水也牵魂，水眼山眉画意新。　　歌仙雅士同高咏，文化宜人。居住宜人，福满龙江四季春。

二〇一二年六月二十六日于广西宜州

（有和诗一组）

刘三姐故里行

宜州灵秀地，下枧有歌仙。
八桂清音绕，千秋彩调传。
深情河岳里，旋律梦魂边。
九域风骚客，高吟会古贤。

二〇一二年六月二十七日于广西宜州

十万大山组歌（四首）

（一）

传闻南海浪吞田，神兽成城堵恶澜。
千古沧桑风雨后，象群十万化青山。

（二）

置身十万大山中，石乱泉飞树蔽空。
莫道重峦无去路，条条曲径四方通。

（三）

青山十万化雄兵，捍卫南疆筑铁屏。
地网天罗张望目，狡狐插翅亦难行。

（四）

叠嶂层峦梦几重，天然富氧醉葱茏。
林间漫步邀彭祖，快意人生诗画中。

二〇一二年六月二十九日于广西上思县

诗意上思行

九域文星聚上思，明江蔗海涨新词。
峰峦十万多风雅，一座青山一首诗。

二〇一二年六月三十日于广西上思县

恭随周老步韵和松林公妙句

神九蛟龙震大洋，高天深海任巡航。
庆功把酒邀明月，建业乘风逐太阳。
夸父迎宾言道远，嫦娥别梦话情长。
云霄安下空间站，笑看球村是故乡。

二〇一二年六月三十日

附：①霍松林《贺神九胜利归来》

海鹏刘望与刘洋，稳驾神舟万里航。
交会天宫操胜算，遥呼祖国贺端阳。
乾坤通话情何热，科技兴帮路正长。
载誉归来回首望，太空吾亦有家乡。

②周笃文《喜读松公妙句走笔立和》

卿云纠缦太平洋，伟矣鲲鹏更举航。
动地掀天观气象，酌浆援斗庆端阳。
神弓射日三光泰，国策仁民百世长。
击壤康衢歌九老，山居应不羡仙乡。

题东兴市松柏中学诗教

松柏书声溢馥香，国门诗教谱华章。
满园雏凤清音绕，风雅人生正启航。

二〇一二年七月一日于广西东兴

观大清国钦州界碑感赋

北仑河口忆沧桑，手按石碑思绪长。
注目纷纭南海事，涛声发奋唤图强。

二〇一二年七月一日于广西东兴

国门一连将军林植树有感

心连京桂两将军，罗汉松前义薄云。
铁哨扎根兄弟树，国门携手靖妖氛。

二〇一二年七月二日于广西东兴

前门大街

华夏京都中轴线，正阳门外箭楼前。
一条街道连今古，两列商家缩地天。
财汇五洲生异宝，风来八面聚高贤。
名牌老号添新彩，国运民情喜变迁。

二〇一二年七月十二日于北京

奥林匹克公园龙形水系小憩

蒹葭丛隙看红荷，绿伞亭亭映碧波。
鱼跃云天清影乱，一声甜脆送儿歌。

二〇一二年七月十四日于北京

灵岩寺宋代彩塑罗汉

罗汉尊身假乱真，黄泥彩塑艺惊人。
风来犹感袈裟动，面对能将肺腑陈。
活现神情争赤耳，光鲜血肉露青筋。
千秋窗外烟云过，注目依然看世尘。

二〇一二年七月十五日于山东济南长清

洪洞大槐树认祖

大槐荫下认宗根，理嗣利贞生李门。①
族望人兴光姓氏，才奇业伟耀乾坤。
诗仙道祖弘文脉，飞将元戎壮武魂②。
更有唐皇开盛世， 五洲四海满儿孙。

二〇一二年七月二十一日于山西洪洞

【注】

① 当今作为中华第一大姓的李姓，原是黄帝时代帝王颛顼的直系后裔，其孙皋陶为尧帝理官，时盛以官职为姓，皋陶后人有个叫理征的忠臣被殷纣王冤杀，其幼子利贞随母逃难，食李子充饥活命，因李、理同音，乃改为李姓，被认为李氏始祖。

② 诗仙，李白；道祖，道教始祖李耳；飞将，西汉飞将军李广；元戎，初唐兵部尚书，统兵元帅，出将入相的一代名臣李靖。

张壁古堡（藏头）

山西介休市张壁古堡为一处保存完好的古代军事设防村落，明堡暗道，攻守兼备，诡谜奇绝，不可多得。壬辰夏月来此，有感口占藏头一绝：

张天开地网，壁垒可迷魂。
古塞能攻守，堡关奇绝伦。

二〇一二年七月二十二日于山西介休

绵　山

有幸绵山隐古贤，介公休日禁炊烟。
皇姑修道云峰寺，佛手留痕抱腹岩。[①]
万点晴岚收眼底，千秋浩气荡胸间。
大罗宫里仙音绕，俯视人寰几变迁。

二〇一二年七月二十二日于山西介休

【注】

① 皇姑，指唐朝李世民的妹妹，相传曾在此修道。

兰州黄河铁桥

万里黄河第一桥，降龙镇远靖波涛。
金城关下冰川渡，白塔山根浮舸漂。
军事要冲兵甲动，丝绸之路锦旗摇。
石墩铁架飞天堑，惊现长虹傲碧霄。

二〇一二年八月三日神游寄咏

【注】

此桥原名镇远桥，建于明朝洪武年间，为冬拆春设的季节性浮桥；清光绪三十三年（1907年），改建为铁桥。1954年进行加固工程，上架弧形钢架拱桥，更加雄伟壮观。

凉州采风新词——步唐王翰韵

凉州古道觅琼杯，诗未来时雨早催。
多少吟才谁解意，功成始见放春回。[①]

二〇一二年八月四日神游寄咏

【注】

① 本诗第二、四句借用了辛弃疾和王安石的诗句。

武威雷台

前凉张茂作灵台，雷祖庙堂香火开。
奔马腾空踏飞燕，人文瑰宝土中来。[①]

二〇一二年八月五日神游寄咏

【注】

① 被作为中国旅游业标志的青铜工艺品“马踏飞燕”，就是从武威雷台出土的文物。

燕支山[①]

燕支山破匈奴胆，石似胭脂映日丹。
水草丰盈林木茂，兵家必占设雄关。

二〇一二年八月六日神游寄咏

【注】

① 燕支山，又名焉支山、胭脂山，在甘肃山丹城东南50公里处，为西汉霍去病大破匈奴的军事要隘。

八声甘州·张掖抒怀

约京华骚客采风来，陇天正新秋。赞文明悠久，张国臂掖，金郡甘州。千载佛光塔影，会馆映边楼。四镇总兵府，丝路咽喉。 塞上江南神韵，望绿洲荒漠，尽显风流。更粮丰林茂，蔬果占鳌头。赏天然，山青水碧，引八方，驴友伴沙鸥。争当那，河西枢纽，再展宏猷。

二〇一二年八月七日神游寄咏

敦煌咏

荒漠绿洲瑰宝库，丝绸之路闪明珠。
月泉晓澈千情幻，沙岭晴鸣万象殊。
鬼斧开山生异彩，神工造物降仙图。
飞天画引航天梦，直上灵霄架坦途。

二〇一二年八月九日神游寄咏

咏辽阳

东北开天第一城，千秋重镇展豪情。
河名太子流兴替，山驻皇王数变更。[①]
广佑佛光迎瑞兆，襄平塔影证昌明。
燕州古邑宏图起，马首昂天万里程。

二〇一二年八月二十二日于辽宁辽阳

【注】

① 这里的太子河因燕太子丹使荆轲刺秦王失败后曾隐匿于此而名扬天下；驻跸山，又名马首山，因唐太宗李世民亲征高丽曾驻跸于此而留芳千古。

阜新口占

物阜民丰气象新，能源骄子耀星辰。
煤穷炭尽疑无路，十载转型惊煞人。

二〇一二年八月二十三日于辽宁阜新

阜新细河咏

辽西淌细河，物阜荡金波。
柳暗花明路，诗情画意多。

二〇一二年八月二十四日于辽宁阜新

赤峰抒怀[①]

似火群峰拔地雄，红山文化耀寰东。
开村聚落成瑰宝，破土生辉现玉龙。
旷野黄沙铺绿被，莽原碧草映青铜。
契丹辽韵今犹在，古邑新城一望中。

二〇一二年八月二十九日于内蒙古赤峰

【注】

① 赤峰是“华夏第一村”和“中华第一龙”为主要标志的“红山文化”以及“草原青铜文化”、“契丹·辽文化”的发祥地。

克什克腾石林口占

哪路仙家撒石群，石书石堡石佳人。
飞来落定山梁上，鬼斧神工艺绝伦。

二〇一二年八月三十日于内蒙古克什克腾

乌兰布统草原欧式风景区口占

天凉满目秋，浑似到欧洲。
重彩浓油画，身心任自由。

二〇一二年八月三十日于内蒙古乌兰布统草原

乌兰布统大战遗址

御驾亲征葛尔丹，驼城布阵鸟飞难。
康熙火破连营计，敌溃边宁奏凯还。

二〇一二年八月三十一日于内蒙古乌兰布统

驱车克什克腾①

旷野染秋光，驱车走画廊。
青松流翠绿，白桦泛金黄。
林海连沙漠，草原融水乡。
克旗风景异，长调韵悠扬。

二〇一二年八月三十一日于内蒙古克什克腾旗

【注】

① 克什克腾旗在内蒙古赤峰市境内，地域面积达两万多平方公里，兼有草原、林海、沙漠、湖泊、湿地等多样景观。

西拉沐沦畅想[1]

大兴安岭断阴山，金色河流一线穿。
南北东西交汇处，飞车已上彩云间。

二〇一二年九月一日于内蒙古西拉沐沦

【注】

① 西拉沐沦，蒙语为金色河流，是阴山山脉与大兴安岭山脉的分界线，这里地处蒙古高原东坡，海拔1700多米。

题贺电视剧《烽火梁山》

烽火硝烟忆鲁西，梁山抗日谱传奇。
荧屏再现英雄将，杨勇挥师鏖战激。

二〇一二年九月二日

沉痛悼念张结老

枪林弹雨打江山，妙笔才思著锦篇。
华夏诗坛留美誉，心香遥祭泪潸然。

二〇一二年九月七日

洪泽湖放歌

明珠大泽嵌淮中，二虎九牛降恶龙。
治水禹王留圣迹，炼丹道祖现仙踪。
温泉千里嘉宾至，珍矿五洲财路通。
美景佳肴天宝地，湖光一片醉金风。

二〇一二年九月十二日于江苏洪泽

老子山即咏[①]

道教千秋祖，功成老子山。
坡高不盈丈，名盛赖真仙。

二〇一二年九月十三日于江苏洪泽

【注】

① 位于江苏省洪泽县的老子山，相传为老子炼丹得道处，但海拔仅29米，正常望去，只是一个不足一丈高的平缓山坡。顿悟“山不在高，有仙则名”之古训。

贺永城金秋笔会

一路金黄到永城，芒山尽染浍河清。
大风歌引诗星灿，古韵新声唱汉兴。

二〇一二年九月十四日于河南永城

刘邦斩蛇碑探迷

斩蛇碑体夜生疑，暮色迎光现影奇。
高祖挥戈威猛像，凸凹石面破神迷。

二〇一二年九月十四日夜于河南永城

永城畅怀

高祖斩蛇惊沛中，揭竿芒砀战旗红。①
亡秦灭楚开宏业，兴汉安邦唱大风。
淮海英雄存浩气，浍沱黎庶建丰功②。
能源面粉新都市，华夏百强腾豫东。

二〇一二年九月十五日于河南永城

【注】

① 相传被刘邦斩杀的蛇为白帝之子，刘邦为赤帝之子，故起义旗帜为红色。

② 浍水、沱河是流经永城的两条河流，这里指永城。

中秋寄情

月到中秋分外明，边关哨卡寄深情。
人间多少团圆梦，相伴巡逻战士行。

二〇一二年九月三十日（中秋节）

贺防城港荣膺诗词之市

金牌辉耀防城港，宋韵唐风漫海洋。
文化搭台兴百业，温柔敦厚继年长。[①]

二〇一二年十月二十四日

【注】

①“温柔敦厚，诗教也。”乃孔子原话。此处喻诗书继世长之古训，并揭示诗意主题。

十六字令·秋（三首）

之一

秋，暑退天凉气爽柔。层林染，烂漫竞风流。

之二

秋，溢彩流光硕果稠。团圆夜，把酒庆丰收。

之三

秋，落木萧萧事欲休。心头上，不料竟成愁。

二〇一二年十月二十五日

延庆古崖居

海坨幽谷古崖居，府第厅房灶火虚。
峭壁凌空生洞舍，奇迷千载叹空余。

二〇一二年十月二十七日于北京延庆

欢庆党的十八大

南湖启渡驾红船，岁月峥嵘过险滩。
浪破千重成巨舰，开来继往挂云帆。

二〇一二年十一月八日

贺全国诗教工作扬州会议

方家雅士会扬州，诗教辉煌史册留。
文化兴邦机遇在，乘风再上更高楼。

二〇一二年十一月二十三日于江苏扬州

贺阿拉善盟诗词学会成立

边城大漠阿拉善，吟帜高擎映碧天。
戈壁胡杨添雅韵，诗潮已漫贺兰山。

二〇一二年十一月二十三日

登京口北固楼口占

风雨千秋北固楼，登临举目望神州。
长江淘尽英雄事，又见新人立浪头。

二〇一二年十一月二十四日于江苏镇江

京口西津渡

西津古渡眺瓜洲，两岸风情一望收。
明月依稀思旧梦，沧桑巨变已千秋。

二〇一二年十一月二十四日于江苏镇江

登金陵渡小山楼步唐朝张祜韵

行人今上小山楼，时过境迁君莫愁。
星火两三无觅处，灯光不夜耀瓜洲。

二〇一二年十一月二十四日于江苏镇江

附：唐·张祜《题金陵渡》

金陵津渡小山楼，一宿行人自可愁。
潮落夜江斜月里，两三星火是瓜洲。

中华经典十汉字诗解

——应约为艺术走向世界活动而作

道

大道本无形，蕴藏天地中。
古今尊至理，日夜济苍生。

德

安身立命为根本，望重德高大写人。
兼备才华真俊彦，外形于礼冠贤群。

天

至高无上罩人寰，佛祖天公宰大千。
日月星辰生万象，自然顺应赛神仙。

地

地灵生万物，厚土载千情。
水火风为宝，母亲包万宁。

孝

万善当为首，三春寸草心。
立身除业障，报本事双亲。

慈

慈航普度众生安，悲悯为怀心地宽。
爱洒人间通大智，修身养性乐无边。

美

成人之美真君子，随顺菩提结善缘。
悦目赏心诸事好，贤达智业蕴甘甜。

善

善良美好人天性，抑恶推贤泾渭明。
天网恢恢终有报，获吉余庆喜盈盈。

仁

亲和友爱人，己欲立他心。
复礼归天下，仁慈力万钧。

和

天之达道致中和，万物协调温顺多。
挫锐包容真乃大，熙怡友睦唱欢歌。

二〇一二年

2013年作品

鹧鸪天·癸巳贺春（同题限韵）

汇海千川尽向东，神龙腾起九霄中。复兴华夏恢宏梦，合力同声唱大风。　花炮响，蜡灯红。梁山浩气奏黄钟。英雄故地新儿女，春讯先知早建功。

二〇一三年二月三日于北京

步韵奉和张福有《癸巳贺春》

塞北江南一望新，龙飞蛇舞总宜人。
东风浩气争驱雾，瑞雪红梅竞报春。
古国雷霆威震远，小康心愿感情亲。
中华唱响图强梦，实干兴邦至理真。

二〇一三年二月四日立春之际于北京

附：张福有《癸巳贺春》

启函又贺一年新，话语平常寄友人。
飞雪藏龙诗带福，临门叫鹊喜摇春。
不咸深感心声远，大泽早知山水亲。
吉利安康同祝愿，开颜信有梦成真。

沉痛悼念雷抒雁会长

抒雁牵情入万家，雷鸣春鼓向天挝。
每从小草听歌唱，催绽心花与泪花。

二〇一三年二月十五日于北京

青莲曲

碧波澄澄叶田田，清歌一曲颂青莲。出水丰姿溢香远，映日娇容羞花仙。诗仙太白性高洁，自号青莲与俗别。疏狂浪漫醉开怀，忘情与月永相结。千古名篇《爱莲说》，花之君子多赞歌。出于污泥而不染，艳而不妖濯清波。金湖万亩荷花荡，八方诗家采风忙。雨过荷伞万珠滚，引发思绪万缕长。神思天纵发灵感，“青莲杯”赛颂清廉。古往今来廉政事，持俭自律总从严。志行修洁廉自身，鲁国上卿数季孙。三世为相权位重，家无衣帛之眷亲。[①]齐相晏婴名天下，出行旧车伴老马[②]。诸葛功盖三分国，不有盈余传佳话[③]。克己奉公廉本职，“不贪为宝”谁可及[④]？为官“贫困无田宅”，“丧无所归”神鬼泣[⑤]。惠政利民廉社会，为官不使良心昧。黎民拥戴呼“青天”，包拯况钟和海瑞。历史长河浪回旋，人生过客逐逝川。廉吏有瑕瑜难掩，贪官污吏臭万年。长夜神州破晓天，先锋队里出典范。多少先烈抛头颅，甘燃青春烧黑暗。中华赤子方志敏，救国救民志清贫。腰缠经费数万贯，不为私利动分文。人民救星毛泽东，全心全意谋大公。与民共苦不食肉，衬衣睡袍补丁缝。大国总理周恩来，清风正气净尘埃。身后了然无所有，四海悲声动地哀。兰考县委好书记，舍生为民谋福利。死而后已两袖风，鞠躬尽瘁感天地。地委领班孔繁森，雪域高原献丹心。哈达寄思千万里，常使国人泪沾襟。政权兴亡周期率，以史为鉴明得失。水能载舟亦覆舟，人于有日思无日。久遭侵蚀易生痈，树高千尺有蛀虫。触目惊心观案例，污风浊气蔓延中：谋钱夺利先抓权，营私举亲买卖官。一人钻营得了道，鸡鸭鹅狗都升天。权力到手再贪财，前门后门一齐开。贪污受贿歪斜道，不尽脏钱滚滚来。捞满钱财又捞房，侵吞房产近疯狂。穷奢极欲建豪邸，纸醉金迷白玉堂。十个贪官九沉沦，小秘二奶竞销魂。金屋藏娇浑不够，声色犬马又买春。积重难返下药猛，断头台上斩公卿。无奈有了“抗药性”，杀鸡示众猴不惊。中南海里敲警钟，生死存亡系党风。重拳出击惩贪腐，力挽狂澜水向东。壬辰京华开盛会，神州大地劲风吹。合乎天时顺民意，反腐倡廉响炸雷。“老虎”、“苍蝇”一起打，标本兼治多管下。打铁还须硬自身，完善机制效用大。阳光运行晒私密，制度铁笼关权力。严惩严管加严防，不敢不能且不易。北海西海莲花池，又到荷尖初露时。清风催绽迎红日，一朵芙蓉一首诗。中海南海连四海，接天莲叶铺新绿。古国千秋正气吹，请君听我青莲曲。

二〇一三年春

【注】

① 春秋时期鲁国上卿季孙行父，历宣、成、襄公三世为相，家中无衣帛之妾，无食粟之马。

② 齐相晏婴，柄政齐国，名高天下，但衣食住行都持俭自律。居住“近市，湫隘嚣尘”，出行“老马旧车”。

③ 功盖三国、名扬千秋的诸葛亮严格规范自己“不使内有余帛，外有赢财”、“随身衣物悉仰于官，不别治生（产业）”。

④ 宋卿乐喜为官“以不贪为宝”，名垂千古，世人难及。

⑤ 东汉南阳太守杜诗为官期间，“贫困无田宅”，以至“丧无所归”。

红螺寺

帝子乘风下碧波，仙魂玉体化红螺。
千秋古刹春常在，扬善驱邪诵佛陀。

二〇一三年三月

六十六初度

初度人间六十六，酸甜苦辣品春秋。
缺圆晴雨悲欢事，淡定坦然如水流。

二〇一三年端春吉日

春龙节前夜行雨

大运蛇年畅惠风，知时好雨唤春龙。
蛰渊一梦抬头起，拔地凌云动远空。

二〇一三年三月十三日（癸巳年二月初二）

如梦令·中国梦

四海九州雷动，万众舞龙歌凤。鹏举正当时，合力鼓风相送。相送，相送，实现复兴之梦。

二〇一三年三月十七日

北京春分遇雪

春分早启窗，满树挂银装。
丽日蓝天下，晶莹梦幻乡。

二〇一三年三月二十日（春分）

步韵奉和周老笃文教授《新洲雅集口占春雪》

雅韵春分动四郊，兰亭白雪秀风娇。
歌吟禹甸图强梦，笔底龙腾卷浪高。

二〇一三年三月二十日

附：周笃文《新洲雅集口占春雪》

春风春雪满京郊，生意葱茏景绝娇。
盛会神州擂战鼓，斩蛟射虎涌潮高。

寄语青年诗友

诗意青春梦幻多，浪花滴水汇洪波。
兴观群怨悲欢事，七彩人生谱壮歌。

二〇一三年四月五日

遵义会议会址

夜雾行船遇险滩，登楼舵手挽狂澜。
存亡生死连遵义，伟力回天敌胆寒。

二〇一三年四月十一日于贵州遵义

茅台酒厂感怀

赤水河边溢酱香，茅台古镇溯源长。
味承汉韵留甘美，品继明风蕴慧光。①
优雅情浓藏烈胆，真诚火热伴柔肠。
国酒金牌惊世界，长征续梦写辉煌。

二〇一三年四月十二日于贵州仁怀市茅台镇

【注】

① 西汉武帝曾称赞这里产的“蒟酱”酒“甘美之”；到明朝初年这里才正式有了“茅台村”的地名品牌。“茅台”本意为长满茅草的土台，体现了赤水河东岸濮僚部落后裔对先人开荒辟草筑土台祭祀表示崇敬。

车过古夜郎

流放诗仙地，传奇古夜郎。
身临防自大，车过寄思长。

二〇一三年四月十三日于贵州桐梓

参观四渡赤水纪念馆

四渡奇兵赤水河，牵羊调虎锦囊多。
围追截堵终成幻，巧跳重围奏凯歌。

二〇一三年四月十三日于贵州习水县土城

黄龙洞

龙藏古洞多奇幻，石化精灵孕大千。
响水河中听响水，天仙桥上会天仙。
佳人瑞兽生如栩，玉树琼花绽自然。
定海神针惊世界，琳琅五彩满山川。①

二〇一三年四月十六日于湖南张家界

【注】

① 张家界为世界自然遗产，其中定海神针景点投保一亿元人民币，震惊世界；黄龙洞内有黄土高坡，山脉，河流，梯田等各种景观。

金鞭溪

金鞭化巨岩，绿梦汇灵川。
万壑鸣心曲，画屏天地间。

二〇一三年四月十六日于湖南张家界

浣溪沙·步韵林峰《金鞭溪》

仙态神姿共比肩，芬芳锦绣沐春烟。扬鞭催岭步云天。　　画女诗男同畅想，欢声笑语荡方圆。如情似梦醉林间。

二〇一三年四月十七日于湖南张家界

附：林峰《浣溪沙·金鞭溪》

翠满双眸花满肩，采莺摇出武陵烟。行来一步一重天。　　鞭响崖巅心镜朗，歌飞溪上水裙圆。春风摇在画图间。

天子山传奇

天子山中天子非，草头皇上占云隈。[①]
散花仙女琼篮舞，绘画神工御笔挥。
两把菜刀留浩气[②]，一盆烟雨透灵辉。
丹青水墨源头在，满目奇光锦绣飞。

二〇一三年四月十七日于湖南张家界

【注】

① 天子山并非真龙天子所在，而是湘西农民首领的自封自命之所。

② 在天子山的贺龙墓园是两把菜刀造型的纪念碑。

贺百集电视专题片《诗词中国》启动

唐风宋韵入荧屏，大吕黄钟振玉声。
当代传媒扬雅韵，奇葩百朵蕴诗情。

二〇一三年四月十八日

步韵敬和马凯同志《开春感怀》

癸巳春来早，神州尽沐晖。
沉沉霾雾散，浩浩惠风吹。
天顺云霞灿，人和草木菲。
金秋收硕果，好梦载歌归。

二〇一三年四月十八日

附：马凯同志《五律·开春感怀》

——党的十八大闭幕时间不长，作八项规定、反舌尖浪费，忌空谈误国、倡实干兴邦，开局良好、人心凝聚，百姓为之一振，感慨系之。

龙腾播瑞雪，蛇舞报春晖。
阵阵清风劲，拳拳暖气吹。
空雷天旷废，润雨地芳菲。
梅领千枝放，秋来好梦归。

步韵敬和马凯同志《雪日读书有感》

书山勤探路，雪野正迎春。
血热寒消影，心专妙入神。
苦舟能渡海，幽径可通村。
采蜜花丛里，芬芳自醉人。

二〇一三年四月十八日

附：马凯同志《五律·雪日读书有感》

踏雪独开路，约梅共探春。
寒风添傲骨，飞絮长精神。
几度曾无径，豁然又一村。
但闻香细语，醉了觅花人。

金缕曲·步韵敬和葉嘉莹先生西府海棠雅集

宫苑春塘水。照归人、青丝成雪，辅仁偏纪。西府重迎骚人聚，满苑芬芳娇媚。恍若梦、裁笺新记。海外飞鸿惊妙句，领吟坛、酬唱恭王邸。诗与酒，竞花美。　　海棠笑映青云里。溢清香、妍容带露，蕴情含意。亲历园林沧桑变，老树苍然溅泪。顿化作，佳词锦字。酣饮千觞同畅想，正东风、争看神龙起。励壮志，荡心底。

二〇一三年四月十九日

【注】

葉嘉莹先生1941年曾在辅仁大学女院恭王府旧址读书。

附：葉嘉莹《金缕曲·为二零一三年西府海棠雅集作》

嘉莹幼长于北京，于一九四一年考入辅仁大学，在女院恭王府旧址读书，府邸之后花园内有海棠极茂，号称西府海棠。每年清明前后，自校长陈援庵先生以下，与文史各系教师往往聚会其中，各题诗咏。而当时正值卢沟桥事变之后，北京处于沦陷区内，是以诸师之作常有“伤时例托伤春”之句。于今回思，历时盖已有七十二年之久矣。嘉莹一生飘泊海外，近日接获恭王府管理中心之函件联系，获知在去岁壬辰之春，恭王府中曾有西府海棠之会，嘱为题咏。值兹盛世，与七十二年前相较，中心感慨，欣幸不能自已。爰题金缕一曲，以志其盛。

事往如流水。忆昔年、黉宫初入，青春年纪。学舍正当西海侧，草树波光明媚。有小院、天香题记。艳说红楼留梦影，觅遗踪、原是前王邸。府院内，园林美。　　古城当日烟尘里。每花开、诗人题咏，因花寄意。把酒行吟游赏处，多少沧桑涕泪。都写入、伤春文字。七十二年弹指过，我虽衰、国运今兴起。恣宴赏，海棠底。

癸巳西府海棠新咏

又到海棠初绽时，新风好雨润华滋。
苞含禹甸繁荣梦，枝挂燕京丰硕诗。
缕缕清音飘雅苑，声声韶韵绕瑶池。
历经沧海桑田后，西府更妆展玉姿。

二〇一三年四月十九日

（有和诗一组，已收入《一唱百和同咏春》书中。）

满江红·雅安抗震

突降灾魔，天府颤、山坍地裂。一刹那、屋倾楼倒，魄飞烟灭。十指连心张母爱，三军拓路倾情切。闯鬼门、奋力挽同胞，真雄杰。　　夺分秒，人未歇；天使术，堪称绝。众争奔蜀道，志坚如铁。课本重开薪火举，家园新起篷房接。降婴儿、生命续传奇，惊天阙。

二〇一三年四月二十日

丰碑赋

——雷锋精神礼赞

万水千山思绪飞，神州随处见石碑。
褒扬功德留纪念，路旁山顶竞崔巍。
汉白玉质加御赐，不如人心永铭记。
精神偶像越时空，道德丰碑矗天地。
短暂人生廿二载，洒向人间都是爱。
平凡伟大得永生，不朽精神昭万代。
躯体陨没精气存，英名不胫出国门。
一缕烛光驱黑暗，道义价值炳乾坤。
美联社里有推介，雷锋属于全世界。
入乡随俗美善真，利他主义共理解。
日本企业情更切，学习雷锋持续热。
品质效率促振兴，质量协力争前列。
人类英雄圣洁心，耶稣再世降甘霖。
慈悲菩萨多称谓，好人一词抵万金。
雷锋精神化永恒，五洲四海共传承，
人生意义得真谛，思想境界齐飞腾。
尚德国度重修德，学习雷锋添春色。
世纪春光荡九州，笋芽茁壮势可测。
沿着榜样脚印走，少长争先惟恐后。
江南塞北城与乡，楷模身影处处有。
上海热心水电工，鞍钢当代活雷锋。
福利院中行孝道，公交车里送春风。[①]
中国梦想任飞驰，道德就是金钥匙。

筑土高墙抒望目，积德厚地发春枝。
立足本职是平台，三月红花四季开[2]。
平凡善举寻常事，汇铸辉煌向未来。
仰望丰碑反思多，道德治理任蹉跎。
公德失范良知丧，诚信缺失染沉疴。
见义勇为有后怕，流血流泪鬼神诧。
老人跌倒不敢搀，担心遭讹将祸嫁。
制售假药暴黑心，敢拿人命赎黄金。
多少无辜招厄运，见利忘义罪孽深。
有毒奶粉地沟油，千夫所指鬼见愁。
腐鼠乔装充羊肉，天地良心蒙耻羞。
对比雷锋省自身，阳光底下晒灵魂。
且看心霾全散尽，微笑人间送温暾。
道德建设针挑土，道德滑坡水冲沙。
道德治理搬山岳，道德回归出彩霞。
天安门前纪念碑，民族魂魄正气吹。
道德楷模融其里，千秋万代放光辉。
复兴伟业成功路，道德沃土千尺树。
前赴后继学雷锋，请君听我丰碑赋。

二〇一三年五月九日

【注】

① 以上列举普通岗位学雷锋的典型分别指徐虎、郭明义、谢清洁、李素丽。

② 学雷锋活动曾有过“三月来，四月走”的现象，现已逐步走向常态化。

上华山

峭壁如削刺破天，雄奇险秀梦成圆。
摘星更上苍龙岭，把酒还从金锁关。
几处悬崖拦路径，何方玉女在云端。
西峰索道飞重壑，直下九霄谈笑间。

二〇一三年五月二十六日于陕西华山

咏恩施

皇恩浩荡布施州，送瑞图腾拜虎牛[①]。
多彩多姿铺画卷，三明三暗畅清流[②]。
创新产业财源广，生态旅游宾客稠。
开放搞活圆伟梦，骚风雅韵咏春秋。

二〇一三年六月一日于湖北恩施

【注】

① 湖北省恩施土家族苗族自治州古称施州，土家族图腾为白虎，苗族图腾为牛。

② 恩施州的母亲河清江，有卧龙吞江等三处暗流，故有三明三暗之说。

鹤峰口占

白鹤青峰伴舞吟，武陵深处土成金。
桃源故地新容美，直上云霄奏凯音。[①]

二〇一三年六月二日于湖北鹤峰

【注】
① 鹤峰古称容美，县城驻地现在仍叫容美镇。

来凤抒怀

西水蓝河汇，祥云彩凤来。
摩崖兴佛寺，摆手舞仙台。
跨省金桥架，联区富路开。
土家灵秀地，振翅展雄才。

二〇一三年六月三日于湖北来凤

减字木兰花·印象利川

本原生态，富氧清凉超世外。便利交通，渝蜀潇湘举步中。　灵山秀水，巨洞腾龙齐岳翠。美在人文，响舞船歌四海闻。[①]

二〇一三年六月四日于湖北利川

【注】

① 响舞即被列入国家非物质文化遗产的“肉连响”土家族舞；船歌即发源于利川的“龙船调”土家民歌。

腾龙洞

盖世庞然一洞天，口吞江瀑吼声传。
飞机可入门厅内，车道能通剧场前。
百里潜连幽境探，群山隐耸梦魂牵。
激光幻景腾龙起，夷水丽川惊大千。[①]

二〇一三年六月四日于湖北利川腾龙洞

【注】

① 《夷水丽川》是在这个中国最大原生态洞穴剧场上演的大型情景歌舞剧。

恩施大峡谷

峭壁如屏展画廊，丹青泼墨溢芬芳。
峥嵘石浪千重险，锦绣花丛百里长。
栈道凌空连地缝，龙门开壑露霓裳。
云梯直架通天路，万古高擎一柱香。

二〇一三年六月五日于湖北恩施

魅力长阳

梦幻清江映画廊，桨声灯影溯源长。
佷阳古地生巴土，夷水名疆忆向王。
翅展澄波凭鸟跃，身游翠岭任鱼翔。
天堂秘境多灵秀，歌舞牵魂魅力乡。

二〇一三年六月七日于湖北长阳

过昭君故里

曾从青冢拜昭君，今到香溪觅馥芬。
毓秀钟灵滋大美，千秋落雁化祥云。

二〇一三年六月七日于湖北兴山县昭君镇

神农架

雾锁云缠万岭葱，架连今古唤神农。
野人踪迹迷烟里，炎帝灵光香火中。
亦幻亦真原始地，如痴如醉梦魂宫。
繁多物种天堂在，幽境仙风瑞气融。

二〇一三年六月八日于湖北神农架

神农架金丝猴

金丝部落住神山，亲善人猴互动间。
巧手掏包多妙趣，得来瓜果尽欢颜。

二〇一三年六月八日于湖北神农架

致罗辉会长

楚天星斗耀华天，义重情长自坦然。
倚马高才能下士，虚怀智者更尊贤。
政声人去人心向，诗意神来神笔传。
勤奋躬身扬雅韵，层楼更上勇争先。

二〇一三年六月九日于湖北武汉

三沙礼赞

贺三沙建市周年暨三沙赋诗联大赛。

三沙立市振华邦，新筑长城固海疆。
岛屿宏图添壮美，珊瑚彩梦透灵光。
桩托礁上烟波路，楼耸空中云水乡。
九段线连珠宝地，人间仙境胜天堂。

二〇一三年六月二十一日

长白山传奇

倒转时光亿万年，岩浆喷射火冲天。
烟消积水成琼海，雾锁摩云掩玉颜。
秘境传闻惊魍魉，神乡故事颂婵娟。[①]
白头锥顶开明镜，潋滟波光映蔚蓝。

二〇一三年七月一日于吉林长白山

【注】

① 魍魉句借指传说中的长白山水怪；婵娟句借指神话故事长白山天池成因乃一美丽姑娘抱冰扑灭火山所致。

长白山天池

火山喷口化天池，雾锁云端掩丽姿。
霭散娇容羞月美，湛蓝澈透艳惊时。

二〇一三年七月一日于吉林长白山

长白县塔山口占

薛礼东征处，今留点将台。
灵光昭古塔，浩气靖边埃。

二〇一三年七月一日于吉林长白县

长白山奇遇

久有天池梦，今朝冒雨行。
遥观弥顶雾，近抵湛空晴。
醉眼仙容秀，迷人玉镜平。
蓦然惊四顾，霭浪向盆倾。

二〇一三年七月一日于吉林长白山

长白县十五道沟

自在天然十五沟，千重翠岭万泉流。
空蒙山色飘仙雨，石诡云奇野谷幽。

二〇一三年七月二日于吉林长白县

步韵敬和马凯同志《贺首届“诗词中国”诗词大赛成功举办》

新枝老树万花开，叶茂根深运未衰。
放眼神州春色好，清风时雨送芳来。

二〇一三年七月六日

附：马凯同志《七绝·贺首届“诗词中国”诗词大赛成功举办》

胜日群芳竞绽开，谁言根断叶凋衰。
山花遍野收难尽，更有奇葩夺目来。

步韵敬和笃文老《贺黄河诗赛》

天上人间走大河，气吞万里谱新歌。
昆仑领唱惊山胆，沧海回声慑水魔。
九域赓吟真善美，一州主赛正清和。
江南塞北诗潮涌，遥拜骚宗向汨罗。

二〇一三年七月七日于兰州

附：周笃文《贺黄河诗赛》

冲开积石走金河，势挟昆仑万里歌。
雪岭嵯峨增烈胆，奇雄慷慨伏群魔。
昭回银汉环楼观，康乐群生赞太和。
喜看诗潮连海岳，文光真似斗星罗。

步韵和张克复会长整夜候机口占

乘机夜雨误京城，飞至兰州天已明。
两地吟朋不眠夜，弘诗无悔献真情。

二〇一三年七月七日于兰州

附：张克复《文朝将军、笃文诗丈整夜候机来兰州至为感动口占》

披星戴月到金城，银燕迎来天大明。
遍植诗花开满地，痴心一片见深情。

兰州兴隆山

陇右名山万木葱，苍龙昂首唤兴隆。
成陵浩气传千古，蒋邸烟云叹一空[①]。
红塔阶前怀烈士，白云窝里访仙翁。
喜松亭上纵情望，积雪马寒凌昊穹。

二〇一三年七月八日于兰州兴隆山

【注】

在兴隆山茂密丛林中，有抗日战争时期成吉思汗厝灵之地和蒋介石的别墅行宫。

秦嘉徐淑咏叹

毓秀钟灵地，润滋连理枝。
情牵千载泪，智启五言诗。
比翼归魂醉，同心别梦痴。
时来光故里，雕像寄深思。①

二〇一三年七月九日于甘肃通渭县

【注】

① 秦嘉、徐淑均为甘肃通渭人。是东汉时期作为我国五言诗成熟标志的著名夫妻诗人，通渭县城新建起以两人名字命名的主题公园。

岷县抒怀

雅风缘起古临洮，边塞吟情气韵豪。
三路红军留火种，多条碧水润青苗。
民歌博采传闻广，美砚精雕技艺高。
湿地草原增壮丽，诗乡创建竞妖娆。

二〇一三年七月十一日于甘肃岷县

渭源分水岭口占

雾锁云缠露骨山，岭分洮渭自天然。
高原草甸临仙境，遍撒牛羊翠谷间。

二〇一三年七月十二日于渭源县途中

古陇西寻根[①]

李氏寻根地，临洮古陇西。
龙门祖茔众，槐里故居稀。
守郡崇公久，升仙老子奇。
桑田沧海变，真伪岂能移。

二〇一三年七月十二日于甘肃临洮县

【注】

① 今日甘肃临洮县，战国、秦汉时期称狄道，为陇西郡郡治。老子九世孙李崇为陇西郡首任太守，且有老子李耳飞升陇西狄道凤台的美好传说。从此成为“天下李氏出陇西”的历史源头。

京西灵山

层峦叠翠势凌空，高耸京都第一峰。
深谷林涛豪气壮，高原草甸馥香浓。
牛羊闲卧青云上，人马悠游绿莽中。
索道飘然穿画卷，山巅东望旭阳红。

二〇一三年七月二十一日于北京门头沟

同逸明建新三友夜游黄浦江

申城七月似蒸笼，阵雨清凉送晚钟。
惬意游船三雅客，豪情茶海一帆风。
灯光碎落星河里，楼影飘浮画卷中。
梦幻浦江多畅想，心潮逐浪醉朦胧。

二〇一三年七月三十一日于上海

访上海松江钟书阁

浦江热浪破天荒，新老诗家访殿堂。
盖地铺天书世界，古今中外满琳琅。

二〇一三年八月一日

步韵周笃老逸明兄《诸诗友华林丈室拜会照诚上人》[①]

华林乐鼓振雷声，古寺仙音妙境清。
新友结缘争献艺，高朋酬唱共和鸣。
谈天说地闻三界，怀古思今话五行。
心照笃诚真善美，佛门雨夜亦光明。

二〇一三年八月五日

【注】
① 华林丈室为上海名刹龙华寺住持照诚大和尚的方丈室。

附：①周笃文《刚开手机喜和逸明首唱佳作》

禅林振锡发天声，法雨缤纷两界清。
留笑灵山参佛道，护门香象作雷鸣。
六如亭畔怀苏髯，三圣堂前访一行。
何幸今宵文字饮，共宏诗学赞休明。

【注】
三圣堂在天台寺，一行曾住天台。

②杨逸明《与周笃老、文朝将军及诸诗友华林丈室拜会照诚上人》

九天瓢泼送雷声，丈室之声未减清。
同品老茶思古道，更题新句作嘤鸣。
妙言听久能生悟，好梦成真在笃行。
围坐禅林风雨夜，人人脸上见晴明。

沁园春·避暑山庄

锦绣山庄，幽境仙乡，避暑纳凉。看宫廷殿宇，皇家苑景，平原峻岭，洲岛湖光。峰秀泉甘，草丰林茂，万壑松风汇海洋。花满地，赏祥云故里，珍兽天堂。　　康乾盛世流芳。惊政变，垂帘起祸殃。叹皇清社稷，江河日下，千秋帝制，正寝消亡。鉴古知今，贫穷挨打，苦难辉煌路漫长。承遗产，待中华圆梦，永泰恒昌。

二〇一三年八月十日于河北承德

乌兰布统欧式风情园

原野青葱牧草平，欧邦异域赏风清。
山花烂漫铺绒毯，丘岭连绵展画屏。
白桦间生布疏密，彩虹飞架跨阴晴。
马群驰骋蓝天阔，舒缓川坡夕照明。

二〇一三年八月十二日于内蒙古红山军马场

贺林峰会长八秩华诞

欣闻香港诗词学会林峰会长即将迎来八秩华诞庆典，再读方家辛卯季夏所赐《诗奉李将军文朝十六韵》之华章，忘年友谊难以言表，乃恭步后四韵和诗贺寿。

京港弘诗壮国魂，忘年交友共吟村。
冬春八秩松无老，日月千秋韵有痕。
寄意传情天地在，和鸣贺寿古今存。
香江碧水能知我，一片冰心到府门。

二〇一三年八月十九日

附：林峰先生辛卯季夏《诗奉李将军文朝十六韵》之四：

将军一剑化诗魂，四海吟鞭入远村。
季夏水流渠太老，前朝人去雪无痕。
旧时垂柳芳菲在，古巷斜阳灿烂存。
今夜月明长照我，玉箫吹梦到辕门。

即墨即咏

千载商都墨水滨，财源文脉两惊人。①
火牛陷阵雄威壮，义士捐躯正气纯②。
泉海涌金开富路，石林化木探奇因③。
繁荣贸易连天下，黄酒蓝城硅谷新。

二〇一三年九月八日于山东即墨

【注】

① 即墨因靠近墨水河而得名，秦代置县，隋朝建城，有千年商都之美誉。

② 火牛句指田单火牛阵破燕，义士句指田横五百义士殉节，这是两起发生在即墨的历史故事。

③ 石林指即墨马山柱状节理石柱群，化木指这里的硅化木地质奇观，都被列为国家级自然保护区。

步元丘处机韵咏鳌山卫

三围大海势凌空，独占鳌头映日红。
鹤舞云程飞万里，金辉彩梦尽朝东。

二〇一三年九月十日于即墨鳌山卫

附：丘处机原诗

鳌山三面海浮空，日出扶桑照海红。
浩渺碧波千万里，尽成金色满山东。

沁园春·琅琊台

威峙天东，傲视沧溟，勒石纪功。望人间仙境，千龙啸海；蓬瀛琼岛，万象浮空。姜尚封神，平分四季，祭地观天揽九重。琅邪赞，引齐公临驾，越主兴工。①　千秋帝业雄风。问今古，山川有几同。看秦皇遣使，求仙踏浪，汉宫警跸，唤雨吞虹。绚烂诗文，名流雅士，星斗交辉耀昊穹。晓钟振，正朝阳初照，尽展新容。

二〇一三年九月十一日于山东青岛琅琊台

【注】

① 此句意为，琅琊台得名之一说法是由姜子牙一句“琅邪”的赞美；齐桓公曾经登临；由越王勾践筑土始建。

飞越零丁洋步韵遥祭文丞相

动地感天生死经，光昭日月暗群星。
改元帝国沙飞絮，换代君臣水逐萍。
正气歌中扬正气，零丁洋上颂零丁。
人间多少匆匆客，千古文公耀汗青！

二〇一三年九月二十五日于零丁洋上空感怀

附：文天祥《过零丁洋》

辛苦遭逢起一经，干戈寥落四周星。
山河破碎风飘絮，身世浮沉雨打萍。
惶恐滩头说惶恐，零丁洋里叹零丁。
人生自古谁无死，留取丹心照汗青！

题国旗诗社

国运昌隆文运通，旗开深巷紫荆红。
诗情画意人生路，社会和谐畅惠风。

二〇一三年九月二十六日于广东深圳

题海王子酒店

亲海连天今古情，高端酒店学习型。
众长博采多新意，敢喊全球第一声。

二〇一三年九月二十七日于广东惠东

咏姜太公

纬地经天世事通，开邦立业建奇功。
千秋智慧人神仰，万古江山一钓翁。

二〇一三年十月九日应约为山东临淄太公湖而作

兴义万峰林

峰锥林立刺苍穹，漏斗天成八卦中。
百怪千奇生万象，仙游此境叹神工。

二〇一三年十月十四日于贵州兴义市

贵州双乳峰

江山圣母双峰耸，造物奇观别样幽。
丰满圆融风韵雅，哺天哺地哺春秋。

二〇一三年十月十六日于贵州贞丰县双乳峰

兴仁县鲤鱼苗寨

牛角朝天苗寨开，九州骚客采风来。
鲤鱼坝上龙门跃，米酒笙歌大舞台。

二〇一三年十月十六日于贵州兴仁县

绥阳双河洞

三百里长溶洞幽，时空隧道缩春秋。
群猴上树迎风戏，一幔撩帘引客游。
地缝阴深惊鬼胆，天堂亮阔豁神眸。
人花鸟兽山川在，曲径通连冠九州。

二〇一三年十月十九日于贵州绥阳

环县寄怀[①]

鄂尔多斯盆地中，光环辉耀陕甘宁。
千秋名邑连烽火，一杆红旗舞画屏。
黄土沙洲添韵致，乌金油矿著风情。
山川原野兴农牧，志上青云揽月星。

【注】

① 环县，隋朝置县，为兵家必争之地；又是革命老区，曾为中共陕甘宁省委和苏维埃省政府驻地。1936 年 6 月，习仲勋同志任这里的第一任县委书记。

咏云龙山

九峰连体卧云中，唤雨呼风起巨龙。
寄意青山祈福祉，安民护国势凌空。

二〇一三年十月二十四日于江苏徐州

戏马台怀古

盖世拔山千载雄，登台戏马正秋风。
舟沉釜破威名振，宴散人逃巧计空。
对垒沟旁争志壮，别姬垓下叹途穷。
乌江自去非天意，虽败犹荣气若虹。

二〇一三年十月二十四日于江苏徐州

歌风台抒怀

夺地争天一沛公，斩蛇烹狗竟成龙。
文韬可纳千秋计，武略能招百世雄。
开国安民思虑远，归乡宴友感情浓。
汉王基业光华夏，把酒登台唱大风。

二〇一三年十月二十五日于江苏沛县

台山玉口占

补天遗石落南溟，浪洗沙磨抱性灵。
尽纳物华生异彩，一朝出世动群星。

二〇一三年十一月十四日于广东新会

咏营口

抱海含江气象殊，渡津通郡耀明珠。
山藏万宝青葱覆，港吐千金紫翠浮。
熊岳乡间留雅韵，鲅鱼圈里起宏图。
客来争解银囊带，居住观光胜五湖。

二〇一三年十二月十三日于辽宁营口

答陈荣权会长

以诗交友忆当阳，会长深情永难忘。
敲句神思传韵雅，挥毫妙笔寄心香。
谢君有意勤相问，愧我无暇总在忙。
金匾光昭知道远，吟旗高举续云航。

二〇一三年十二月十八日

贺中国百诗百联大赛

华夏百诗联赛开，五湖四海展奇才。
长沙引涨星河水，不尽吟潮滚滚来。

二〇一三年十二月二十八日于湖南长沙

2014年作品

马年迎春

盛会蓝图大幕开，神州阔步上尧台。
千秋古国迎春早，万马奔腾入梦来。

二〇一四年一月一日

痛悼张锲名誉会长

《改革》潮头唱大风，基金又建助诗功。
《热流》今引千行泪，《生命》旗扬火样红。[①]

二〇一四年一月十七日

【注】

① 长篇小说《改革者》、长篇报告文学《热流》和长篇诗歌《生命进行曲》，都是张锲同志的代表性作品；张锲同志作为中华文学基金会的主要创办者和负责人给了中华诗词学会以大力支持。

恭随周老栋公马年颂和霍老[①]

神州自古重高勋，策马乘龙共竞奔。
正气新风开万象，春潮滚滚动乾坤。

二〇一四年一月二十日

【注】

① 此处分别指周笃文教授、李栋恒将军和霍松林教授。因书中版面所限，2014 年以后增订作品中的唱和作品，原则上不在附上原唱。

奉和东遨《甲午前夜寄思》

一元新复始，万象又回轮。
莫道山川隔，倍思兄弟亲。
诗情能唤雨，心境不沾尘。
天马行空至，迎来四海春。

二〇一四年一月三十一日

奉和大进会长《甲午立春题》

江风拂煦开新雾，甲午花迎第一晨。
南北诗家抒愿景，山川原野又逢春。

二〇一四年二月四日

普洱礼赞

云南绿海耀明珠，世界天堂万象殊。
清气宜人迎远客，名茶立市展宏图。
毗邻三国金辉映，势接千秋瑞霭浮。
古道风情多异彩，诗霖入画润如酥。

二〇一四年二月九日

恭随周老奉和鹏老咏马大韵①

轻蹄高蹈太空行，常伴龙吟不废声。
边草连心催骏跃，天云入目促鹏征。
山冈岭岳呼风起，湖海江河踏浪平。
改换乾坤逢甲午，防妖御寇振长缨。

二〇一四年二月十日

【注】

① 此处分别指周笃文、沈鹏两位名家。

水调歌头·学习习近平总书记《念奴娇》寄怀

古老神州地，齐诵念奴娇。追思寄意明志，正气贯云霄。兰考焦桐新绿，榜样辉光重耀，放眼栋林高。一唱风骚领，四海起春潮。　振纲纪，除蝇虎，架金桥。亲民惠政，坚定勤勉不辞劳。万众同心凝聚，何惧征程风雨，万里靖波涛。华夏复兴路，圆梦看今朝。

二〇一四年三月二十日

（有和诗一组）

沉痛悼念周克玉首长

少小投身新四军，援朝抗美献青春。
枪林炮阵雄风在，墨海吟坛雅气存。
权重常怀兵士苦，位高尤念庶民亲。
德才兼备三星将，今使天人泪雨纷。

二〇一四年三月二十六日

谒合肥包公祠

启智寒窗地，钟灵毓秀乡。
为苗成秀干，作铁化精钢。
状纸连民舍，铡刀惊庙堂。
廉泉扬正气，遗训见忠良。

二〇一四年四月五日于安徽合肥

水调歌头·池州杏花村

久诵清明句，今到杏花村。牧童遥指深处，幽径觅知音。刺史名诗传世，酒肆杏花蜂起，以假乱其真。吟者池州任，力证扫烟氛。　古泉井，犹清冽，溢香醇。如情似梦，歌埠莲馆伴牛邻。在望九华山景，融入龙桥水榭，仙境聚人神。千载风骚地，同醉一壶春。

二〇一四年四月六日于安徽池州市杏花村

水龙吟·九华山

东南九子凌空，争穿云表青峰起。危崖拔地，芙蓉出水，雄奇秀异。南接黄山，北邻天柱，华光无际。赏松涛峡谷，渊潭瀑涧，溪流趣，清新气。　地藏禅林群寺，闪灵辉，众生纷至。莲花佛国，肉身金殿，祈迎祥祉。楚越仙台，墨家骚客，寄情联谊。望平湖浩渺，心融胜境，畅登临意。

二〇一四年四月七日于安徽青阳县九华山

追梦敬亭山

谪仙独坐敬亭山，千载追踪一梦还。
众鸟孤云何处觅，身融溪水翠峰间。

二〇一四年四月八日于安徽宣城市敬亭山
（有和诗一组）

相伴安徽行诚谢周本立会长

吟诗品酒杏花村，仙境九华开慧门。
问祖昭亭泪泉下，深情厚谊古今存。

二〇一四年四月九日于安徽宣城

敬和马凯同志《致雅集诗友》

把酒邀春月，花间雅趣生。
海棠含宿雨，骚客咏新风。
翰舞牵龙走，凤鸣朝日升。
高吟争唱和，相伴玉琴声。

二〇一四年四月十日

满庭芳·甲午海棠雅集

花应天时，春随人意，府深庭满芬芳。海棠初绽，娇美著新妆。墨客骚人又聚，仙音起、韵绕雕梁。恭王苑，琼楼玉树，倒影入清塘。

绵长，思绪里，丹墙绿瓦，见证沧桑。有遗梦红楼，异彩奇光。岁次重逢甲午，非昔比、狮醒东方。凭栏望，花团锦簇，正道莫彷徨。

二〇一四年四月十日

（有和诗一组，已收入《一唱百和同咏春》书中。）

敬和葉嘉莹先生《甲午海棠雅集绝句之四》

思乡情重意难禁，别梦依稀伴苦吟。
九秩芳华犹馥郁，海棠花下系归心。

二〇一四年四月十二日

恭贺葉嘉莹先生九秩华诞

豆蔻年华伴海棠，根深叶茂绽芬芳。
唐风宋韵身心系，九秩春秋锦绣章。

二〇一四年四月十八日于北京恭王府

题陕天然气

送情送暖送光明，心映工装火样红。
忘我献身担重任，民安国泰建奇功。

二〇一四年四月二十一日于陕西延安

延安行吟

一、宝塔山

梦绕魂牵宝塔山，春光伴我到延安。
红旗指处乾坤变，多少风云天地间。

二、南泥湾

黄土高坡水稻田，果真陕北好江南。
硝烟散尽风光在，美妙歌声飞满天。

三、王家坪

寻常窑洞小山村，虎帐曾挥八路军。
浩气雄风今尚在，运筹帷幄信如神。

四、杨家岭

油灯土洞著鸿篇，真理光辉照大千。
讲话春风吹禹甸，万紫千红花满园。

五、延河

激流滚滚荡洪波，汇入黄河谱壮歌。
唤起中华齐抗战，而今两岸颂祥和。

六、枣园

奏凯催征大本营，帅旗挥动鼓雄风。
园中盛会开新宇，放眼东方旭日升。

七、鲁艺

良才新秀起摇篮，窑洞辉光映碧天。
新华文艺明星谱，多在师生名字间。

二〇一四年四月二十二至二十三日于陕西延安

沁园春·礼赞赵亚夫

科技兴农，根系山乡，立地顶天。践百年一诺，帮民致富；千辛万苦，济世除难。东渡求知，草莓引进，稻麦人家果品鲜。葡萄架，串香甜沃野，丰硕秋原。　　有机高效粮田。岗坡地、掏金喜可观。历三番探索，亲身试验；多方教授，率众攻关。地震前沿，四川援建，抱病传经示范园。平生愿，葆先锋本色，沥胆披肝。

二〇一四年五月十五日

“最美家庭”樊桂英家

桂树分生三十枝，适逢八月溢香时。
草心倾报春晖暖，夕照青山展碧姿。

二〇一四年五月十五日

巽寮湾

八卦图中起巽寮，白金蓝翠缀奇礁。
沙堤长坝铺珠玉，画意诗情逐海潮。

二〇一四年五月二十三日

海王子诗词峰会

巽寮迎雅客，云会五洲天。
睿智催星灿，诗情逐梦圆。
大家谋大事，高策聚高贤。
王子传奇在，学习当率先。

二〇一四年五月二十三日

巽寮渔趣

巽寮仙子展风姿，骚客捞鱼乐不支。
出海归来惊煞眼，三虾两蟹一囊诗。

二〇一四年五月二十四日

惠州西湖咏叹

西子乘风下惠州，苏堤两岸共春秋。
朝云暮雨相思泪，情满平湖意满楼。

二〇一四年五月二十五日

以俭养德

华夏千秋重养德，成由勤俭败由奢。
先贤古圣箴言在，化怨消仇万象和。

二〇一四年六月五日

勿忘“九一八”

世代铭国耻，勿忘“九一八”。
警示钟常响，神州正奋发。

二〇一四年六月五日

满江红·卢沟桥事变

千古卢沟，桥头堡，枪声激烈。睁睡眼，众狮齐吼，夜空撕裂。刀砍鬼头争寸土，身迎炮火拼颅血。宛平城，牵动万人心，群情切。　　柳湖耻[①]，犹未雪；兄弟阋，当停歇。铸忠魂血肉，筑城如铁。九域怒潮淹敌寇，八年烽火烧妖孽。战旗挥，奋起保中华，同心结。

二〇一四年六月五日

【注】

①柳湖耻，指柳条湖事变，即九一八事变。

减字木兰花·题南京大屠杀遇难同胞纪念馆

一颅怒目，卅万同胞遭杀戮。野兽军团，暴虐凶惨绝宇寰。　　如山铁证，犯罪事实当反省。又起阴云，警惕倭魔招鬼魂。

二〇一四年六月七日

沁园春·诗魂中华

古老文明，千载骚魂，独秀宇中。自诗经集典，楚辞添彩，唐风问鼎，宋韵争雄。元曲新弹，明清别唱，曾遇寒霜依旧红。逢春雨，看群芳吐艳，万木葱茏。　　天生华贵雍容。四声字，图形音律融。赞抑扬顿挫，寄怀似酒，均齐对称，悦目如虹。妇幼同吟，城乡共咏，锦绣神州颂雅风。扬国粹，把心灵滋润，意远情浓。

二〇一四年六月九日

桂林山水雅集步韵奉和侯孝琼教授减字木兰花（二首）

之一

灵山秀水，水绕山环如梦美。绿野琼枝，城满风情树满诗。　　名扬天下，骚客试才多倚马。榕映明湖，锦绣荧屏诗画图。

之二

非来不可，身入桂林心忘我。碧水倾情，八面青峰侧耳听。　　他平你仄，诗捧江山添秀色。重振骚魂，华夏吟坛逐日新。

二〇一四年六月二十四日

水调歌头·北流寄怀

粤桂通衢处，千载铸文明。圭江北去流向，名郡自天成。铜鼓一鸣盖世，边远贬官鸿迹，蓄势促繁荣。更有陶瓷著，最数影青精。　　英雄地，勾漏洞，旅游城。能工巧匠，科技致富起群星。渔牧农林兴旺，龙眼荔枝增彩，创汇路新型。再绘宏图愿，万里展鹏程。

二〇一四年七月二日于广西北流市

北流鬼门关口占

古贤生度鬼门关，瘴气险山非等闲。[①]
浩荡东风天地换，吟诗偕友任回还。

二〇一四年七月三日于广西北流市

【注】

① 唐朝宰相李德裕被贬琼州途经北流鬼门关时，曾经留有“生度鬼门关”等诗句。

参观百色起义纪念馆

百色枪声天地惊，摧枯拉朽焕春荣。
伟人虽去辉光在，致富常怀邓小平。

二〇一四年七月五日于广西百色市

凌云弄福公路

手牵公路过危山，百转千回云雾间。
历尽辛劳奇迹现，成功脚底是艰难。

二〇一四年七月六日于广西凌云县

凌云水源洞

千里珠江溯水源，山开灵境洞中天。
休言粤桂蓬莱远，身入此间人亦仙。

二〇一四年七月六日于广西凌云县

乐业大石围天坑

造物神奇秀，天然陷巨坑。
周崖围壁峭，深底荡烟轻。
俯瞰山林密，仰观空际平。
人间能几有，峻险五洲惊。

二〇一四年七月七日于广西乐业县大石围天坑

平果县布镜湖荷莲世界

芬芳八桂百花开，布镜结缘仙子来。
万种风情天上客，荷莲朵朵下瑶台。

二〇一四年七月八日于广西平果县布镜湖

访李白故里

陇西曾拜祖，今日到江油。
故里骚魂在，新园史迹留。
行吟歌万象，邀月咏千秋。
举酒诗仙会，开怀共醉讴。

二〇一四年七月十七日于四川江油市

参观七曲山文昌大庙桂香殿有感

天聋地哑护文昌，吏治从严寓意长。
折桂题名天下瞩，清廉公正选贤良。

二〇一四年七月十八日于四川梓潼文昌祖庭

剑门关咏叹

蜀道咽喉处，巍峨起剑门。
山崩摧壮士，梯架慰雄魂。
黄鹤愁怀在，猿猱嗟叹存。
而今惊望眼，高路贯乾坤。

二〇一四年七月十九日于四川广元市剑门关

翠云廊古蜀道口占

十万柏阴三百里，一廊云翠两千春。
金牛古道兴亡事，雨洗封尘物象新。

二〇一四年七月十九日于广元市翠云廊

明月峡古栈道口占

天梯石栈勾连紧，惊叹当年蜀道难。
绝壁凌空开路径，诗仙笔下起波澜。

二〇一四年七月二十日于广元市明月峡

祝贺钟家佐诗词研讨会成功

墨艺骚魂气韵华，邀朋煮酒品诗茶。
真知北海千重浪，灼见南天万里霞。
热血一腔扬国粹，清风两袖绽心花。
豪情挥洒青春驻，康乐人生无际涯。

二〇一四年七月二十五日

题刘振起上将红梅报春图

物华天宝，百花争妍；冬去春来，一梅当先。梅花，虽不及月季之常美，不及桃花之娇艳，不及牡丹之华贵，不及兰蕙之幽雅，但古往今来，却被文人墨客推崇有加。所以然者何？梅花精神之高洁也。隆冬腊月，朔风呼啸，千里冰封，万木萧条。惟梅花不畏严寒，铁骨铮铮，傲雪开放，呼唤群芳。且梅花心境坦然，寂寥恬淡，超凡脱俗，不争春斗艳，即使山花烂漫，也只含笑花丛。留给人间的是清香，守住自己的是淡定。此乃文人雅士心灵之高标。刘振起将军以习画学艺之坦诚情怀，淡入丹青艺坛，成果斐然。在水墨葡萄和繁茂紫藤创作取得硕果之后，又挥笔铁骨寒风，挥洒梅品琴心，正是清香淡雅之人生写照也。岁次甲午，李文朝敬撰奉题，刘振起画。有诗赞曰：

铁骨凌寒傲雪姿，红梅正唤百花时。
清香惹得人心醉，大写春风第一枝。

二〇一四年七月二十五日

李大钊颂

北李南陈播火忙，茫茫长夜唤晨光。
红楼振臂风雷动，黑狱抒怀意气扬。
纬地铁肩担道义，经天妙手著文章。
绞刑架下传真理，青史千秋颂守常。

二〇一四年八月二日

【注】

李大钊字守常。

满庭芳·校园之春

步贵州大学冯老原玉。

桃李芬芳，古松苍翠，校区浓写春天。百花争艳，七彩汇毫端。学子辛勤奋勉，求知路，不敢偷闲。争分秒，登攀励志，当趁好华年。名园。新贵大，弘诗重教，风雅平添。引南北骚朋，唱和欣然。杨柳枝繁叶茂，逢时雨，再展佳篇。青春梦，前程似锦，鹏翼过关山。

二〇一四年八月三日

贺山西诗词学会成立三十周年

创业开坛已卅年，晋山汾水满诗篇。
新雏老凤清音里，不尽才思难老泉。

二〇一四年八月十五日

参观四平战役纪念馆

军事咽喉势必争，四平四战显威名。
攻防夺占乾坤转，浩气雄风神鬼惊。

二〇一四年八月二十八日

长相思·纳兰祖地行——步纳兰性德韵

云一程，雾一程。飞向楞伽祖地行[①]，艺林寻慧灯。吟一更，诵一更。饮水词篇沥血成，蓦然天籁声。

二〇一四年八月二十八日

【注】

① 纳兰性德号楞伽山人。

王渔洋

忠勤廉慎尚书郎，一代诗宗百世芳。
秋柳四章惊社稷，春园几度耀朝堂。
批风抹月扬神韵，弄水吟山溢采光。
尽得风流无一字，鸿儒俊士看渔洋。

二〇一四年九月八日

奉和赵焱森吟长《南岳论廉》

南岳论廉明志坚，清风正气自天然。
泉冲残叶无相染，花送幽香不斗妍。
松浪惊涛雷近响，石崖峭壁剑高悬。
寿山久察尘寰事，多少悲欢一念间。

二〇一四年九月十五日

咏瑞昌

瑞祥昌盛地，千载冶青铜。
纸剪开新韵，竹编传古风。
一山奇洞探，九省坦途通。
水道黄金灿，卫星升碧空。

二〇一四年九月二十一日于江西瑞昌

西安曲江寒窑

寒窑往事越千年，动地感天王宝钏。
苦尽甘来悲喜剧，长留贞烈在人间。

二〇一四年九月二十八日于西安

恭贺周笃老八秩华诞

宋韵唐风一脉流，志存高远意相投。
春秋八秩长青树，花果诗山任采收。

二〇一四年九月二十八日

贺湖南农村诗词工作经验交流会

乡贤骚客会湖湘，泥土诗花韵味长。
送宝传经香万里，神州村镇耀星光。

二〇一四年十月十三日于湖南湘潭

云湖夜饮

京湘吟友会云湖，夜饮狂欢礼秩无。
妙令传杯诗引画，清才脱口玉联珠。
放歌唱落波中月，漫舞飘升天上图。
几度桥头相别送，依依不舍忘情呼。

二〇一四年十月十三日于湖南湘潭云湖桥镇
（有和诗一组，已收入《一唱百和同咏春》书中。）

考察验收临武县诗乡创建口占

武水拖蓝景色殊，千秋古邑起新图。
诗乡筑梦添风雅，化育人文瑞气浮。

二〇一四年十月十五日于湖南临武

郴州五岭阁抒怀

五岭阁高凌九霄，青山碧水荡心潮。
层楼更上宏图展，大美林城分外娇。

二〇一四年十月十六日于郴州

踏莎行·郴州三绝碑步秦少游韵[①]

妙跋霄台，奇词汉渡，神书绝碣云高处。愁肠寄意逾时空，情深不记朝和暮。　南岭飘红，北原裹素，山川赞语真无数。苏仙仰慕到人间，文星化羽升天去。

二〇一四年十月十七日于湖南郴州

【注】

① 三绝碑，在湖南郴州市苏仙岭公园内白鹿洞石壁上。上刻米芾书写秦少游的词《踏莎行·郴州旅舍》和苏轼写的跋，世称词、跋、书法“三绝”。

贺首届中国兵商泰山论坛

商道兵魂会泰山，奇谋睿智胜神仙。
登峰极顶群峦小，圆梦人生耀九天。

二〇一四年十月二十五日于泰安

恒源兵器（藏头诗）

恒久牢牢操胜券，源头活水汇金川。
兵魂商道争雄者，器利才高志比天。

二〇一四年十月二十六日于泰安

祝贺北京 APEC 会议

鸟巢新映碧波方，远雁栖湖连大洋。
上善情怀真若水，同赢共富耀华邦。

二〇一四年十一月十二日

祝贺临高荣获中华诗词之乡

仙人指路上临高，百仞滩头卷大潮。①
古邑先贤传雅韵，金牌焕彩映云霄。

二〇一四年十一月十五日于海南临高

【注】

①“仙人指路”、“百仞滩”和“金牌港”均为临高县的景点或地名。

十六字令·临高角渡海解放烈士碑咏叹（三首）

之一

船。军舰民舟战海天。千帆渡，登岛凯歌传。

之二

人。赤胆忠心铸战魂。冲天堑，渡海换乾坤。

之三

碑。祭奠英灵泪雨飞。千秋仰，日月永同辉。

二〇一四年十一月十六日于海南临高

儋州咏叹

儋州有幸迎苏子，教化人文惠海南。
三载耕耘芳百世，蛮荒雨润起晴岚。

二〇一四年十一月十七日于海南儋州

儋州东坡书院

问字求知载酒堂，春风化雨润洪荒。
东坡学士文光在，施教黎民继世长。

二〇一四年十一月十七日于海南儋州

洋浦千年古盐田

天然原始古盐田，工艺千秋一脉传。
玄武岩槽呈砚式，泥沙卤水载丰年。

二〇一四年十一月十八日于海南儋州

五指山

巨掌指青天，摩云柱海南。
一山分四季，双咏越千年。
汉月荒蛮地，唐风教化篇。
缘何雄险秀？五岳与根连。

二〇一四年十一月十八日于海南五指山

重访天涯海角得句

曾来观海柱，今又到天涯。
塞北邀明月，江南摘彩霞。
石头成胜景，墨迹绽奇葩。
笔点金辉闪，诗潮逐浪花。

二〇一四年十一月十九于海南三亚

题神泉集团南田农场

神泉喷圣水，胜境化仙乡。
沃壤生奇迹，南田焕彩光。

二〇一四年十一月二十日于海南三亚

万宁东山岭咏叹

天中有洞洞天蓝，胜境禅林立海南。
谪相魂归雕像在，东山再起意深含①。

二〇一四年十一月二十日于海南万宁

【注】

①谪相，指宋代宰相李纲，相传到达贬所三日后又被召回。

水调歌头·万泉河

五指山溪水，孕育万泉河。三江一口交汇，南海壮洪波。两岸奇峰竞秀，百里迷人画卷，林木影婆娑。热带原生态，物种自繁多。　　尘寰事，英雄气，谱长歌。翻身解放，红色娘子舞兵戈。承继光荣传统，打造田园市镇，创业不蹉跎。筑梦开新路，琼岛起巍峨。

二〇一四年十一月二十一日于海南琼海

海口红树林

红树丛林漫海滨，波淹浪撼自生存。
鱼虾鳖蟹繁衍地，候鸟飞来竞妙音。

二〇一四年十一月二十二日于海南海口

五公祠凭吊

万里投荒非不幸，润民施雨布春风。
权奸当道终遗臭，千古流芳颂五公。

二〇一四年十一月二十二日于海南海口

海口火山口公园

山口空将火字留，青葱覆盖茂林稠。
岩浆喷过千年后，万种风情伴客游。

二〇一四年十一月二十三日于海南海口

咏莒南

红都齐鲁小延安，佛卧青云化翠峦。
换地改天兴伟业，诗乡春锦著花繁。

二〇一四年十一月二十六日

水调歌头·临沧

临近澜沧水，横断叠青山。西南茶马丝路，空碧彩云闲。风雨三千岁月，崖画光鲜依旧，举世叹奇观。原始群居处，世外觅桃源。　　赏林海，登雪岭，改洪川。漫湾百里，湖景长卷映晴烟。滇缅交通门户，南亚黄金口岸，协力建家园。孔雀开屏地，幸福满人间。

二〇一四年十二月十五日于云南临沧

沧源抒怀

阿佤唱新歌，葫芦故事多。
山区传赤帜，原野涌青波。
崖壁千秋画，烟村十里萝。
源头开富路，金浪汇长河。

二〇一四年十二月十六日于云南沧源

沧源翁丁原始部落

茅草棚房原始村，剽牛桩下祭牛魂。
翁丁部落仙云绕，佤寨风情古韵存。

二〇一四年十二月十七日于云南沧源翁丁

题班洪抗英纪念碑

敌犯边陲杀气狂，剽牛歃血抗西洋。
米旗倾偃残兵遁，卫国雄风振佤乡。

二〇一四年十二月十七日于云南沧源班洪乡

咏耿马孟定镇

大地如琴河似弦，傣家三妹舞翩跹。
白绵纸艺惊寰宇，火热情怀四季天。

二〇一四年十二月十七日于云南耿马孟定镇

咏耿马

人随白马寻金地，滇缅边陲聚宝乡。
亚热风情多异彩，雪山汀坝孕芬芳。

二〇一四年十二月十八日于云南耿马县境

鸟瞰大美临沧

人间仙界景难分，伴我身边七彩云。
大美临沧披锦绣，山川风物化诗文。

二〇一四年十二月十九日于云南临沧上空

澜沧江

波澜壮阔奔沧海，横断重山走巨龙。
两岸风光千里秀，一行诗句入长空。

二〇一四年十二月十九日于云南

2015年作品

乙未贺春

一马当先收硕果，三羊开泰贺元春。
六经传世人长久，九域同圆国梦新。

二〇一五年一月一日

奉和黄锡昂吟兄

商海边关路万重，殊途报国会奇踪。
酬勤天道双圆梦，难老诗心两学童。
戎马征人扬雅韵，陶朱来者畅吟风。
休言术业谁先后，把酒倾杯恨晚逢。

二〇一五年一月二日

贺芙蓉诗社成立三十年

花都繁百卉，最美数芙蓉。
诗社群贤聚，芳馨卅载浓。

二〇一五年一月九日

京杭线咏叹

千里京杭一日中，火车窗外雾霾浓。
阴沉沿线无间断，环保还需刮劲风。

二〇一五年一月二十五日于京沪杭高铁

咏丽水

九山半水半分田，绿谷浙南林海连。
岩岭东西能入胜，石门内外可成仙。
瓷辉剑气灵根老，地貌天光本色妍。
更喜藏金真富矿，一方锦绣映晴川。

二〇一五年一月二十六日于浙江丽水

青田石门洞

旗鼓山门一扇开，洞天福地隐瑶台。
悬崖飞瀑银珠洒，胜迹仙风扑面来。

二〇一五年一月二十六日于浙江丽水

龙泉剑抒怀

戎马情怀不下鞍，雄风浩气仗龙泉。
今来宝剑生成地，怒吼仍教倭胆寒。

二〇一五年一月二十六日于浙江丽水

缙云鼎湖峰口占

湖在鼎峰峰顶湖，擎天拔地一山孤。
休言水面微如碗，无限风光耀帝都。

二〇一五年一月二十七日于浙江缙云

缙云倪翁洞

曲径幽深入洞中，神姿仙态卧倪翁。
摩崖石刻琳琅满，宋韵唐风一脉通。

二〇一五年一月二十七日于浙江缙云

瓯江口占

波平江水静，山倒映清澄。
帆影连飞鸟，晴川展画屏。

二〇一五年一月二十八日于浙江丽水

立春

一元今复始，万象又更新。
禹甸东风劲，十方争报春。

二〇一五年二月四日

出席 2015 年春节团拜会感怀

三羊开泰送春光，喜庆祥和满会堂。
团拜凝魂同聚气，中华圆梦步康庄。

二〇一五年二月十七日于人民大会堂

为乙未春节遇雨水而作

百年难遇雨浇春，水润华滋万木新。
解冻江河添暖意，天从人愿惠黎民。

二〇一五年二月十九日

沉痛悼念谭克平先生

驼峰航线壮威名，飞虎英雄赤子情。
身在他邦扬国粹，心将已愿化吟旌。
弘诗沥血承先祖，设奖解囊扶后生。
今驾仙云乘鹤去，骚坛泪雨洒华京。

二〇一五年三月七日

赞微型电影

电影微型化，福临你我他。
生活添异彩，艺术绽奇葩。

二〇一五年三月十九日

古风·血肉筑长城

——为中国人民抗日战争胜利70周年而作

抗战胜利，转瞬七秩。东瀛阴云，引发忧思。义勇壮曲，萦绕脑际。奋然命笔，醒人警世。

序曲

古老东方地，千秋腾巨龙。
宏文兼烈武，万国仰英风。
盛世余荣光，鸦片肇祸殃。
甲午风烟惨，中华恸国殇。
柳条湖事变，东北遭沦陷。
狮吼卢沟桥，同仇齐抗战。
汪伪叛南京，陕北起红星。
民族危亡际，血肉筑长城。

第一部　国破家亡

富庶松花江，沦丧泣爹娘。
流淌亡国恨，悲歌念故乡。
抚顺平顶山，喋血星月暗。
扫射妇幼老，尸堆付烈焰。
山西天镇县，罪证如铁山。
劈妇摔童稚，残暴绝人寰。

野兽占南京，疯狂大屠城。
同胞三十万，血流大江腥。
父兄遭杀戮，姐妹被奸淫。
浮尸江流断，天地荡悲音。
活人试细菌，魔鬼忒残忍。
万恶七三一，杀人把血吮。
铁蹄踏城乡，腥风血雨狂。
烧杀加抢掠，满目尽“三光”。
覆巢无完卵，国破家难全。
生路只一个，奋起抗敌顽。

第二部 浴血抵抗

白山黑水间，抗日怒火燃。
义勇军威壮，倭贼心胆寒。
上海一二八，拼命把敌杀。
迫寇三换将，敌羞难洗刷。
长城布防线，同盟戮力战。
血火白余天，侵华诡计变。
宛平炮声响，守军浴血抗。
将士抛头颅，气吞山河壮。
淞沪八一三，日军挑战端。
交兵水空陆，速决迷梦残。
太原战幕拉，携手威力大。
首胜平型关，强敌破神话。
切断同蒲线，威震雁门关。

奇袭阳明堡，敌机化灰烟。
徐州阵势强，血战台儿庄。
万倭葬一役，军民斗志昂。
武汉抓战机，重兵抗敌师。
歼寇逾三万，战略转相持。

第三部　砥柱中流

大河万里去，中流赖砥柱。
风雨夜茫茫，明灯指道路。
蒋公算盘精，保家护朝廷。
攘外先安内，犯敌有机乘。
下令不抵抗，国门进豺狼。
侵吞东三省，勿须费弹枪。
锤镰红星起，救亡承大义。
兄弟止阋墙，抗日同心志。
天怒人心怨，西安生事变。
兵谏华清池，统一成战线。
正面排战场，敌后游击忙。
城乡连山野，众志筑铜墙。
南昌战火猛，长沙炮声隆。
桂南斗兵阵，枣宜亮剑锋。
百团大开战，瘫痪交通线。
八路壮军威，日伪蒙头转。
残酷大扫荡，倭魔报复狂。
广大解放区，成为主战场。

地雷战法精，地道出奇兵。
椰林传捷报，江南遍杀声。
峥嵘岁月稠，真理照心头。
布设天罗网，火阵烧野牛。

第四部　正义伸张

一篇持久战，长夜明灯灿。
抗战整八年，预言得实现。
倭贼不自量，贪心蛇吞象。
弹丸国力尽，丧钟已敲响。
敌我抗时空，相持转反攻。
强弩临末势，残云遇劲风。
长城号角吹，海南穷寇追。
黄河怒涛卷，大江巨浪推。
飞虎越驼峰，远征建奇功。
华侨解囊助，后方力协同。
玩火太平洋，丧心真病狂。
美军投核弹，日寇心惶惶。
苏联出重兵，铁帚扫关东。
捉襟已见肘，困兽叹途穷。
中华齐动员，汪洋卷巨澜。
残敌遭灭顶，禹甸凯歌传。
远东大审判，高扬正义剑。
战犯终伏法，绞刑送魂断。

尾声

时过七十春，东瀛起阴云。
余孽劣根固，鬼孙拜鬼魂。
恶行露嘴脸，包藏祸心显。
前事今之师，悲剧休重演。
知耻近乎勇，发奋图强盛。
富国加强兵，圆我复兴梦。
万众一心行，钢铁铸长城。
手握倚天剑，持久保和平。

二〇一五年三月二十九日于北京

浣溪沙·乡愁

乙未海棠主题雅集即赋。

少小离家四海游，魂牵故里是乡愁。亲人音貌绕心头。　　风雨兼程千万里，蓦然回首水云悠。海棠花下寄情柔。

二〇一五年四月十三日于北京恭王府

题“沂蒙红嫂”雕塑

大爱无垠气若虹，千秋红嫂耀沂蒙。
情深似海汤汁里，恩重如山怀抱中。

二〇一五年四月十四日

知恩寸草报春晖

九州贫弱势衰微，红日东升彩梦飞。
换地改天甘露洒，知恩寸草报春晖。

二〇一五年五月一日

寿光

古邑新城赞寿光，祖师造字继年长。
齐民要术农称圣，鲁地神棚菜誉王。
龙堡春秋存厚重，盐都岁月铸荣昌。
蓝天碧水金牌闪，又创诗乡登雅堂。

二〇一五年五月九日于山东寿光

白岩山

山群石帽火喷成，似玉如冰丽质生。
厚重人文称岳祖，神姿仙态万峰倾。

二〇一五年五月十二日

乙未壮怀

拼将血肉筑长城，百载抗倭终打赢。
七秩春秋妖雾起，倚天利剑保和平。

二〇一五年五月十六日

恭贺刘征老九秩大寿

骄人成就耀诗天，德艺双馨不老仙。
精品高标真善美，开新继雅勇当先。

二〇一五年五月十九日

临江仙·彭水

巴郡千秋城邑，东南锁钥渝门。土楼苗寨一家亲。天堂繁物种，文脉养灵根。　生态旅游方略，招财聚宝凝魂。阿依河上会佳人。情牵天下手，梦醉五洲宾。

二〇一五年六月二十九日于重庆彭水县

阿依河

地缝冲开一线天，瑶池落水化灵川。
浆摇山韵仙音绕，板跨云桥翠壁连。
诗意生辉融画卷，爱情给力润心田。
阿依含笑轻招手①，似问谁来把梦圆。

二〇一五年六月二十九日于重庆彭水县阿依河

【注】

① 阿依，苗语指年轻姑娘。

龙水峡地缝

巨缝神开万丈深，悬崖直下地之心。
钻过空幽临秘境，瀑啸龙吟起妙音。

二〇一五年七月一日于重庆武隆

水龙吟·武隆天生三桥

武陵仙态千姿，天成地造三桥起。横空拱跨，深坑峭壁，浑然一体。木秀林森，石奇山峻，洞幽峰异。那恢宏气势，原生状貌，凭栏问，谁堪比？　雾锁悬崖神秘，降天兵，战机知未？[①]刀光剑影，爱仇情恨，长藤垂泪。飞瀑流泉，碧潭青谷，草茵溪水。步沧桑曲径，时空隧道，悟尘寰事。

二〇一五年七月一日于重庆武隆

【注】

① 此处是电影《满城尽带黄金甲》外景拍摄地。

题涪陵九中

远嘱高瞻基础抓，国魂精粹润新芽。
育才特色风骚领，独秀涪陵诗教花。

二〇一五年七月二日于重庆涪陵

白鹤梁水下博物馆

长江浪底透神窗，惊世奇观白鹤梁。
千载水文监测站，龙宫藏宝溢书香。

二〇一五年七月二日于重庆涪陵

题景圣中学

景仰先贤圣，高标育后昆。
国魂薪火递，诗教耀黉门。

二〇一五年七月三日于重庆永川景圣中学

永川茶山竹海

世外神居地，青葱飞巨龙。
茶山飘玉韵，竹海觅仙踪。
酒醉金盆雨，诗吟翠岭松。
四时皆画卷，三教共相容。

二〇一五年七月四日于重庆永川

敬和马凯同志《写在中华诗词学会第四次代表大会召开之际》

吟潮动地步趋迟，老树新花绽满枝。
万里风光凭畅想，千秋思绪任飞驰。
人疑高曲难赓赋，代有英才出好诗。
国运昌明文运盛，复兴圆梦正当时。

二〇一五年七月二十八日

沉痛悼念张同吾老师

满腹经纶八斗才，华章妙笔锦云开。
吟坛鉴宝播春者，驾鹤飞天动地哀。

二〇一五年八月十二日

科尔沁大青沟

人间秘境大青沟，原始森林物种稠。
烈日当空雨丝下，寒冰冻地水花流。
溪波着意托红寺，沙漠随心孕绿洲。
更有传奇神话在，百家骚客共吟讴。

二〇一五年八月十六日于内蒙古科尔沁大青沟

贺科尔沁诗人节

秋韵如诗科尔沁，草原千里荡芳音。
九州雅士云峰会，一脉风骚贯古今。

二〇一五年八月十七日于内蒙古科尔沁

孝庄皇太后

人间美玉自天生，蒙满联姻大器成。
历助三朝开盛世，匡扶两帝斗妖鲸。
中流砥柱刚柔济，大内核心夷险平。
不让须眉操胜券，德贤智勇定皇清。

二〇一五年八月十八日于内蒙古通辽孝庄园

抗战胜利大阅兵

震撼东方大阅兵，人民胜利鬼魂惊。
老兵列阵狮威显，少将排头虎气生。
动地铁流彰正义，铺天彩练写文明。
长城已若金汤固，宝剑锋寒佑太平。

二〇一五年九月三日

贺沂蒙战友诗社成立

昨日军营百炼身，今朝雅苑铸诗魂。
老兵自有超人处，再写辉煌入翰林。

二〇一五年九月二十三日

中秋夜登北京饭店楼顶赏月不遇

近在端门侧，登高感慨多。
楼林成霓海，车水汇灯河。
仰望云藏影，俯观光溢波。
恍然心敞亮，诗境会嫦娥。

二〇一五年九月二十九日

开封寄怀

八朝帝业系汴京，黄泛沙埋摞古城。
铁面诤臣彰佛塔[①]，金刀良将卫龙亭。
上河园现清明景，圆梦图开昌盛屏。
崛起中原真宝地，千秋都市跨新程。

二〇一五年十月一日

【注】

① 这里的佛塔，特指铁塔。

太湖县考察诗乡有感

皖西诗教耀明珠，寻宝取经来太湖。
朴老遗风扬雅韵[①]，稚童新梦绘宏图。
诗台建起连天咏，网站开通动地呼。
硕果深情迎远客，冰心一片满琼壶。

二〇一五年十月十八日于安徽太湖县

【注】

① 朴老，指已故文化名家赵朴初，太湖县人，县里建有赵朴初文化园等纪念设施。

题铜陵县胥坝乡（江心洲）

万里江心一小洲，开荒筑梦度千秋。
诗乡创建承唐宋，大写风流到浪头。

二〇一五年十月二十日于安徽铜陵县

桃花潭怀古

万家酒店一旗风，十里桃花谈笑中。
千尺深情千载唱，潭波云影觅仙踪。

二〇一五年十月二十日于安徽泾县桃花潭

桃花潭咏今

青江一段水幽深，名曰桃花潭醉人。
古渡踏歌千载过，万家美梦已成真。

二〇一五年十月二十一日于安徽泾县桃花潭

宣城抒怀

宛陵千载钟灵地，大邑通都鱼米乡。
峰映三湖连画境，人传四宝耀文房。
诗山雅韵乾坤广，云岭雄魂日月长。
壮美园林添锦绣，争先跨越勇担当。

二〇一五年十月二十二日于安徽宣城

郎溪寄怀

江南水韵郎川美，誉满神州瑞草魁。
石佛撑云云海涌，伍牙飞翠翠岚追。
通衢三省鹏程展，承脉九华心梦回。
楚尾吴头风雅地，跨越奔腾快马催。

二〇一五年十月二十二日于安徽郎溪

“习马会”点赞

相逢握手一家亲，打断骨头连着筋。
莫使儿孙重洒泪，和谐两岸不离分。

二〇一五年十一月十一日

奉和周老笃文教授咏黄山谷[①]

诗书绝妙自优长，至孝情深似海洋。
德艺流芳传万世，千秋双井耀荣光。

二〇一五年十一月十一日

【注】

① 黄山谷，即黄庭坚，北宋伟大的书法家，江西诗派的领袖，“中华二十四孝”故事主人公之一。修水县双井村人。

贺杏花诗社成立五周年

杏花开放五春秋，玉叶琼枝硕果稠。
姐妹同心扬雅韵，高台百尺再登楼。

二〇一五年十一月二十九日

题安陆市紫金路小学

书院文光耀汉东，育才培栋建丰功。
紫金路上新星起，继宋承唐颂雅风。

二〇一五年十二月三日于湖北省安陆市

安陆白兆山

——步唐代李白《山中问答》韵[①]

谪仙隐迹化名山，千载风骚非等闲。
岩下桃花依旧笑，诗情已上碧云间。

二〇一五年十二月三日于湖北省安陆市白兆山

【注】

① 唐代李白在27岁至37岁十年间曾住在安陆白兆山（又名碧山）下桃花岩，自述“酒隐安陆，磋砣十年”。并称“我向淮南攀桂枝”，在这里娶了当地名门望族唐高宗时期宰相许圉师的孙女许氏为妻，生有一男一女。

临江仙·北京首个空气污染红色预警日乘飞机赴港升空有感

千载城池霾雾锁，京华预警飙红。青山碧水掩仙容。飞机穿幕幔，万里见晴空。　　俯瞰云层铅带裹，心灵震响洪钟。源头治理觅真凶。齐心除病灶，多管净天风。

二〇一五年十二月八日于北京至香港途中

奉和蔡瑞义会长《贺香港厦门联谊总会换届成功》

文明禹甸五千年，鹭港山峦别有巅。
龙裔九州同筑梦，华光四海共争妍。
放声高唱连心曲，携手齐书创业篇。
联谊仁人抒壮志，宏图再展耀南天。

二〇一五年十二月九日于香港

参观香港九龙寨城遗址

蜗穴蜂巢挤九龙，潜逃偷渡寨城中。
乌鸦离去成金凤，万象人间觅旧踪。

二〇一五年十二月十日于香港

深圳“京基一百”高楼雅聚奉领“晴”字答谢林锡彬会长暨诸诗友

二〇一五年十二月十二日，余赴香港参加完系列文化活动返回途经深圳。深圳诗词学会林锡彬会长及诸诗友在深圳“京基一百”高楼为我接风雅聚，共商以刘禹锡“晴空一鹤排云上，便引诗情到碧霄”诗句为基准，每人拈一字作为韵脚赋诗助兴，我奉领第一个“晴”字。

如洗长空万里晴，高楼百丈会群英。
盛情斟满江河海，醉意邀齐日月星。
怀古思贤追鹤影，咏今圆梦起鹏城。
刘郎闻讯乘风至，把酒也加兄弟盟。

二〇一五年十二月十二日于深圳

参观黄遵宪故居

出使邦交醒世深，吟坛革命发强音。
经纶满腹培桃李，我手诗文写我心。

二〇一五年十二月十四日于广东梅州

贺梅州荣膺中华诗词之市

根系中原岁月悠，客家文脉汇梅州。
灵山秀水清音远，青史丰碑雅士稠。
开国元戎豪气在，出洋侨领祖祠留。
弘诗兴市金牌闪，圆梦图强更上楼。

二〇一五年十二月十五日于广东梅州

参观叶剑英元帅纪念馆及故居

武略文韬集一身，元戎本色是诗人。
吕端诸葛遗风在，化险为夷信若神。

二〇一五年十二月十五日于广东梅县

参观丘逢甲故居

大纛抗倭明志坚，一曲春愁动地天。
远继先芬培后进[①]，满园桃李慰先贤。

二〇一五年十二月十六日于广东蕉岭县

【注】

① 丘逢甲故居“培远堂”，两侧楹联是“培栽后进，远继先芬。”

题“辉骏科技”（藏头）

辉煌创业起艰辛，骏马腾飞奇若神。
科学征程排险阻，技精德厚耀星辰。

二〇一五年十二月十六日广东五华县

河源万绿湖战友泛舟

粤天冬日暖阳柔，万绿湖中泛玉舟。
战友情深千尺碧[①]，临风把酒醉方休。

二〇一五年十二月十七日于广东河源市

【注】

① 此句借用李白“桃花潭水深千尺”诗意，事实上，万绿湖的水碧如玉，深度胜过桃花潭十倍之多。

贺潇虹画展

妙笔丹青气象新，红梅引绽满园春。
花繁叶茂风吹动，硕果晶莹可乱真。

二〇一五年十二月二十六日

题红梅报春图

铁骨铜枝点点红，稍头笔走起春风。
透空犹感冬寒在，暖意已含花讯中。

二〇一五年十二月二十六日

题葡萄硕果图

笔落活鲜生绿藤，葡萄串串透晶莹。
珠圆玉润浓情满，甘美芬芳溢画屏。

二〇一五年十二月二十六日

贺陈思明诗集《思明集》出版

气贯长虹势，情牵四海云。
锦心涵万象，铁笔扫千军。
古道开新界，名山聚瑞氛。
深思明至理，彻悟化诗文。

二〇一五年十二月二十七日

敬题台前黄河将军渡

战略反攻开序幕，黄河天堑过神兵。
将军渡口雄风在，横扫残云迎晓晴。

二〇一五年十二月三十日

2016年作品

丙申贺岁

舜地尧天硕果丰，新常态下自从容。
云帆直挂征沧海，火箭升腾探太空。
挥剑域中除孽虎，结缘寰宇仰神龙。
金猴值岁妖霾扫，再看旗开展大雄。[①]

二〇一六年一月一日

【注】

① 旗开，指国家十三五规划和全面建成小康社会开局之年。（有和诗一组，已收入《一唱百和同咏春》书中。）

沂水东皋文峰塔

晚照东皋溢彩浓，新生古塔耸文峰。
登高饱览沂河秀，万丈豪情抒臆胸。

二〇一六年一月十六日上午于山东沂水

题天上王城

回溯时空千古悠，悬崖崮顶阅春秋。
刀光剑影今犹见，天上王城觅纪侯。

二〇一六年一月十六日下午于山东沂水

沂水壮怀

古邑千秋沂水长，钟灵毓秀汇文光。
德贤孟母宗根地，智慧武侯桑梓乡。
好汉雄风惊浒寨，名臣雅韵耀朝堂。[①]
沂蒙红嫂人间爱，圆梦图强进小康。

二〇一六年一月十七日晨于山东沂水

【注】

①沂水县是宋代梁山好汉李逵、明代名臣杨光溥的故乡。同时又是众所周知的春秋战国时期孟母仉氏、三国时期智慧化身诸葛亮和当代沂蒙红嫂祖秀莲的故乡。

山东地下大峡谷

谁将峡谷洞中藏，地下漂流惊欲狂。
两岸风光雄险秀，梦回童话历沧桑。

二〇一六年一月十七日下午于山东沂水

参观博山焦裕禄纪念馆

崮山骄子树丰碑，兰考好官青史垂。
遍地焦桐成国栋，公仆榜样正风吹。

二〇一六年一月十八日于山东淄博市博山区

参观博山颜文姜祠

灵泉孝妇化神河，岁月长流故事多。
历尽艰辛行首善，惊天动地不扬波。

二〇一六年一月十九日于山东淄博市博山区

紫光楼口占

临风把酒紫光楼，京鲁吟朋妙语稠。
携手同心扬雅韵，汇龙湖畔展风流。

二〇一六年一月二十日于山东周村紫光楼

奉和福有方家丙申贺春

每逢吟友贺春时，谊重情长天地知。
山海丘溪同入韵，星辰日月尽成诗。
才将塞北传屏幕，又引岭南临砚池。
生肖轮回收硕果，金猴献瑞慰良师。

二〇一六年二月九日

奉和香港林峰会长《赋春》

又逢酬唱咏春时，老树新花发几枝。
寻对江边音婉转，赓吟月下影迷离。
京城雨润催梅朵，港岛风柔拂柳丝。
丽句清词传盛意，浓情似酒莫嫌迟。

二〇一六年二月十五日

丙申钓鱼台元宵诗会

猴跃春梢值岁来，元宵兴会钓鱼台。
心园雨润诗芽早，唤醒百花依次开。

二〇一六年二月二十一日

钓鱼台元宵诗会接龙

猴跃春梢上，心园沐雅风。
群贤同献艺，步月接诗龙。

二〇一六年二月二十一日

结句续诗

——倒步唐贤韦应物原韵

序曰：有吟朋网友者，将唐人韦应物一首五言诗结句发帖网上，要求续诗，从者较多，坊传一时间有十万之众，友人邀我同续赓吟，以助雅兴。

我有一瓢酒，可以慰风尘。
化作知时雨，滋生应物春。
鸟鸣山涧里，诗漫水云滨。
岁月长河久，知音有后人。

二〇一六年三月六日

庆春泽·锤镰礼赞

锤镰协力，工农一体。锤镰赤帜，辉昭红日。锤子砸碎旧世界，镰刀劈开新天地。今逢建党九五庆典，欣然填词礼赞。

锤子铮铮，镰刀闪闪，工农兄弟同根。苦命相连，齐求解放翻身。红旗引路心明亮，挺胸膛、作主当人。奋千钧、砸碎牢笼，力转乾坤。　　东方赤帜昭红日，看晖光普照，万象更新。时代先锋，为民肝胆昆仑。今逢九五青春葆，绘宏图、壮志凌云。梦成真、气正风清，伟业长存。

二〇一六年三月七日

庆春泽·铁血礼赞

铁血精神者，铁骨血性之谓也。两万五千里长征，是红军前辈靠铁血精神铸就的盖世传奇，是惊天地、泣鬼神的浩然正气。今值红军长征胜利八秩大庆，理当继承红军传统，礼赞铁血精神。

铁骨雄风，偾张血性，传奇鬼泣神惊。万水千山，长征盖世功成。一生九死刀光路，勇迎头，亮剑拼争。帅旗升、止阋驱倭，气聚魂凝。　　精神可化擎天力，正开来继往，铁血传承。克险排难，除蝇打虎前行。乘风破浪云帆挂，引航程、直济沧溟。再长征、圆梦神州，指日龙腾。

二〇一六年三月八日

庆春泽·国艳礼赞

海棠，乃中国特有植物，又称花中之神。始栽培于先秦，后深得汉武帝、杨贵妃赏爱，宋代已被视为“百花之尊”，素有“国艳”之誉。今逢盛世，国艳新姿，堪当咏赞。

独秀中华，名扬四海，先秦始育英根。汉武倾情，唐妃妒羡香魂。几经朝野仙凡仰，宋推崇、百卉之尊。历千春、国艳新天姿，瑰丽迷人。　和风又唤娇容醒，赏灵葩竞放，韵冠群伦。绝代花神，恭王府溢清芬。东南西北风骚客，共盈樽、邀宴星辰。映祥云、增美林园，添锦乾坤。

二〇一六年三月九日

（以上三首作为一个系列有和诗一组，已收入《一唱百和同咏春》书中。）

沁园春·濮阳

濮水之阳，华夏龙乡，上古帝都。处中原腹地，人文厚重；黄河岸畔，物产丰余。溯祖颛顼，承光尧舜，造字先师受洛书。群星灿，望平川沃野，意远神舒。　粮棉金裹银铺。长堤固，安澜水患除。有天然油气，生财聚宝；精工企业，吐玉镶珠。杂技奇光，园林佳境，文化名城万象殊。小康路，正扬鞭跃马，大展宏图。

二〇一六年三月三十日于河南濮阳

通州燃灯塔

追寻塔影认通州，相伴运河南北流。
佛界燃灯称万祖，人间导渡越千秋。
百姿神像呈仙态，八面风铃和妙讴。
一品排成三教寺，包容开放佑龙楼。

二〇一六年三月

纪念总政老干部学院成立三十周年

解甲征人未下鞍，驰奔艺苑再扬鞭。
春秋卅载添风雅，已把豪情写满天。

二〇一六年三月三十一日

浪淘沙·敬和马凯同志并贺党的九五华诞

读史鉴衰兴，难忘峥嵘。旗开万里步云程。九五青春燃岁月，堪慰英灵。　　接力马嘶鸣，捷报声声。图强圆梦建功成。棒扫妖霾澄玉宇，泽被苍生。

二〇一六年四月十八日

水龙吟·敬和葉嘉莹先生于丙申海棠雅集

新家旧邸双株，花神两地连明媚。朝丝暮雪，漂零四海，天涯归妹。家国情怀，校园诗意，梦牵魂系。自故都宫府，津门学舍，人犹在，芳阴里。　丽句佳词传世，叶归根，晚年身寄。他乡异域，韵存风雅，未迷心志。血脉基因，接承传续，兴邦长计。恰棠枝经雨，娇容吐艳，映初晴霁。

二〇一六年四月十八日

题福建寿宁县西浦村

九曲回肠溪水边，空蒙山色映晴川。
状元故里多桥柳，西浦新星慰古贤。

二〇一六年四月二十九日

雨中漫步奥林匹克森林公园

万亩森林细雨中，悠然漫步意朦胧。
一声鸟语牵诗绪，脱口闲吟花草工。

二〇一六年五月十四日

开封雅聚听豫剧折子戏

字正腔圆韵本真，倾情唱演感天人。
才言洒泪相思地，又表从军报效心。
忍辱救孤歌义士，扬威挂帅颂忠臣。
梨园春色牵魂久，今见名家德艺馨。

二〇一六年五月十七日于河南开封

钓鱼偶得

布谷声中垂钓钩，清波倒影醉晴柔。
神闲气定临仙界，不钓鱼虾钓自由。

二〇一六年五月十九日

黄浦江夜饮奉和了凡先生

国际名都雅士多，友情诗绪汇江波。
临风把酒明肝胆，同唱吟坛好汉歌。

二〇一六年五月二十五日

浣溪沙·谢和马力诗家

黄浦倾杯溢美醇，江河湖海共琴心。相逢气韵印痕深。　华贵琼枝添淡雅，开怀畅饮忘年轮。诗家总是性情人。

二〇一六年五月二十九日

敬题周逸群先烈

纪念周逸群诞辰120周年。

黄埔新星垂汗青，洪湖辟地起雷霆。
中华百位丰功者，碧血丹心染洞庭。

二〇一六年六月十八日

从北京到天水

列车西掣过秦关，越水穿山转瞬间。
高速通途飞陇上，江南秀色喜开颜。

二〇一六年六月二十三日于甘肃天水

天水放歌

高天注水跨江河[①]，聚散千秋故事多。
史载三皇宗庙地，文开八卦易经科。
兵家争占咽喉道，丝路越穿梁峁坡。
陇上仙乡披锦绣，山川无处不飞歌。

二〇一六年六月二十四日于甘肃天水

【注】

① 天水市因天河注水美丽传说而得名，且在一方之地却因秦岭分界而横跨长江黄河两大流域。

麦积山石窟

丝路东端嵌宝珠，状如麦垛陡山孤。
心生佛界千姿异，笔绘人间万象殊。
薄肉浮雕融壁画，悬龛彩塑挂云图。
丹霞石窟连峰翠，四季风情醉玉壶。

二〇一六年六月二十四日于甘肃省天水麦积山

拜谒李广墓

威名千载任传奇，胡马闻声屈裹蹄。
虽未封侯功盖世，不言桃李下成蹊。[①]

二〇一六年六月二十四日于甘肃省天水李广墓

【注】

① 桃李不言，下自成蹊。是司马迁对李广的评价。

凭吊姜维祠

武略文韬集一身，卧龙亲选继承人。
回天无力终遗恨，青史说评存二音。

二〇一六年六月二十五日于甘肃甘谷县姜维祠

白银礼赞

陇上黄河润绿洲，明珠丝路耀千秋。
三军聚首开天宇，一爆惊心动地球。①
沙漠矿丰排国难，铜城业伟解民忧。
循环经济新型转，筑梦腾飞展大猷。

二〇一六年六月二十四日于甘肃省白银市

【注】

① 三军聚首句，意为红军长征三大主力会师，开辟了抗日救国新天地；一爆惊心句，意为新中国一五重点工程之一的白银铜矿开采，万吨级折腰山大爆破震惊世界。

虎豹口缅怀

向西路军出征纪念碑敬献花篮即咏。

虎豹口中争渡强，西征将士战旗扬。
蒙冤喋血忠魂在，青史长留侠骨香。

二〇一六年六月二十六日于甘肃省靖远县虎豹口

贺《白银日报》创刊三十周年

陇上名城窗口开，凝魂聚气展雄才。
年方而立圆新梦，无限风光向未来。

二〇一六年六月二十六日于甘肃白银市

大唐景泰风力发电

戈壁滩中布叶轮，天风发电照乾坤。
休言荒漠贫穷地，景泰城乡拓富门。

二〇一六年六月二十八日于甘肃省景泰县

黄河石林口占

剑树刀丛耸石林，黄河布阵奏强音。
引来四海风骚客，笔点砂岩尽变金。

二〇一六年六月二十八日于甘肃省白银市黄河石林

武威雷祖殿

端坐神台天眼睁，安良除暴起雷霆。
调风顺雨雄威在，香火千秋佑众生。

二〇一六年六月三十日于甘肃省武威市雷台

武威白塔寺

白塔庄严百座尊，灵光普照佑乾坤。
凉州盟会垂青史，西藏图归华夏门。

二〇一六年六月三十日于甘肃省武威白塔寺

向西路红军凉州战役纪念碑敬献花篮即咏

西征将士战凉州，血沃黄沙志未酬。
红色江山堪告慰，雄风浩气炳千秋。

二〇一六年七月一日于甘肃省武威市

如梦令·青海河曲那达慕

赛马、摔跤、射箭，野旷草青天湛。今日展雄风，勇士斩关争冠。争冠，争冠，场上欢声连片。

二〇一六年八月一日于青海河南蒙旗那达慕现场

青海河曲草原

万里黄河第一弯，牵来花海降人间。
牛羊自在蓝天下，几抹白云连远山。

二〇一六年八月一日于青海省河南蒙古族自治县

瀞度天然水

三江源水好，瀞度取精华。
科技风骚领，甘泉进万家。

二〇一六年八月一日于青海河南县瀞度天然水源头双泉

临朐抒怀

毓秀钟灵誉鲁中，沂山壮美沐仙风。①
千秋骈邑从今越，万卷层书自古通。②
戏小情长明世理，石奇形巧见天工。
原生胜境融诗画，筑梦群星耀碧空。

二〇一六年八月六日

【注】

① 位于临朐县境内的沂山主峰玉皇顶，有鲁中仙山之誉。

② 临朐西周时称骈邑，西汉置县，距今已有两千余年；临朐山旺古生物化石产出的硅藻土，层薄如纸，宛若书页，古人称为“万卷书”。

沉痛送别贾若瑜老

诗坛将座陨双星，百岁征人驾鹤行。
万水千山寻梦至，一生九死建功成。
文韬传授神机现，武略游击鬼胆惊。①
红叶倾心扬雅韵，开来继往举吟旌。

二〇一六年八月十七日于山东青岛

【注】

① 开国将军、红叶诗社社长、老红军贾若瑜文武双全，曾为抗大教员，在山东敌后根据地率部出色抗击日寇，被朱德总司令称赞为"游击大王"。

沁园春·牧野听涛

贺内蒙古首届草原诗会兼迎自治区成立70周年。

意会天骄，情涌诗潮，牧野听涛。看阴山南北，牛肥马壮；长城内外，地阔云高。戈壁沙洲，草原林海，大美青城景色娆。边防线，跨八千里路，锦绣严牢。　红旗迎日扬飘。七十载，辉煌堪自豪。有东林西铁，南粮北牧；煤开富路，人架金桥。惠政民生，十全覆盖，圆梦同心颂舜尧。弘国粹，正诗乡创建，再领风骚。

二〇一六年八月二十五日

浪淘沙·赞中国女排

万里凯歌传，四海狂欢。乾坤逆转力回天。十二春秋风雨过，再上峰巅。　　失败永休言，矢志攻坚。自强不息闯雄关。伟大精神圆伟梦，一往无前。

二〇一六年八月二十五日

G 20 杭州峰会

寰球把脉觅良方，峰会钱塘再启航。
廿国应成行动队，五洲岂是座谈坊？
平衡持续同舟渡，强劲包容众旆扬。
气派首推东道主，潮头勇立过重洋。

二〇一六年九月六日

缅怀韩梅村

望重德高名永垂，投身黄埔劲风吹。①
沙场抗日狂魔斩，战地反戈穷寇追。
起义将军辞将位，济贫贤达树贤碑。②
未能百岁梅魂久，一样终归别样悲。

二〇一六年九月十六日

【注】

① 韩梅村经董必武介绍入黄埔军校学习，受到周恩来、蒋先云等共产党人进步思想强劲东风的影响；

② 韩梅村作为率部起义的国民党军少将、阜新市市长，在解放战争中曾指挥我军两个师与蒋军作战，1955 年我军授衔时，他本来可以授少将军衔，但韩梅村坚持谢辞，只让组织上授予大校军衔。

沂山

灵气所钟威镇东，玉皇顶上九重宫。
雄狮昂首观天际，怪兽凝神顾莽丛。
富氧林间休懵懂，多情谷底醉朦胧。
根连海岱苍穹傲，荟萃人文画卷融。

二〇一六年九月二十一日

准格尔黄河大峡谷

长河万里走清川，峭壁悬崖一线天。
两岸风光观不尽，飞舟直上老牛湾。

二〇一六年九月二十七日于内蒙古准格尔旗

车行包子塔

车行包塔沐金风，两侧黄河一望中。
路转峰回穿画卷，弯弯碧水舞长龙。

二〇一六年九月二十七日于内蒙古准格尔旗

准格尔旗礼赞

鸡鸣三省地，峡谷锁黄河。
漫瀚元音古[①]，油松故事多。
煤田涌金海，稀土泛银波。
旷野流诗韵，百强扬赞歌。

二〇一六年九月二十八日于内蒙古准格尔旗

【注】
① 漫瀚，即漫瀚调，蒙汉民族融合创作的一种民歌。

敬题彭德怀纪念馆

童工元帅又囚徒，拔地擎天一丈夫。
立马横刀豪气在，昆仑肝胆为民呼。

二〇一六年十月十五日于湖南湘潭县乌石镇

攸县寄怀

攸水绵长润古州，地灵人杰写春秋。
梅花百咏文光灿，龟寺千祈香火稠。
绿树连荫锦添绣，乌金汇海矿流油。
潭门衡径圆三梦[①]，携手同心再上楼。

二〇一六年十月十七日于湖南攸县

【注】

① 攸县交通便利，素有“衡之径庭，潭之门户”之称。攸县提出三大梦想：全面小康，撤县建市，冲刺全国百强。

六中全会礼赞

写在中国共产党十八届六中全会闭幕之际。

打铁须先硬自身，从严治党奏强音。
沉舟警示千帆渡，烂树清除万木春。
反腐控权加铁锁，为民执政立核心。
航船覆载皆由水，盛世中华固本根。

二〇一六年十月二十八日

水调歌头·西施故里

久慕沉鱼美，今到浣纱江。花容神像端坐，玉貌映荷塘。本是农家少女，卷入诸侯争霸，社稷勇担当。一去姑苏地，千古盛名扬。　越王计，吴宫恨，是非长。兴亡数定，何事偏要怨红妆。毕竟将身许国，度外个人荣辱，侠骨伴柔肠。绝代佳人殿，故里永流芳。

二〇一六年十一月七日于浙江诸暨西施故里

敬题范蠡祠

官兼将相又财神，功著身全第一人。
高寿长生佳丽伴，情商才智耀星辰。

二〇一六年十一月七日于浙江诸暨范蠡祠

咏王冕

清气满乾坤，梅花点墨新。
柔枝连铁骨，争艳有谁人？

二〇一六年十一月七日于浙江诸暨三贤祠

兰亭访圣

寻师访圣到兰亭，悟道序文研帖经。
神助挥毫生异彩，艺光千载化金星。

二〇一六年十一月八日于浙江绍兴兰亭镇

宁海

东溟风浪涌，此地海波宁。
一静灵魂显，百强活力生。
幽香飘画卷，碧水绕山城。
霞客开游日，天涯万里行。

二〇一六年十一月十日于浙江宁海

敬题梁山革命烈士陵园

梁山有幸瘗英魂，浩气雄风万古存。
建祭陵园承壮志，辉煌再创炳乾坤。

二〇一六年十一月二十日

乌兰察布市畅怀

万里边疆正北方，赵风秦郡溯源长。
三圈交汇人兴旺，一岭差分天暖凉。[①]
电网涌金开矿产，草原流碧牧牛羊。
区旗市县多优势，发展民生进百强。

二〇一六年十一月二十九日于内蒙古乌兰察布市

【注】

① “三圈”指东北、华北、西北三大经济圈，这里是交通枢纽；“一岭”指阴山支脉大青山，这里是山前山后气候分界线。

广元皇泽寺感怀

君临天下女儿身，动地惊天泣鬼神。
一代朝廷称二圣，千秋史册立孤人。
开元启政功勋著，撤制还宫智慧真。
逝去任谁褒与贬，墓碑无字万年春。

二〇一六年十二月二日于四川广元

利州千佛崖咏叹

危崖高百尺，佛像越千尊。
劫难伤痕在，残躯艺术存。
镂空身立体，精刻目含魂。
胜地留瑰宝，辉光耀蜀门。

二〇一六年十二月二日于四川广元

广元抒怀

巴蜀金三角，咽喉扼陕甘。
女皇光故里，首府起晴岚。
续走朱毛路，赓吟李杜坛[①]。
翠云浮古道，筑梦勇承担。

二〇一六年十二月三日于四川广元机场

【注】

① 广元是红四方面军的后期首府；广元虽然是红四方面军长征出发地，但胜利结局是朱毛红军大会师；“李杜坛”是借用唐杜牧诗句。

贺青岛诗词学会成立

唐音宋韵扬琴岛，滨海名城吟帆摇。
老凤新雏同唱和，胶州湾畔涨诗潮。

二〇一六年十二月十四日

贺朱超范《湘湖风韵五百咏》

高咏灵波五百篇，长歌绝句耀诗天。
城山觅韵开新境，湘浦观鱼胜古贤。
弄影湖心云入画，掬星岛上客成仙。
千秋吴越争雄地，睛点江龙颂梦圆。[①]

二〇一七年十二月二十七日

【注】

① 习近平总书记在任浙江省委书记期间，曾两次视察湘湖改造工程，并将之誉为钱塘江这条龙的点睛之笔。

2017年作品

丁酉贺春

一鸣天地醒，春意唤芳林。
世界多悬念，神州有定音。
载舟凭水力，建业赖人心。
破晓阳光洒，江河尽涌金。

二〇一七年一月一日
（有和诗一组，已收入《一唱百和同咏春》书中。）

贺欧阳鹤老九秩华诞

水电专家诗界星，欧阳鹤寿庆松龄。
春秋九秩长青树，枝满花开孔雀屏。

二〇一七年一月三日

贺《中华辞赋》创刊三周年

诗词歌赋耀中华，古韵新风吹万家。
三度春秋收硕果，一枝独秀绽奇葩。

二〇一七年一月五日于湖南石门

石门口占

千秋荆楚石门开，秀水灵山万象来。
富矿名茶惊禹甸，再圆新梦上瑶台。

二〇一七年一月五日于湖南石门县

题石门县白云山

雾海锁云山，人行诗画间。
茶园仙境里，客醉不思还。

二〇一七年一月七日于湖南石门县白云山

《诗刊》六秩华诞致贺

诗坛大纛风骚领，六秩春秋硕果丰。
古韵新声同唱和，弘扬国粹颂腾龙。

二〇一七年一月九日

沉痛悼念霍松林名誉会长

惊闻西北玉山倾，华夏诗天悼巨星。
高耸丰碑今仰止，松林艺苑万年青。

二〇一七年一月十日

敬和马凯同志《贺〈中华辞赋〉创刊三周年》

争春斗艳莫嫌迟，别领风骚独秀枝。
三载吐芳精粹聚，千家颂雅众星驰。
情融物象生奇趣，笔绘人间入妙辞。
筑梦神州呼大吕，施才展艺正逢时。

二〇一七年一月十日

七十初度

步履匆匆届古稀，从容淡定续新题。
柴门刻苦耕读路，营帐艰辛作训衣。
志在传媒生璀璨，情倾吟苑弄珠玑。
兼习翰墨求锋劲，顺借天风舞雅旗。

丁酉吉日

（有和诗一组，已收入《一唱百和同咏春》书中。）

纪念中华诗词学会成立三十周年

璀璨明珠耀九州，骚魂一脉续千秋。
寒霜过后春风暖，大纛擎来雅兴稠。
卅载琼枝丰硕果，百年吟苑筑高楼。
江山代有诗潮涌，多少英才立浪头。

二〇一七年二月二十七日

（有和诗一组，已收入《一唱百和同咏春》书中。）

清平乐·赞中国诗词大会

诗词大会，华夏群情沸。老凤新雏拼比对，推助弘扬国粹。荧屏凝聚时空，百人智取强攻。最喜才高少女，夺金满面春风。

二〇一七年二月二十八日

水龙吟·贺中华诗词学会成立三十周年和刘征老

骚魂一脉千秋，寒霜过后迎春曲。冰融雪化，新花古树，知时好雨。大纛高擎，继唐承宋，清音萦户。聚同仁戮力，艰辛探索，扬国粹，平生足。　　卅载驰怀凝目，望神州，艺林香土。芳菲争艳，山川流韵，涌金喷玉。学溯诗经，光承魏晋，标高李杜。把蓝天作纸，江河为墨，写龙腾赋。

二〇一七年三月一日

纪念建军九十周年

一声枪响换江山，九秩春秋不等闲。
血雨腥风烽火路，机群舰阵水云关。
空天巨网拦凶寇，陆海长城御敌顽。
矢志强军谋制胜，转型突破令新颁。

二〇一七年三月九日

（有和诗一组，已收入《一唱百和同咏春》书中。）

水龙吟·敬和刘征老《恭王府海棠》

千秋国艳花神，恭王府里琼枝展。经风沐雨，堂前舍后，无曾计畹。雪压霜欺，蓄芳催蕾，丽姿难减。正春回大地，红颜笑绽，迎朝日，开娇眼。　　携友寻春非晚。醉花荫，溢香盈院。清音老凤，和鸣赓唱，一吟三叹。状物抒情，以诗交友，锦心名片。看龙飞妙笔，华章写就，洗金星砚。

二〇一七年四月五日

兴化抒怀

千秋吴楚地，古邑起昭阳。①
禹甸芳菲海，江淮鱼米乡。
弘文生异彩，聚宝放奇光。
全域黄金旅，增辉耀百强。

二〇一七年四月六日于江苏兴化市

【注】

① 兴化古称昭阳，春秋属吴，战国属楚，为楚将昭阳的食邑，故名。

水调歌头·兴化千垛花海

万顷清波碧，千垛菜花黄。云蒸霞蔚奇妙，疑似到天堂。八卦图形战阵，年久沟壕漫水，洼地变汪洋。巧借前人址，筑土种馨香。　垛如岛，花成海，溢芬芳。宣明特色，生态农业旅游忙。誉满全球美景，四季风姿神韵，华夏叹无双。极目抒胸臆，一任醉仙乡。

二〇一七年四月七日于江苏兴化千垛菜花景区

大地蓝绢纺公司口占

千古丝绸美，今朝大地蓝。
创新惊四海，筑梦再登天。

二〇一七年四月七日于江苏兴化大地蓝

李中水上森林公园

千亩森林水上浮，生根仙土有如无。
游船自在花丛过，白鹭飞来入画图。

二〇一七年四月七日于江苏兴化李中镇

兴化玄武灵台

依城傍水势雄哉，玄武临窗四象开。
屈子祠前赓雅韵，昭阳院里育良才。
动情犹唱桃花扇，砺志须登拱极台。
厚重人文添胜景，五洲游客伴云来。

二〇一七年四月八日于江苏兴化市

钗头凤·敬和马凯同志《美哉中华诗词》

绫罗袖，仙音奏。殿堂高雅芳门扣。联成对，词相配。唤来神笔，抹云霞蔚。美、美、美！　　知心友，倾杯酒。试才赓咏悬河口。诗情贵，花魂内。千重平仄，万般回味。醉、醉、醉！

二〇一七年四月十一日

水调歌头·秦皇岛

千古皇王岛，疑是到仙乡。依山襟海形胜，青史溯源长。孤竹繁华都会，秦汉龙威御驾，魏武战旗扬。碣石遗篇在，风物溢芬芳。　　乾坤转，人间换，沐朝阳。宜居福地，生态发展谱华章。更有风骚独领，画意诗情魅力，文化闪辉光。再筑腾飞梦，昂首步康庄。

二〇一七年四月二十三日于河北秦皇岛

贺学新会长《诗海拾趣》出版（藏头）

诗情画意步人生，海韵山风不了情。
拾贝精灵化瑰宝，趣闻深处树吟旌。

二〇一七年四月二十五日于秦皇岛

偃师畅怀

息偃戎师求太平，千秋古邑佑安宁。
七朝都会遗辉耀，三圣宫碑勋业铭。
河洛文明生瑞象，客家根祖育雄鹰。
唐僧壮举惊环宇，盛世宏图再远征。

二〇一七年四月二十九日于河南偃师市

减字木兰花·一带一路

千秋丝路，唤醒沿途同致富。一带通商，欧亚金流万里长。共赢发展，锦绣前程抬望眼。好梦成真，紫气东来处处春。

二〇一七年五月十四日

贺平顶山五校诗歌联赛

高原起步上高峰，平顶山头起彩虹。
三苏文脉传千古，五校师生展大雄。

二〇一七年五月三十日丁酉年端午节于北京

海寿诗歌岛口占

海寿诗歌岛，西江美丽村。
爱情寻梦地，风韵醉骚魂。

二〇一七年六月七日于广东佛山南海区

南海西樵山

海底岩浆冲地开，峰峦七二化莲台。
观音巨像慈恩广，飞瀑流泉送福来。

二〇一七年六月七日于广东佛山南海西樵山

身到西樵——步明代陈白沙《舟经西樵》韵

湖容山色意空濛，自信丰姿胜岭东。
云洞仙乡真幻里，莲台秘境有无中。
且将微醉融诗画，更把低吟颂雅风。
叠嶂群泉千瀑泻，佛光普照万花丛。

二〇一七年六月八日于广州返京高铁上

丁酉夏至日飞赴欧洲空中口占

穿云破雾若游仙，我自西飞地自旋。
横跨亚欧行万里，骄阳依旧挂中天。

二〇一七年六月二十一日于空中口占

西江月·维尔纽斯老城[①]

古堡沧桑静谧，教堂肃穆庄严。瓦红树绿映天蓝，一派祥和恬淡。　特色餐茶比比，风情巷道弯弯。八方游客自悠然，乐享轻松缓慢。

二〇一七年六月二十二日于立陶宛维尔纽斯

【注】

① 立陶宛首都维尔纽斯老城，是北欧保留最完好的古城之一，1994 年被联合国教科文组织列为世界遗产。

清平乐·市政广场五星酒店见闻

五星酒店，宾客来欢宴。大菜浓汤情谊满，经典西餐展现。　名流接踵厅堂，挂图记录辉煌。政要当今总统，莅临彰显荣光。

二〇一七年六月二十三日于立陶宛维尔纽斯

贺郴州市诗词协会成立三十周年

一方吟苑辟郴州，卅载耕耘硕果稠。
时代情怀唐宋韵，兴观群怨展风流。

二〇一七年六月二十三日于立陶宛首都维尔纽斯

减字木兰花·维尔纽斯郊外维尔凯公园仲夏节

规模盛大，空巷倾城消仲夏。老少相迎，编戴花环聚草坪。　　载歌载舞，寄意青枝活力柱。篝火熊熊，笑语欢声响夜空。

二〇一七年六月二十四日于立陶宛维尔纽斯

西江月·贝尔蒙塔斯公园

繁茂森林蔽日，清澄河水浮天。木房瓦舍掩山前，身入风情画卷。　　游客神闲步缓，溪鱼嘻戏撒欢。恋人成对意缠绵，一醉仙乡酒店。

二〇一七年六月二十五日于立陶宛维尔纽斯郊外

临江仙·维尔纽斯

波海城邦牵世界，欧洲地理中心。铁狼奥秘耐沉吟。[①]伤痕成记忆，振奋看如今。　古典摩登添魅力，包容开放胸襟。祥和恬淡度光阴。多元文化在，乡土谱清音。

二〇一七年六月二十六日于立陶宛维尔纽斯

【注】

① 立陶宛首都维尔纽斯市中心距欧洲地理中心点只有26公里。立陶宛定都维尔纽斯，有大公梦狼的神秘传说，至今铁狼和盖迪米纳斯城堡仍为该市标志。

黎明门口占

黑面灵光圣母尊[①]，晨霞初映古城门。
劫波渡尽黎明在，接踵朝宗谢主恩。

二〇一七年六月二十七日于立陶宛维尔纽斯

清平乐·特拉盖古堡博物馆

琼湖玉岛，岸上青青草。红瓦红墙红古堡，绿树周围掩绕。　入门满目琳琅，馆藏千载沧桑。犹见刀光剑影，烟消再现云祥。

二〇一七年六月二十八日于立陶宛特拉盖

香港回归二十周年志贺

龙珠还祖振狮威，雪耻扬眉赤子归。
两制门开通道远，一邦基定立山巍。
金融风暴烟消遁，非典妖霾雾散飞。
不信蚍蜉能撼树，香江岸畔尽朝晖。

二〇一七年七月一日于欧洲

浣溪沙·加泰罗尼亚海滨

水碧天蓝海岸长，镶银嵌玉布琳琅。南欧气韵溢芬芳。　　异域风情多异彩，泳装男女任徜徉。沙滩遍晒日光强。

二〇一七年七月二日于西班牙萨罗市

圣家教堂口占

教堂尖耸接星辰，说破玄机惊煞人。
建造百年工未就，千图万象尽成神。

二〇一七年七月三日于西班牙巴塞罗那

菩萨蛮·巴塞罗那哥伦布纪念碑

依城面海擎天柱，英雄塑像哥伦布。破浪踏沧溟，美洲新陆行。　殖民开领地，褒贬存争议。发展促西方，毋需论短长。

二〇一七年七月三日于西班牙巴塞罗那

从维尔纽斯到考纳斯途中偶感

一马平川地，飞车向远天。
随身穿画卷，心旷若游仙。

二〇一七年七月十五日于立陶宛

两河交汇处口占

——里斯河与涅曼河交汇流向波罗的海

两河交汇处，澎湃向西流。
地阔天高远，云闲人自悠。

二〇一七年七月十五日于立陶宛考纳斯市两河口

题小池滨江新区

古镇滨江旭日升，小池连海起鲲鹏。
五年惊现沧桑变，都市天堂一步登。

二〇一七年七月十七日于欧洲

波罗的海海滨口占

波罗的海夏如春，气爽风柔花木新。
水际连云穷远目，天涯客变画中人。

二〇一七年七月二十二日于立陶宛克莱配达市

波罗的海海滨拾趣

波涛吻岸浪冲沙，玉润晶莹映晚霞。
偶见生光如琥珀，远方来客乐开花。

二〇一七年七月二十二日于立陶宛克莱配达市

清平乐·帕兰加海滨栈桥

长龙入海，极目闲云矮。环顾苍穹蓝顶盖，疑到仙源世外。　　回头岸畔沙滩，碧波镶嵌银边。泳客争相晾晒，怡然仰面朝天。

二〇一七年七月二十三日于立陶宛帕兰加

十字架山

十字架山天地通，灵符数万势凌空。
信徒民众明心志，自愿虔诚百世功。

二〇一七年七月二十三日于立陶宛十字架山

从帕兰加驱车东返维尔纽斯

西照东行光顺柔，晴明窗外画图幽。
草原流线舒辽阔，星点珍珠洒牧牛。

二〇一七年七月二十三日于立陶宛原野

奉和唐大进会长《香港诗词论坛重开版有题》

中华瑰宝五洲夸，百世千秋入万家。
香港吟坛风雨过，齐心培育向阳花。

二〇一七年七月二十六日于欧洲

庆祝建军九十周年朱日和阅兵

统帅穿迷彩，沙场大点兵。
雄威天地震，亮剑保和平。

二〇一七年七月三十日于欧洲

破阵子·朱日和阅兵——步辛弃疾韵

警醒扬威亮剑，雄师百里连营。统帅戎装挥巨手，塞外金戈铁马声。沙场夏点兵。　　利器轰大动地，锋寒鬼怯魔惊。矢志打赢圆伟梦，报国为民不计名。强军虎气生。

二〇一七年八月一日于欧洲

爱沙尼亚口占

爱沙尼亚史翻新，风雨都城八百春。
数度抗争求自主，国旗独立梦成真。

二〇一七年八月四日于爱沙尼亚

爱沙尼亚塔林古城

塔林城堡真童话，尖顶锥墙落碧霞。
风貌犹存中世纪，芬兰湾畔绽奇葩。

二〇一七年八月五日于爱沙尼亚

拉脱维亚首都里加印象

波罗的海嵌明珠，欧北名城大首都。
现代情牵中世纪，风光兼秀海河湖。

二〇一七年八月六日于拉脱维亚

立陶宛年内气温最高日口占

万里碧空高，骄阳似火烧。
清凉立陶宛，今日暑难消。

二〇一七年八月十二日于立陶宛·曼河谷

减字木兰花·从欧洲返北京途中在飞机窗口看云海日出奇观

一条白线，混沌夜空分两半。渐透微明，线下昏沉线上清。　　红光焕彩，日影蒙眬藏赤海。转眼腾升，却挂银盘蓝幕屏。

二〇一七年八月十六日黎明时分于华北上空

五原诗乡授牌曲社揭牌口占

河套明珠耀北疆，五原文脉溯源长。
承唐继宋赓元曲，诗意葵乡永向阳。

二〇一七年八月二十八日于内蒙古五原县

五原黄河至北口占

万里金川几字弯，黄河至北水连天。
南来南往东流去，碧浪甘甜润五原。

二〇一七年八月二十九日于内蒙古五原县黄河至北岸边

题大同湖农场

瘟神昔日兴妖地，指点荒滩化宝珠。
筑梦农工商贸运，诗乡画卷大同湖。

二〇一七年九月一日

贺浙江省诗词与楹联学会换届

之江岸畔举吟旗，接力长征志不移。
老干扶持新秀壮，开来继往续传奇。

二〇一七年九月九日

贺朱超范钱塘江西湖湘湖一龙双目三部曲一千五百咏

背倚青天看折江，一龙双目耀钱塘。
西湘湖水明如镜，三部诗章千里长。

二〇一七年九月九日

【注】
① 钱塘江，古称折江，之江，罗刹江。

贺广东中华诗词学会成立三十周年

一杆吟旗树广东，岭南文苑荡新风。
珠江岸阔诗潮涌，卅载丰碑天地中。

二〇一七年九月九日

贺第五届中国诗歌节

千秋古郡耀星光，助涨诗潮涌大江。
落雁美神光故里，怀沙骚祖续新章。
韵添巨坝三分景，笔走清川百里廊。
峡口龙腾抒壮志，和鸣丹凤共朝阳。

二〇一七年九月十四日于湖北宜昌

贺朱超范《西湖拾韵五百咏》

西子风姿西子湖，之龙千里吐明珠。
三潭印月连仙界，一塔斜阳照古都。
梳柳莺声诗助浪，观鱼花港画拼图。
苏堤拾韵添风雅，双目千吟气象殊。

二〇一七年九月二十三日

贺朱超范《钱塘龙韵五百咏》

长龙折曲汇波涛，入海惊天卷大潮。
千岛琼湖兴水利，六和宝塔镇河妖。
富春江段文光灿，罗刹源头紫气高。①
风雅钱塘多俊彦，三吟五百展风骚。

二〇一七年九月二十四日

白帝城怀诗仙

少小初闻白帝城，一天千里下江陵。
而今我到诗仙处，驾起彩云追大鹏。[①]

【注】

① 此处大鹏借指李白。李白一生情系大鹏，写了很多有关大鹏的诗句。如“大鹏一日同风起，扶摇直上九万里”，和“千里江陵一日还”诗句，同为一日概念，意象大为不同。

二〇一七年九月二十七日于重庆奉节

白帝城

公孙白帝建都城，人去业虚留政声。
托命孤儿彰大节，遗诗万首灿群星。
谪仙千里江陵下，吟圣百年山顶登。
更有竹枝词伴舞，借观晴雨道深情。

二〇一七年九月二十八日于重庆奉节白帝城

奉节小寨天坑

山坍地陷见天坑，造物神奇举世惊。
峭壁千寻连秘境，周墙万载化围屏。
仰观石井窗空湛，俯瞰龙缸底树青。
雾锁云缠添诡异，岩溶漏斗展风情。

二〇一七年九月二十九日于重庆奉节小寨天坑

礼赞党的十九大

盛会宏图举世惊，神州特帜亿人擎。
新思想引新时代，新目标开新路程。
五载丰功昭日月，百年伟梦展鲲鹏。
凌云志壮初心在，一往无前砥砺行。

二〇一七年十月十八日

敬题蔡协民烈士

华容骄子炳千秋，起义南昌战未休。
奋斗井冈奔正道，青春热血沃神州。

二〇一七年十一月十五日

贺安徽省女子诗词学会成立

多多益善聚群贤，佳丽施才咏大千。
不让须眉巾帼将，吟坛撑起半边天。

二〇一七年十一月十八日

贺湖南省诗词协会成立三十周年

卅载功丰四海扬，吟潮滚滚卷三湘。
诗乡创建风骚领，大写华章颂小康。

二〇一七年十二月三日于北京

礼赞清丰县①

清丰孝子颂千秋，钦定荣光誉九州。
曹令才高风骨在，张祠德厚楷模留。
传承薪火宏图美，发展村原硕果稠。
财聚八方开富路，诗乡创建再登楼。

二〇一七年十二月二十一日凌晨于河南清丰

【注】

① 河南清丰古称顿丘，三国时曹操曾任顿丘令。因隋朝时期境内出大孝子张清丰，唐大历年间钦定更名清丰县，是我国唯一一个以孝子之名命名的县。

纪念中华诗词学会成立三十周年暨首届“沈鹏诗书画奖”获奖作品集出版致贺

兼融绝妙诗书画，凝聚丹田精气神。
寄意弘扬真善美，中华艺苑万年春。

二〇一七年十二月三十日于国家图书馆

2018年作品

题贺“鸢都之邀”——第二届国际诗书画风筝文化主题双年展

木鸢追溯两千年，万里风云一线牵。
猿鹤腾飞魂系地，鱼龙翻舞气冲天。
搭台联唱扬三艺，邀客交流纳百川。
滨海新区连四海，诗书画展会群仙。

二〇一八年一月十六日

贺仇安张宁喜结连理

寒窗共度梦生情，连理同心细柳营。
万里黄河抒壮志，千秋岱岳保安宁。

二〇一八年一月二十一日

野草诗社星湖园新春联谊会

野草迎春早，星湖名士多。
施才扬国粹，联谊汇诗河。

二〇一八年一月二十四日

戊戌咏春

变法图强不顾身，岁更戊戌两回轮。[①]
山川已换经纶手，关隘终来开锁人。[②]
解索神龙当筑梦，值班旺犬正迎春。[③]
祥和吉庆城乡乐，锦绣乾坤万象新。

二〇一八年二月八日

【注】

① 今年适逢清朝光绪年间戊戌变法120周年，按照中国传统纪年，已是（甲子）戊戌两个轮回。

② 此联第一句是指清王朝、蒋家王朝相继被推翻之后，江山已在共产党、毛主席领导下换为人民当家作主，第二句指改革开放，并寓意纪念中国改革开放40周年。

③ 这两句是说党的十八大之后，改革开放的中国构筑中华民族伟大复兴的中国梦，十九大进入新时代的开局之年又逢旺犬迎春。以上三联是戊戌变法120年来，中国变革图强发展历史的诗意浓缩。

（有和诗一组，已收入《一唱百和同咏春》书中。）

奉和陈荣权会长《犬年迎春曲》

高曲妙音佳句新，交更值岁正良辰。
鸡留竹叶仙归位，犬印梅花福到门。
长坂赓吟犹在耳，华京酬唱不无神。
山河锦绣朝霞染，塞北江南同贺春。

二〇一八年二月十二日于北京

奉和王国钦诗家《戊戌迎春并纪念改革开放四十年》

辞岁三更五福临，犬来运旺喜难禁。
回眸放闸江流涨，纵目冲关道路寻。
海晏河清酬壮志，民安邦泰慰初心。
旗开跨步新时代，奋斗跻身强国林。

二〇一八年二月十六日

罗平寄怀

曾为夜郎地，今敞五洲襟。
油菜花成海，香波浪涌金。
九龙迷瀑景，三峡醉人心。[①]
风借滇黔桂，腾飞报捷音。

二〇一八年三月三日于云南罗平

【注】

①这两处景观特指罗平县的九龙瀑布群和鲁布革三峡风景区由雄狮峡、滴灵峡、双象峡等组成。

罗平县九龙瀑布群

戏水九龙飞十瀑，温柔桀骜性情殊。
千丝飘摆妆春景，万马奔腾入夏图。
锁雾缠云藏秘境，披霞映彩洒仙珠。
几经跌落归平静，碧透清澄串玉湖。

二〇一八年三月四日于云南罗平

万亩油菜花海

油菜花开万亩黄，八方骚客采风忙。
青山种在金波里，溢彩罗平诗画乡。

二〇一八年三月四日于云南罗平

多依河即咏

归依情爱梦成河，碧水生花浪漫多。
一目十滩催畅想，长流人世主题歌。

二〇一八年三月五日于云南罗平

那色峰海

那色群山峰似海，置身仙境雾云开。
五洲邀客襟怀广，诗化彝乡筑梦来。

二〇一八年三月五日于云南罗平

桃花村看花不遇

千亩桃园接碧空，寒枝抖动朔风中。
只须几日春光到，一夜催开万朵红。

二〇一八年三月七日于湖北荆州

咏江陵

千古谪仙诗，江陵妇幼知。
沧桑多变幻，根脉久坚持①。
鱼米金堆地，园林钱满枝。
鹤乡当见证，飞跃梦圆时。

二〇一八年三月九日于湖北江陵

【注】

①由于历史变迁和行政区划沿革，古江陵县的文化元素已经过多次划分，唯有江陵县的地名符号，成为李白“千里江陵一日还”文化根脉的坚守与传承。

石首抒怀

江边孤石首，山水绣林城。
龙凤增祥瑞，圣贤留盛名[①]。
桃花迷远客，麋鹿醉深情。
连接双金带[②]，梦圆歌太平。

二〇一八年三月十一日于湖北石首天鹅洲

【注】

①相传当年刘备招亲龙凤呈祥，途径石首与孙夫人在绣林完婚，至今存有绣林亭；大禹、孔子、范蠡、杜甫等至圣名贤都曾经到过石首，而隐退去向莫衷一是的范蠡，墓地即在石首桃花山。

② 这里指把石首市建设成为连接长江经济带和洞庭湖生态经济区的区域中心城市。

敬题岑参纪念馆

少小江陵怀壮志，歌吟边塞闪奇光。
雄词丽句千秋久，浩气英风万里长。
胡地梨花开八月，楚天雪浪卷三江。
而今我访唐贤馆，欲与先生共举觞。

二〇一八年三月十二日于湖北荆州沙市区岑河镇

访公安三袁故里

桂台飘雅韵，柳浪起清风。
宦海三兄弟，文坛一代雄。
抒怀扬个性，破壁出高峰。
千古梅园地，薪传炬火红。

二〇一八年三月十二日于湖北荆州

沁园春·恭和蒋定之主席《沁园春·北京人民大会堂为十三届全国政协一次会议闭幕而写寄友人》

盛会华堂，正气清音，领唱咏春。引鸾鸣凤和，千吟典雅；桃开李绽，万木缤纷。放眼神州，春潮涌动，推助龙腾驾彩云。新时代，步康庄大道，锦绣乾坤。　　全民振奋欢欣。望前景、功成把酒斟。喜明灯指路，亨通国运；东风擂鼓，凝聚人心。荟萃精英，箴言妙策，打铁先当强自身。待圆梦，看排难克险，发力千钧。

二〇一八年三月十五日

沁园春·国艳海棠

不老琼枝，独秀中华，艳压九州。自秦根入土，汉花承露，贵妃羞面，武帝凝眸。朝野倾心，宋王崇仰，百卉之尊佳话稠。千年过，看娇颜依旧，尽显风流。　　从容阅历春秋。逢新雨，初苞探翠楼。看公园王府，花团锦簇，山前水畔，碧树芳洲。骚客吟诗，劳蜂采蜜，百姓人群尽兴游。迎旭日，正含珠带笑，气定情柔。

二〇一八年三月二十七日

临江仙·肥城桃花节

十万亩花真烂漫，娇妍问鼎桃都。春光占尽锦霞铺。人潮通径涌，芳海接天舒。　　泰岳灵源滋艳蕾，嫩枝初绽含珠。嫣红姹紫润如酥。蜜蜂惊乱眼，骚客醉仙图。

二〇一八年四月四日于山东肥城

满江红·步岳飞韵颂岳飞

天日昭昭，烟霾雨，终归散歇。回望目，忠奸邪正，斗争激烈。佞相位权成粪土，英雄肝胆光星月。罪莫须，折了栋梁才，长悲切。　风波过，冤恨雪；奸计败，身名灭。看恢恢法网，不容残缺。白铁难辞阴险气，青山幸沃忠贞血①。祭英魂，贼像跪碑前，陪灵阙。

二〇一八年四月五日清明节祭英雄

【注】

① 此联意象由岳飞墓阙对联“青山有幸埋忠骨，白铁无辜铸佞臣”幻化而成。

访肥城陶山范蠡祠

秦时月照两千秋，商圣祠前香火稠。
忠保君王成霸业，智辞将相泛轻舟。
多迁国度脱身险，三散家财解众忧。
功著名高芳百世，交辉首末展风流①。

二〇一八年四月六日于山东肥城

【注】

① 山东肥城市陶山范蠡祠始建于秦朝，后经历代多次重修，香火未断，现存为清顺治年间重修原貌，并正在大规模扩建。按照中国旧的行业理念，做官为首，经商为末，范蠡官拜越国上将军、

齐国宰相，而经商又富甲一方，商业理论光照千秋，成为万民崇仰、流芳百世的商圣、财神。

贺滨州诗词学会成立三十周年

一从吟帜树滨州，卅载春秋硕果稠。
八面风来同助力，诗潮催涨大河流。

二〇一八年四月十六日于北京

敬和葉嘉莹先生七十四年前旧作并遵约引用颈联

人生花季叹寒城，正气清音震耳听：
入世已拼愁似海，逃禅不借隐为名。
沧桑变幻常添彩，日月轮回不了情。
叶老归根堪笑慰，丹心一片未曾更。

二〇一八年四月十七日

敬和马凯同志《做好诗人，写好诗词》

骚魂一脉古今传，继雅开新效大贤。
莫畏云来浓霭起，应知雨过彩虹悬。
无邪丽句凭心境，有道佳词出自然。
正气人生堪自信，功夫诗外品当先。

二〇一八年四月十七日

遵引岚清同志诗句缅怀敬爱的周总理

海棠怒放满园春，仰止高山缅伟人。
总理有知应笑慰，当年梦想已成真。

二〇一八年四月二十日

祝贺恭王府博物馆全面开放十周年

绿瓦红墙秘史藏，府门开放意深长。
名园华宇添神采，古树新枝绽海棠。
权相诸王成幻影，平民百姓宴春光。
江南塞北风骚客，集友赓吟耀雅堂。

二〇一八年四月二十一日

新泰莲花山

九峰环抱地，泰左绽芙蓉。
万古观音像，千秋武帝宫。
天台连岱顶，水月映禅宗。
科马提岩现，新辉耀昊空。

二〇一八年五月十二日于山东新泰莲花山

新泰抒怀

智人牙齿古，开化显灵光。
毓秀钟灵地，藏金聚宝乡。
九峰常吐艳，三圣永流芳。
筑梦宏图展，腾飞耀百强。

二〇一八年五月十三日于山东新泰市

题新泰中医院杏林诗社

悬壶济世众人夸，腹有诗书气更华。
陶冶心身能益寿，杏林诗社绽奇葩。

二〇一八年五月十三日于山东新泰市

题鑫泰建筑集团

众志闯雄关，三金垒泰山。
鲁班应笑慰，折桂凯歌还。

二〇一八年五月十三日于山东新泰市

游京杭运河沛县段

真龙腾沛水，南北贯京杭。
河道连湖面，波光映殿堂。
桨声催画动，船号引诗扬。
碧浪金川涌，大风歌百强。

二〇一八年五月十七日于江苏沛县

题沛县汉魂宫

一代龙飞地，千秋大汉魂。
语言文字久，族裔五洲尊。

二〇一八年五月十七日于江苏沛县

题沛县黄河故道

当年举目尽黄汤，改道长龙走四方。
眼下清波杨柳岸，鱼翔鹤舞胜仙乡。

二〇一八年五月十八日于江苏沛县

题胡楼新社区

白手起家得道真，思维转换貌翻新。
心齐可聚擎天力，筑梦全凭带路人。

二〇一八年五月十八日于江苏沛县

小楼听雨偶感

闲暇到小楼，听雨品春秋。
八面风骚客，一江诗绪流。

二〇一八年五月三十一日

贺《张福有诗词选续集》出版

陶醉书斋静养根，关东诗阵聚骚魂。
江南塞北扬风雅，赞满山川贺满门。

二〇一八年五月三十一日于北京

晨遇

新雨过森林，初阳透洒金。
空幽湖镜里，对影慰清心。

二〇一八年六月三日

贺首届中华诗人节在荆州举办

中华多节庆，今日慰诗心。
楚郢迎骚祖，荆州作主人。
八方邀雅士，九域聚嘉宾。
接力传旗帜，赓吟气象新。

二〇一八年六月十八日于湖北荆州

敬题荆州关公巨像

拔地摩天一武神，横刀立浪震乾坤。
卧蚕眉下含忠义，美髯飘柔万世尊。

二〇一八年六月十九日于湖北荆州

祝贺野草诗社成立四十周年

铺遍山原迎早春，根须扎地系平民。
只添绿色不争艳，卌载旗开万象新。

二〇一八年七月一日

小楼两岁致贺

听雨听风来小楼，投缘快意两春秋。
情牵四海弘诗者，窗外云霞连五洲。

二〇一八年七月二日

题昆嵛山养生风情小镇

身居天境地，心自远凡尘。
富氧多离子，迎来长寿人。

二〇一八年八月七日于山东烟台昆嵛山

临江仙·昆嵛山

海右胶东龙脊挺，昆嵛天境仙山。瑶池王母下凡间。丛林生负氧，溪涧淌清泉。　　暴动战旗风漫卷，井冈火种燎原。基因红色永相传。千秋长寿地，今日建家园。

二〇一八年八月九日于山东烟台昆嵛山养生小镇

奉和蔡瑞义会长并寄意林峰、施学概、欧梦秋、谭南周诸吟丈

短信传情至，金风引共鸣。
京华怀继咏，闽港忆同行。
诗颂五星耀，魂牵四地荣。
举杯邀皓月，续谊唱心声。

二〇一八年八月十三日于山东昆嵛山养生风情小镇

游腊山

雄险奇灵秀，欣游小泰山。
钻身临虎洞，拱手列仙班。
月朗云梯直，境幽盘路弯。
金星下凡界，伴我再登攀。

二〇一八年八月二十九日于山东东平腊山

水调歌头·查干湖

举目连天际，圣水泛银波。五洲四海惊叹，冬捕大鱼多。渔猎溯踪千载，几度兴衰禁放，回首望蹉跎。今日开新卷，四季唱欢歌。　接花海，迷鸥鹭，醉天鹅。瑶池倩影，犹似仙女舞婆娑。北国明珠璀璨，物种乐园自在，碧叶映红荷。生态观光路，快意满心窝。

二〇一八年九月十六日于吉林省松原市查干湖

题吴迪院长牡丹画

挥毫泼墨牡丹开，锦绣春光笔下来。
借问天宫评判者，真花假卉费疑猜。

二〇一八年九月十四日

乾安走字

为乾安县以千字文命地名而作。

千字文中选地名，村村镇镇走文明。
奇闻天下无双例，教化民风妙趣生。

二〇一八年九月十七日于吉林省乾安县

万年生死恋

为两万年前一对雌雄披毛犀古化石题。

生死相依两万年，海枯石烂伴黄泉。
世间重返惊天日，博物馆中肩并肩。

二〇一八年九月十七日于吉林省乾安县泥林古化石博物馆

鹧鸪天·乾安泥林

土柱泥林布断崖，潜蚀地貌绽仙葩。纵横沟壑群峰立，幽谷深渊起浪花。　如锯齿，似狼牙，奇形怪状任冲刷。春秋冬夏迷人景，九域无双四海夸。

二〇一八年九月十七日

纪念中国改革开放四十周年

索解关开四十春，嫩枝老树蕾苞新。
冲霄一跃神龙起，又写传奇银汉滨。

二〇一八年九月二十六日

戊戌国庆三友畅饮北京饭店奉和黄锡昂吟兄

再聚端门侧，开怀话语多。
春风意常得，秋月镜新磨。
酒兴驰诗绪，吟潮汇海波。
千杯遇知己，一醉舞婆娑。

二〇一八年十月一日

戊戌国庆三友畅饮北京饭店奉和吴大汉诗家

咏今怀古唱幽州，知己千杯话九畴。
酒醉言狂邀李杜，浓情饱蘸写春秋。

二〇一八年十月一日

戊戌国庆晏饮奉和黄锡昂吟兄寄意卢中南潘衍习两挚友

佳节思知己，弛怀寄玉音。
格高赓雅唱，味厚壮清吟。
望月寻君影，倾杯表我心。
弥新虽历久，情贯去来今。

水调歌头·苏州墨客园

千古姑苏地，今日起名园。骚人墨客来聚，闹市得林泉。院内藏龙栖凤，剔透玲珑山水，移步换奇观。松竹梅魂伴，金桂玉枝兰。　宜联谊，能居住，可游玩。园林雅集，文会才俊五洲连。再品苏帮名菜，妙曲雕梁缠绕，把酒若成仙。陶令当惊叹，此处有桃源。

二〇一八年十月八日于江苏苏州

苏州得月楼口占

把酒临风得月楼，飞觞传令话千秋。
骚人墨客投缘聚，谊厚情浓动九州。

二〇一八年十月九日于江苏苏州

登吴中第一山—虎丘[①]

携友吴中上虎丘，剑池浩气炳千秋。
倾斜古塔惊寰宇，风壑云泉伴客游。

二〇一八年十月十日于江苏苏州

【注】

①虎丘山上的云岩寺塔历经千年风雨，为世界第二斜塔。

寻访沙家浜

港汊河湖芦苇荡，天罗地网打东洋。
而今我到传奇地，热血依然充满腔。

二〇一八年十月十一日于江苏常熟沙家浜

藏头五绝·贺六小龄童艺术馆开馆

六艺求精湛，小中观大千。
龄高追鹤寿，童趣伴华年。

二〇一八年十月十四日于天津

贺港珠澳大桥开通

跨海凌波三地通，伶仃洋上架长龙。
扎根能镇凶狂浪，展臂敢迎强飓风。
多项新奇惊域外，大湾宏愿起寰中。[①]
岛桥隧道成连体，技压千秋一代雄。

二〇一八年十月二十五日于江西井冈山

【注】

①大湾，指粤港澳大湾区经济圈。

奉和陈荣权会长八十初度抒怀

兼程风雨一挥间，八秩春秋不记年。
磨难多经终困扰，清心常在自安眠。
先耕苗圃培良栋，再辟诗坛着雅鞭。
向晚晴空霞满目，开怀高咏响云天。

二〇一八年十一月一日

贺邯郸诗词楹联协会成立三十周年

赵都文脉韵悠长，卅秩吟旗舞太行。
古步邯郸今跨越，新雏老凤赋瑶章。

二〇一八年十一月二日于北京

改革开放四十年

索解关开四十春，嫩枝老树蕾苞新。
神龙一跃冲霄起，又写传奇银汉滨。

二〇一八年十一月二十五日于北京

野草诗社四十年

铺遍山原迎早春，根须扎地系平民。
只添绿色不争艳，卌载旗开万象新。

二〇一八年十一月二十五日于北京

题步云楼

浏渭河阳畔，登楼可步云。
抒怀圆伟梦，纵笔铸雄文。

二〇一八年十一月二十六日

武功县寄怀

灵山秀水诞真龙，报本贞操显至忠。①
古邑千秋逢盛世，复兴圆梦慰苏公。

二〇一八年十二月七日于陕西武功县

【注】

① 武功县是苏武故里，又是唐太宗李世民的诞生地，至今保存苏武墓、报本塔等历史遗迹。

满江红·苏武

持节留胡，心系汉，忠昭日月。羁漠北，牧羊边海，欲归途绝。饮雪存贞肝胆壮，吞毡度命情怀烈。志不移，报本拜南天，朝龙阙。　　位权诱，难撼岳。降将劝，心如铁。誓成仁取义，德操高洁。正气感天胡礼送，真情动地皇仪接。永流芳，世代颂英名，歌雄杰。

二〇一八年十二月八日于陕西武功县

题武功县城隍庙二龙戏珠浮雕

驾雾腾云到武功，城隍庙里见活龙。
戏珠逗趣身飞动，扑面犹吹一阵风。

二〇一八年十二月八日于陕西省武功县城隍庙

报本塔口占

受恩思报源为本，负义昧心羞作人。
世上天良沦丧者，应知反始可归真[①]。

二〇一八年十二月八日于陕西省武功县报本塔

【注】

① 此诗借用报本反始古成语之意。

武功县教稼台

开化农耕教稼穑，缅怀后稷筑高台。
丰登五谷关中始，华夏粮仓自此来。

二〇一八年十二月八日于陕西武功县

敬题陈毅元帅

文韬武略拜元戎，亮节高风誉雪松。
梅岭三章泣神鬼，旌旗十万映天红。

二〇一八年十二月二十日于四川乐至县陈毅元帅故里

游乐至报国寺

宗教虔诚知报国，千年古刹在人间。
忧烦忘却临仙界，净土清心即佛山。

二〇一八年十二月二十日于四川乐至县

大雄宝殿顿悟

帝王将相凡心重，出语惊人唐太宗。
利索名缰难斩断，六根清净可称雄。

二〇一八年十二月二十日于四川乐至县报国寺大雄宝殿

致田园诗乡——乐至

乐在蜀中宾客至，帅乡诗意漫田园。
青山绿水添新彩，气定神闲咏自然。

二〇一八年十二月二十一日于四川乐至县

礼赞何尊青铜器

出土何尊溯逝川，宅兹中国意惊天。①
青铜宝器铭文在，见证西周盛世前。②

二〇一八年十二月二十五日

【注】

① 何尊青铜器上第一次出现了“中国”这一概念，为中华民族的家园定位中央之国，提供了历史佐证。

② 这里指资料所载的周朝陈康盛世。

贺第三届全球华人少年书法大会总决赛在肇庆举行

古邑端州耀岭南，老坑名砚映晴岚。
全球书法争雄地，折桂少年成美谈。

二〇一八年十二月二十九日于广东肇庆市

（有和诗一组）

咏肇庆七星岩

北斗七星落碧湖，清波倒映粤天舒。
岭南仙境迎骚客，水绕山环入画图。

二〇一八年十二月二十九日于广东肇庆市

咏端砚

千年名砚起端州，玉润珠辉质地柔。
石眼明睁惊社稷，冰纹暗隐阅春秋。
神工刻去飞龙凤，鬼艺雕来卧虎牛。
雨过天晴生万象，老坑麻子竞风流[①]。

二〇一八年十二月三十一日于广东肇庆市砚村

【注】

① 雨过天晴为上品天青的端砚品牌，老坑、麻子坑为端砚产地最具代表性的两大名坑。

（有和诗一组）

2019年作品

贺中宣部“学习强国”平台上线

学习助推强国梦，空间广阔架平台。
千谋万智终端显，代有英才接踵来。

二〇一九年一月一日

（有和诗一组，被中央“学习强国”平台等媒体转发。）

鹊桥仙·贺“嫦娥四号”着陆月背

蟾宫后院，深空秘境，玉兔飘然着陆。嫦娥巧借鹊桥星，笑银汉，迢迢暗度。　惊天创举，中华折桂，招引环球瞩目。成功探索助龙腾，只为了，和平进步。

二〇一九年一月三日

己亥迎新曲

奉和小平秘书长。

迎新唱和与谁论，野草梅花同沐暾。
玉兔升空潜海月，蛟龙出水望天门。
长途共命交穷友，宽带联银到远村。
值岁元戎开富路[①]，乘风阔步任飞奔。

二〇一九年一月十六日

【注】

① 值岁元戎指己亥值岁的天蓬元帅。

满江红·军博六秩

广厦巍峨，浓缩进，兵戎岁月。镏金字，伟人椽笔，馆门生烨。八一旌旗鲜似火，井冈道路真如铁。固军魂，力转旧乾坤，开宏业。　人事物，丰陈列。活战史，昭英烈。让红军血脉，永相传接。筑梦强军谋胜算，催征砺剑呼雄杰。六十年，文博铸辉煌，光华阙。

二〇一九年一月十六日

“五四”百年

一声炮响醒东方，德赛先生大纛扬。[①]
欧陆哲人传火种，中华暗夜透曦光。
学潮引助春潮动，工运催联农运忙。
合聚锤镰天地变，立身致富再图强。

二〇一九年一月二十六日

【注】

① 德先生和赛先生是对民主与科学音译的形象称呼，也是中国新文化运动期间的两面旗帜。

克里木

天山顶上耀明星，德艺交辉向晚晴。
舞步轻欢生妙趣，歌声优美注深情。
军民共赏连心曲，影视双栖誉幕屏。
实至名归争点赞，春光常在树长青。

二〇一九年一月二十九日

奉和岳琦主席福有会长《己亥贺岁》

梅花例放又逢春，值岁天蓬降世尘。
过眼烟云知静气，入心诗画慰吟身。
关东雅阵元音妙，京内戎衣和句新。
谢意贺年当举酒，倾杯寄北感情真。

二〇一九年一月二十九日

奉和香港林峰会长《己亥吟春》

早起迎来鹊喜声，香江诗汛寄深情。
三番赴港宾朋聚，几度邀君岁月更。
南国桃花含惠雨，北京梅朵报春晴。
吟翁八秩松难老，豪气干云河汉横。

二〇一九年二月三日

奉和野草诗社李殿仁社长《己亥迎新团拜会受到习主席接见感言》

野草诗人握巨手，千言万语满心头。
图强筑梦人欢喜，惩腐除妖鬼见愁。
大爱仁怀连地气，雄才伟略展风流。
长征接力新时代，正举鹏程天汉游。

二〇一九年二月五日

敬和钟老家佐方家《九十感言》

九秩吟星不记年，长青松柏醉春烟。
远航破浪情犹烈，奋进冲关志愈坚。
翰墨千秋镌石壁，风骚万里驾云船。
京华后学遥相贺，家国同兴期梦圆。

二〇一九年二月七日

沁园春·新中国七秩华诞

赤县朝晖，国史开元，帜耀五星。看城乡百业，革除故弊；江山万里，唤醒春荣。夯实根基，固牢梁柱，傲立东方举世惊。雄狮起，聚九州赤子，四海宾朋。　擎旗接力长征。励壮志，艰辛探索行。赞开关解锁，腾龙破雾；航天探海，富国强兵。巨笔宏图，带通路畅，命运连同求共赢。新时代，正复兴圆梦，翼展鹏程。

二〇一九年二月十一日

（有和词一组，被中央“学习强国”平台等媒体转发。）

随梁东老贺沈鹏老米寿期茶寿

把酒登台邀月华，回廊幽径曲阑斜。
风骚流韵涨千水，翰墨飞龙生万花。
今日高朋同祝米，来时彭祖共期茶。
解囊设奖诗书画，德艺双辉映碧霞。

二〇一九年二月十九日

画堂春·葉嘉莹先生九五华诞

独陪明月看荷花，[①]梦萦漂泊天涯。淤泥不染绽芳华。气韵清嘉。　羁旅栉风沐雨，晚晴夕照红霞。苍松翠柏发新芽，雅苑仙葩。

二〇一九年二月二十日

【注】

① 叶先生说，“独陪明月看荷花”是梦中偶得之句，自己颇为喜欢。她出生于荷月，小字为“荷”。

沉痛悼念蔡厚示先生

噩耗传来心乍惊，方知蔡老已仙行。
闽湘会友尊师表，京兆陪君勤务兵。①
德厚才高堪示范，情真义重自为朋。
先生此去蓬山远，把酒端杯泪雨倾。

二〇一九年二月二十五日

【注】

① 蔡厚示老是我忘年交的良师益友，每次来京只要事先告知，我必带车迎送相陪。蔡老风趣地对我说，我女婿就是解放军，我应该是子弟兵的“泰山”了，我回答说，我理应是蔡老的勤务兵。

纪念周克玉老社长逝世五周年

清明时节泪沾襟，遥望长天念故人。
常忆德高尤敬老，难忘谊厚倍思亲。
挥戈马到惊风雨，提笔诗成泣鬼神。
遍野神州生瑞草，飘香嫩叶化灵椿。

二〇一九年三月二十五日

沉痛悼念李瑛前辈

杜鹃啼血唤东风，携笔从戎迎彩虹。
炮阵枪林吹号角，草原山寨展春容。
魂牵家国诗情里，歌咏军民画意中。
笑貌犹存人远去，朦胧泪眼望苍穹。

二〇一九年三月二十八日

敬和葉嘉莹先生题诗“学习强国”学习平台

诗教千秋育九寰，承唐继宋再登攀。
放歌圆梦新时代，情满江河意满山。

二〇一九年三月三十日

赞第四十三届全国文房四宝艺博会

凤凰际会凤凰台，四宝文房展幕开。
自信中华文明久，朝宗百鸟竞相来。

二〇一九年三月三十一日

人生四字哲理杂咏（四首）

今晨朋友圈传来微信，意为人生能领悟“尖”、“卡”、“引”、“斌”四字境界者，谓之上。颇感富含哲理，遂脱口咏叹。

其一，咏尖

能大还能小，人尖品位高。
有容天地阔，无欲自逍遥。

其二，咏卡

能上且能下，从容任去留。
心宽名利淡，正气写春秋。

其三，咏引

能曲亦能伸，英雄胯下人。[①]
张弛皆有度，处事信如神。

【注】

① 此处借用西汉开国英雄韩信曾受胯下之辱典故。

其四，咏斌

能武又能文，才高可领军。
更须人品正，望重动风云。

二〇一九年四月八日

深切缅怀许光达大将

四星将座起长沙，血染三河映碧霞。①
征战秦川传捷报，麾兵绥晋绽奇葩。
楚才巨著凭谈吐，铁甲雄师任叱咤。
几让军衔多赞许，人生明镜照中华。②

【注】

① 1927年10月，八一南昌起义部队代理连长许光达，在著名的三河坝战斗中被炮弹炸伤，是此役200多名壮烈牺牲断后勇士中，仅有的两位幸存者之一。

② 毛泽东主席称赞说，许光达是一面明镜，共产党人自身的明镜。

二〇一九年四月八日

人民海军七秩华诞

向海图强看泰州，劈涛七秩展风流。
水天一体长城固，再进深蓝任自由。

二〇一九年四月二十三日

望海潮·向海图强——写在人民海军七秩华诞海上阅兵之际

悠悠华夏，茫茫黄海，今时地动天惊。舰阵劈涛，蓝鲸出水，战鹰编队成城。统帅阅雄兵。友邦舰艇众，次第前行。举世凝眸，看神龙起，展鹏程。　　心潮澎湃难平。有郑和使者，七下西瀛。甲午海殇，百年国耻，警钟世代长鸣。壮志化雷霆。落后遭挨打，弱肉强烹。向海图强筑梦，勠力保和平。

二〇一九年四月二十三日

贺苏士澍王林旭联大书画展

殿堂神圣色昕昕，万国精英赏汉文。
树扎乡根滋雨露，龙飞墨海起风云。
能承经典堪称道，敢创新奇自越群。
今日花环光祖国，仙峰桂树再挥斤。

二〇一九年四月二十六日

习主席深入山寨关心群众喜赋

喜鹊登枝万里晴，僻乡山寨起欢声。
吉言有的关人愿，大爱无垠系众生。
筑梦心齐听鼓动，攻坚水到看渠成。
愁云散尽开怀笑，惠政边民不了情。

二〇一九年四月二十六日

贺《祝雪侠评论集》出版

良知责任与公心，饱蘸浓情著美文。
博采众长成自体，扎根黄土孕清芬。

二〇一九年四月二十九日

礼赞林俊德院士

命系中华国是家，死亡之海绽奇葩。
全程试爆留身影，每次成功伴泪花。
自始消声情有憾，临终夺秒爱无涯。
铸成核盾民安泰，挂像英模世代夸。

二〇一九年五月七日
（有和诗一组，被中央“学习强国”平台等媒体转发）

《习近平在正定》读后感

访谈实录口碑香，起步基层正道长。
志改山川新理念，心连黎庶旧军装。
迎难克险当旗手，沐雨经风育栋梁。
无悔青春称表率，领航掌舵向辉煌。

二〇一九年五月十一日

北京世园会即咏（十首）

一、北京世园会

绿色生活美丽家，艳惊欧澳亚非拉。
景观浓缩妫河畔，一处同开四海花。

二、妫汭剧场

彩蝶硕大舞翩跹，栩栩如生山水间。
盛会空前光九域，五洲宾客尽欢颜。

三、永宁阁

梯次花田布满山，巅峰高耸入云端。
辽金古韵连当代，雄伟地标光世园。

四、中国馆

背负青天瞰世园，欲飞神鸟气非凡。
鎏金如意连青翠，游遍神州一日还。

五、国际馆

风雨同行巨伞群，一廊看尽万邦春。
文明互鉴花争艳，齐吐芬芳透碧云。

六、植物馆

四壁根须万花筒，自然人类共相融。
穿香越翠仙台上，碧水青山一望中。

七、百草园

远古神农尝百草，今时荟萃靓名园。
灵丹妙药原生状，叶韵花容美若仙。

八、百果园

四季连阡大果园，五洲名品汇千鲜。
天南地北多风味，沉醉浓香品蜜甜。

九、百蔬园

水生蔬菜蔓生瓜，科技兴农惠万家。
立体凌空满青翠，求知学艺乐无涯。

十、七彩云南

魂牵梦绕彩云南，孔雀开屏在眼前。
热带雨林连雪域，匠心巧手布山川。

二〇一九年五月十三日

减字木兰花·礼赞张富清老英雄

朴实纯粹，功隐名埋人敬佩。不忘初心，弹雨枪林敢舍身。　　淡泊名利，先烈勋劳须永记。时代先锋，感动神州勠力行。

二〇一九年五月二十七日

（有和词一组，被中央“学习强国”平台等媒体转发。）

贺第二届中华诗人节在重庆奉节举办

华夏诗城添节庆，古今骚客喜相逢。
谪仙把酒迎新友，吟圣登台觅旧宫。
白帝山头彩云绕，瞿塘峡口碧流通。
歌时为事唐音里，璀璨星群一望中。

二〇一九年六月十三日于重庆奉节

水调歌头·三峡之巅

赤甲朝天刺，三峡耸峰巅。白盐隔岸相望，红素布奇观。俯瞰瞿塘峡口，东望西陵云水，脚下走晴川。万里长江秀，此处最陶然。　　有民舍，通鸟道，醉层峦。夔门可辨，峰壑深处觅桃源。[①]远看楼林拔地，千载诗城焕彩，盛会喜空前。妙笔丹青手，筑梦写新篇。

二〇一九年六月十四日于重庆奉节

【注】

① 此处借用了康熙皇帝六言诗碑意象：危石才通鸟道，青山更有人家。桃源应在深处，涧水浮来落花。

水调歌头·武汉东湖

万里长江岸，武汉嵌明珠。钱塘佳丽西子，惊艳望东湖。骚祖行吟泽畔，击鼓庄王督战，太白放鹰雏。万亩山林翠，千顷水天舒。　除污染，修绿道，布琼株。串连四景，吹笛落雁浪花浮。更有磨山遥祭，今古斗星璀璨，日照锦霞铺[①]。波映晴空镜，浩瀚展宏图。

二〇一九年六月十九日于湖北武汉

【注】

① 被称颂为“人民心中红太阳”的毛泽东主席，曾经在武汉东湖住过44次。

武汉东湖吟稿（四首）

行吟泽畔

屈原流放处，泽畔苦行吟。
呐喊惊天地，风骚贯古今。

磨山祭天

志壮皇叔欲祭天，精心避制设郊坛。[①]
暗藏玄秘神机地，化险为夷相见欢。

【注】

① 避制，即避免越制，当时刘备还是诸侯，按身份不能祭天，故设郊坛，取郊乡祭祀之意。

李白放鹰

谪仙偶上土堆来，雏鸟困身声正哀。
解救助飞观远去，长留千古放鹰台。

皇子吹笛

皇子受封藩武昌，拓疆平叛战功扬。
抒情寄志笛声里，大明一代楚昭王。

二〇一九年六月二十日于湖北武汉东湖

烟雨东湖口占

濛濛烟雨锁东湖，山色波光有若无。
绿道驱车穿画卷，芙蓉绽放笑颜殊。

二〇一九年六月二十一日于武汉东湖百里绿道

题赞丝路信使

千秋丝路孕奇思，信使追风万里驰。
本是自行车赛事，家书兼递爱心知。

二〇一九年六月二十三日

题赠博白县

古邑千秋看白州，客家人物展风流。
民间艺术多姿彩，筑梦腾飞谋大猷。

二〇一九年七月一日

赞黄文秀

英年壮志逝洪波，时代先锋树楷模。
无悔青春生异彩，为民报国不蹉跎。

二〇一九年七月三日

报载圆明园古莲沉睡百年复活开花

莲子长眠经百载，风姿再现绽芳颜。
花圆科技回春梦，人老还童待闯关。

二〇一九年七月八日

赞中国航天

探索苍穹震古今，东方红曲报佳音。
神舟飞渡穿银汉，火箭升腾寄壮心。
登月乘风灵兔至，巡天测地碧霄临。
空间站里宏图绘，科技锦囊能变金。

二〇一九年七月十一日

卜算子·古莲回春

沉睡百年长，妙术催春梦。生态还原似旧时，唤醒芳心动。　　动也不争先，节奏从容控。待到芙蓉出水来，同把清香送。

二〇一九年七月十一日于北京圆明园荷花品种基地

赞中国航母

利器兴邦固海疆，航空母舰镇重洋。
人凭耀武欺他弱，我靠含辛争自强。
踏浪成城拦水寇，凌云布网射天狼。
休言华夏启程晚，坚信东风助远航。

二〇一九年七月十二日

赞挺华为

真金烈火看华为，立地顶天任正非。
不畏强权施霸道，只凭正义灭淫威。
登巅克险无捷径，折桂称雄有定规。
告慰炎黄彰赤子，争锋科技树丰碑。

二〇一九年七月二十四日

贺武汉举办世界军运会

筑梦和平跨大洋，军人竞技慨而慷。
出山猛虎雄威壮，入海强龙斗志刚。
铁血生光增灿烂，灵机焕彩铸辉煌。
引回黄鹤来观战，友谊花开分外香。

二〇一九年七月二十四日

沉痛悼念林从龙老——步十年前赠林老旧作原韵

惊闻星斗陨，未语泪先流。
厚谊连京兆，深情忆郑州。
诗篇人久仰，风范世长留。
笑貌音容在，吟河不断头。

二〇一九年七月二十四日深夜

（原作见本书二〇〇九年八月三十日作品）

贺全新国防军事频道开播

国防频道貌全新，振奋同仁几代人。
回首艰辛拓荒路，欢欣今日梦成真。

二〇一九年八月一日

沉痛悼念欧阳鹤老

鹤公乘鹤去，洒泪祭欧阳。
给力扶新秀，赓吟显热肠。[①]
忘年交谊厚，传艺友情长。
风范励来者，流芳溢彩光。

二〇一九年八月十二日

【注】

① 欧阳老多次步韵唱和拙诗，热情指导激励。

祭抗联名将王德泰[①]

山东钢铁汉，关外建功多。
雪野扬霜剑，山林战恶魔。
旗开惊寇胆，血洒染汤河。
青史垂名久，忠魂壮海波。

二〇一九年八月十八日

【注】

① 王德泰，少小随亲闯关外的山东人，曾任东北抗日联军第一路军副总司令兼第二军军长，第二军创始人，1936 年 11 月在小汤河战斗中壮烈殉国。

贺《解贞玲文学评论选》出版

识珠慧眼自超群，妙笔高才著锦文。
不让须眉巾帼将，通今贯古气干云。

二〇一九年八月二十三日

修心

休言世态有炎凉，寒暑交更日月长。
直面人生风雨路，四时心底驻阳光。

二〇一九年九月六日

养性

无故加之心不怒，猝然临变胆毋惊。
先贤志远胸如海，成败从来系性情。

二〇一九年九月六日

礼赞战斗英雄黄继光

胸膛奋勇堵机枪，动地惊天黄继光。
胜利坦途生命换，名垂青史万年长。

二〇一九年九月十九日

礼赞遵纪模范邱少云

纹丝不动任焚身，烈火金刚邱少云。
执纪如山赢胜利，长留浩气励来人。

二〇一九年九月十九日

满江红·出席烈士纪念日向人民英雄敬献花篮仪式感赋

新中国七秩华诞盛大庆典前夕，余有幸作为共和国退休将军代表之一，同党和国家领导人与首都各界代表一道，出席了烈士纪念日向人民英雄敬献花篮仪式，心潮澎湃，思绪万千，致诚致敬，即填是阕。

世代尊崇，碑高耸，庄严拜谒。新中国、七旬华诞，缅怀先烈。取义成仁长暗夜，献花告慰金秋节。转乾坤，装点古神州，翻新页。　除旧弊，清余孽。寻正道，光雄杰。创千年伟绩，亿民欢悦。不忘初心明似镜，履行使命坚如铁。举红旗，接力再长征，争超越。

（二〇一九年九月三十日于北京天安门广场）

新园春·新中国七秩华诞大阅兵

盖地铺天，虎气狮威，震撼宇寰。看祥云助势，红旗引路；神龙布阵，众志排山。陆海长城，空天利剑，立体多维展大观。惊世界，正铁流滚滚，执锐披坚。　　忠魂血性相传。分列式，将军更率先。赞高昂士气，队形严整；新型武器，装备齐全。舰载安民，机承卫国，导弹无言敌胆寒。听号令，向未来胜利，一往无前。

（二〇一九年十月一日·北京）

附录

长篇人文抒情诗

和谐之歌

卷前语：在中国新诗90周年之际，人们呼唤新诗传统的回归。

点评词：一幅内含哲理的和谐人生风情画，
一部诗情画意的和谐理念教科书。

序曲·和谐魂

宇宙——生命——人寰，
对立——统一——发展，
万物中矛盾相对的统一性，
应是和谐的本源。
建立和谐制度，
曾是空想社会主义的主要观念。
实现社会和谐，
更是科学社会主义的基本内涵。
马克思恩格斯说过：

“每个人的自由发展
是一切人的自由发展的条件。”
中华民族悠久的文化积淀，
贯穿着“和为贵”的思想主线——
青铜器铭文中“和”字的记述，
西周史伯“和实生物”的论断。
春秋孔子“中庸”之道，
董仲舒“夫德莫大于和”的感言。
东晋陶渊明笔下的桃花源，
和谐社会理想的样板。
宋明理学家均衡、和谐、和合、和平的主张，
程颐“若至中和，则是达天理”的观点。
明清两代的帝王们，
把皇宫的象征命名为“太和殿”。
孙中山“天下为公”的昭示，
毛泽东“环球同此凉热”的呼唤。
邓小平理论宣告“斗争哲学”的终结，
“三个代表”的思想要义是和平发展。
古往今来的至圣贤哲，
都是倡导和谐的理念。
社会和谐是——
中国特色社会主义的本质属性，
马克思主义科学发展的英明论断。
党中央号召构建社会主义和谐社会，
是一部伟大的乐章诗篇。
它的每一个词句，

都昭示着我们党不懈奋斗的目标；
它的一节音符，
都饱含了我们党正反两面的经验。
我们要——
一千次一万次地高唱和谐的颂歌，
我们要——
一千次一万次地强化和谐的理念。

第一部·人与自然

青山。碧水。绿野。
红日。白云。蓝天。
勾勒出自然天成的美丽画卷。
鱼跃、鸟飞、兽跑，
草长、花开、蝶恋，
展现着自由自在的生命乐园。
霞光里鸟鸣中的晨练场
舞动老人的身影，
春风中阳光下的百花园
映红孩子的笑脸。
朋友——
你可曾意识到，
我们居住的这个地球，
正面临着前所未有的挑战。
这肇事者正是我们人类自己，
是人们不讲科学的盲目发展。

原子武器巨大的破坏，
工业废物不尽的污染；
地球的臭氧层出现漏洞，
透进了过多的紫外线。
这个星球存在条件已悄然生变，
它的表面温度正在变暖。
假如有一天两极的冰山逐步融化，
五大洲将卷起四大洋的波澜。
水多为患。水少为难。
水是万物的生命之源。
地球是被海水包围的一只泪眼，
人类生存需用的淡水却如沙洲细泉。
有些预言家们悲观地推断，
如果不加节制，人类的最后一滴眼泪，
将是水资源的枯干。
我们疾呼我们呐喊：
节约用水刻不容缓！
孕育万物的土地，
是人类栖身的家园。
急功近利的开发者们挥起无情的锯斧，
大量的植被毁坏、林木被砍。
导致了——
土地的沙漠化步步紧逼，
肆虐的沙尘暴蔽日遮天。
大自然的报复决不会心慈手软，
生态破坏的代价要以生命偿还！

全民动员植树造林防沙护田，
莫让明天的北京变为今日的楼兰！
弥漫于地球周围的空气，
我们忠实的生命旅伴。
离开了它人们只能存活瞬间。
你看——
工厂的烟囱，
汽车的尾管，
日复一日地把空气污染。
技术革新的“魔术师”努力变废为宝，
有识之士率先弃车代步倡导“无污染”上班。
人人都从我做起从今天做起吧，
莫再让空气污染的指数升级，
莫再往肺里吸入定时炸弹。
我们脚下蕴藏的石油、天然气、煤炭……
都是不可再生的宝贵资源。
照现在的速度、模式来开采、消耗，
用不了太久地球的“肚子”就会被掏空、吸干。
科学家们已经把智慧和目光，
投向开发利用太阳能、风能等天然资源。
污物处理和资源再生多策并举，
把资源的利用率推至极限。
开源节流点点滴滴发掘资源的潜能；
动之以情晓之以理转变消费的观念。
消费者的行为消耗着水、石油、煤炭等大自然的馈赠，
消费者的胃口又瞄向了野生动物，

我们地球村里的伙伴。
切莫再以邻为壑，对它们张开血口，
切莫再大杀出手仅为那滴血的命钱。
扬子鳄、中华鲟、华南虎、
大熊猫、藏羚羊、长臂猿……
河狸、巨蜥、紫貂、云豹、
仙鹤、雉鹑、金雕、蓝鹇……
快快快，
救救这些濒危的生灵吧，
它们的生存环境已步履维艰。
须知道——
没有了他们人类将变得孤单，
要明白——
孤单离灭绝不再遥远……
一千条道理，
一万声呐喊，
我们必须强化保护自然环境的紧迫意识，
我们必须牢树人与自然和谐相处的自觉观念。
紧急行动起来——
善待我们居住的地球，
珍惜我们生存的空间。
为我们的子孙——
留下和煦的阳光，
清新的空气；
留下碧绿的原野，
苍翠的青山；

留下珍贵的资源，
有限的矿产；
留下野生动植物，
人类生存的伙伴；
留下和畅的风，
明朗的月；
留下清清的水，
蓝蓝的天……

第二部·人与社会

音乐堂——演奏团——指挥棒，
田径场——运动员——发令枪，
铁路线交道口信号闪，
大都市交通岗灯光亮。
整个社会尤如一部大型交响乐
每个音符和谐有序合成美妙乐章。
人是社会的人，
离开社会的个体人，
如同瓜离了秧。
人的本质是一切社会关系的总和，
社会机器要求每个零部件运转正常。
即使一个螺钉生锈，
也会对机器的和谐运转造成影响。
社会和谐是社会主义的本质属性，
构建社会主义和谐社会，

体现了华夏儿女的共同愿望。
要按照“六条标准”的总要求，
全体人民共同建设共同分享。
社会如同自然界，
树欲静而风不止，
船欲稳而水起浪。
任何一个国家社会，
也不可能是没有矛盾的理想天堂。
在我国总体和谐的乐章里，
也存在着噪音杂响。
城乡差别区域差异贫富差距；
人口压力就业困难住房紧张；
体制不完善法制不健全治安难好转；
诚信缺失道德失范腐败滋长；
农民工的工资长期托欠；
矿难的血泪感不动黑矿主的心肠；
更有敌对势力的渗透破坏，
为颠覆人民的江山暗放冷枪……
林大树多有几只劣鸟不足为怪，
小小环球有苍蝇碰壁勿须慌张。
构建和谐社会是一个动态的过程，
在化解矛盾中逐步实现民安国昌。
肯定个体差别和社会分工的多元；
发挥个体合作和社会正义的力量；
推崇社会诚信和社会秩序的法制；
注重生态平衡和国际交往的加强。

坚持以人为本，
促进人的全面发展，
实现科学有序不断提高发展质量。
社会主义新农村建设蒸蒸日上，
自主创新之路越走越宽广。
西部开发，东北振兴，中部崛起，
东部率先，优势互补，共创辉煌。
实施积极的就业政策，
健全城乡统一的人才与劳务市场。
坚持教育优先促进教育公平，
加强医疗服务确保人民健康。
加快发展文化事业和文化产业，
让人民的精神乐园鸟语花香。
建设社会主义核心价值体系，
形成全民族奋发向上的精神力量。
树立社会主义荣辱观，
培育文明道德新风尚。
营造积极的思想氛围，
坚持正确的舆论导向。
广泛开展和谐创建，
人人争做和谐榜样。
完善社会管理保持安定有序，
加强国防建设提供安全保障。
激发社会活力增进团结和畅，
加强党的领导齐心建设小康。
构建和谐社会全局在胸责任到人，
实现社会和谐坚毅不拔协力共创。

第三部·人与他人

分子，细胞，肌体；
水滴，浪花，江河。
全社会整体上的和谐，
有赖于人际间的协和。
亲人、友人、陌生人，
恩人、仇人、局外人，
构成了人际间的他、你、我。
与人相处海纳百川有容乃大，
为人处事真诚善意祸少福多。
勺子时常碰锅沿，
舌头也会把牙磨。
人与人难免有擦擦碰碰，
你我他常常会绊绊磕磕。
消除误会化解矛盾泯却恩怨，
坦荡胸襟宽待他人严律自我。
己所不欲勿施于人，
多几分宽容少一些尖刻。
让爱的春风吹化心灵的冰雪，
让爱的热流温暖彼此的心窝。
只要人人都献出一点爱，
你我他都会生活得快快活活。
家庭是社会的细胞，
“万事兴”的基础在于家和。
血缘姻亲是民族繁衍的源本，

养育之恩高于大山长过江河。
羊羔跪乳之恩，
乌鸦反哺之意，
不孝之人连禽兽都羞于同伙。
敬老——
传承着民族的美德，
爱幼——
呵护好祖国的花朵。
手足情深，兄弟协力，姐妹同心，
夫妻恩爱虽苦犹甜岁月如歌。
让“家和”之花迎来社会和谐的春光万里，
让社会处处都能体现“家”的暖和。
在社会这个大家庭里，
友人的角色功不可没。
友人之间关系亲近交情深厚，
有事好办有话好说。
友情是社会和谐的润滑剂，
酒逢知己千杯少，
话不投机半句多。
交友贵在真诚，以心换心，
交友重在信义，千金一诺。
让友谊的纽带情系身边人群，
让友爱的种子在每个人心里开花结果。
每个人友情范围的扩大交融，
就交汇成全社会的和谐之歌。
月亮会有阴晴圆缺，

人间常会阴差阳错。
许多人在相处之中产生误解、误会，
少数人的心灵深处也有阴暗、邪恶。
于是人际间就有了隔阂、埋怨，
甚至仇恨的怒火。
常言道怨可消而不可积，
仇可解而不可结。
以牙还牙，针锋相对，日积月累，
变本加厉，仇堆成山，恨流成河。
最终的结局只能是两败俱伤，
双方都会遗恨千古万事蹉跎。
退一步天高地阔，
让三分心平气和。
有多少仇恨冤家握手言欢，
有多少悲欢往事付逐逝波。
解仇是知错就改，
结仇是错上加错。
只要人与人将心比心换位思考，
就会逐渐相互理解相知心窝。
闲谈勿论人非，
静坐多思己过。
愿仇恨的种子永不发芽，
让怨恨的情绪随风飘落。
有时候也是不打不成交，
劫波过后是友谊的欢歌。
缘分啊——

被忽悠的兄弟和忽悠人的大哥。
对于每日每时随处可遇的陌生人，
同样要爱字当头，善字为本，助字为乐。
让雷锋精神化作春风吹遍祖国的山山水水，
让《爱的奉献》成为心雨滋润世界的角角落落。
只要大家都伸出友爱之手，
人际间就没有过不去的坎、渡不过的河。

第四部·人与自己

自得。快乐。欢喜。
自怨。懊恼。生气。
每个人都有自己的七情六欲。
生活就像一面镜子，
你高高兴兴它欢欢喜喜，
你悲悲切切它哭哭啼啼。
心平气和时看得人人都像吉祥鸟，
心气不顺时觉得个个都似乌眼鸡。
心情是心灵的晴雨表，
既能够常年“春风桃李花开日”，
也可以天天“秋雨梧桐叶落时”。
一个人的情绪本身就是矛盾的统一体，
现实社会和谐家庭和谐，
必须从每个人的自身和谐做起。
君子坦荡荡，
小人常戚戚。

幸福本来就是一种感觉，
这感觉的主宰就是人们自己。
知足者常乐，
贪得者多气，
自我烦恼的根子就是攀比。
眼红是看别人的财富自我懊恼，
嫉妒是拿别人的成就折磨自己。
钱有多少才算多？
个、十、百、千、万、亿……
个人的挣钱能力玩不过数字游戏。
社会财富尤如——
“大江东去”，“江河横溢”，
挣钱人恰似——
“君看一叶舟”，“出没风波里”。
人的一生不过百年，
三万六千多个日出月落的日子。
一张床板任你有多高的身躯，
一日三餐你能有多大的肚皮？
赤条条地来，
赤条条地去，
再多的财富也装不进骨灰盒里。
腰缠万贯不乏跳楼寻短者，
身有零用钱家有隔夜米小日子也可以甜甜蜜蜜。
钱多钱少没有一定标准，
幸福的感觉就是自己满意。
官当多大才算大？

村官、股长、乡镇级、县市级、厅局级、省部级，国家级……

人生的意义和价值在于奉献大小不在职位高低。
焦裕禄、孔繁森、郑培明……
多少人民的好公仆流芳千古，
永远活在人们心里。
也有不少贪污腐败的高官锒铛入狱，
被押上断头台的贪官已有副国级。
有一些死刑案犯在临死前幡然醒悟，
早知今日官场葬身，
不如当初在家种地。
检验一个人的品质好坏，
最有效的措施就是给他权力。
位高权重者比普通百姓多的是腐败亡身的概率。
攀比是人们的正常心理，
关键要找准参照系。
以己之长比人之短，
越比越觉得委屈，
以己之短比人之长，
越比越看到差距。
有些人挣钱比自己多，
要多看他的拼搏，
多看他的智慧；
有些人官位比自己高，
要多看他的素质，
多看他的能力。

少想些比上不足，
多看些比下有余。
人的心情本来是个自我调控器。
既可以风和日丽，
也可以暴风骤雨。
风和日丽的心境有利于身心健康，
暴风骤雨的心情伤害的还是自己。
快排除忧愁烦恼，
多吸纳欢乐喜气。
钱多钱少官高官低都“摆平”在知足常乐里。
情绪又具有传感性，
一个人的喜怒哀乐直接影响周边人际。
自己心气和顺家庭团结和睦社会惠风和畅，
一个个和谐的人组合成和谐社会的整体。
让我们敞开胸襟笑对生活笑对际遇，
让我们振奋精神创建和谐献计出力。
让和谐之风吹满城镇社区吹进农家庭院，
让和谐之歌唱遍五洲四海唱响中华大地！

（二〇〇九年春于北京）